KB267160

엠퍼러 1

김지현 판타지 장편 소설

초판 1쇄 찍은 날 § 2003년 3월 21일
초판 1쇄 펴낸 날 § 2003년 3월 31일

지은이 § 김지현
펴낸이 § 서경석

편집장 § 문혜영
편집 책임 § 이종민
편집 § 장상수 · 권민정 · 유경화
마케팅 § 정필 · 강양원 · 이선구 · 김규진 · 홍현경

펴낸곳 § 도서출판 청어람
등록번호 § 제1081-1-89호
등록일자 § 1999. 5. 31
어람번호 § 제1-0366호

주소 § 경기도 부천시 원미구 심곡1동 350-1 남성B/D 3F (우) 420-011
전화 § 032-656-4452 팩스 § 032-656-4453
http://www.chungeoram.com
E-mail § eoram99@chollian.net

ⓒ 김지현, 2003

값 7,500원

ISBN 89-5505-642-7 (SET)
ISBN 89-5505-643-5 04810

1
시적

김지현 판타지 장편 소설

엠퍼러
Emperor

도서출판
청어람

시작

목차

작가의 말

대학 다니면서 적성에 맞지 않는 학과 공부가 버거워서 공부보다 멍하니 망상을 하는 시간이 많았습니다.

그렇게 할일없이 빈둥대다가 결심했었습니다.

내 망상을 한번 구체화시켜 보자고.

그렇게 글을 써서 책이 완성되었습니다.

제 친구들이 말하길 기적이라더군요.

하여간… 이게 제 대학 시절의 산물입니다. 누군가에게 난 놀기만 하진 않았다고 말할 수 있는 증거인 셈이지요.

오늘도 망상의 바다에 빠져 허우적거리면서 키보드를 두드리고 있는 저랍니다.

후후훗.

어디선가 희미하게 함성이 들린다.

"바깥은 시끄러운 모양이네요."

"예, 리튼 공작이 반란을 일으킨 모양입니다."

창가 의자에 앉아서 정원을 바라보던 소년의 조용한 어조의 말에 뒤에서 있던 검은 제복을 입은 청년이 대답했다.

"흐응, 결국?"

"뭐, 예상했던 일 아닙니까?"

평이한 청년의 어조에 소년이 미소 지었다.

"어? 제노시아, 전 이제 열두 살이라고요. 제가 뭘 알겠어요."

청은발에 청보라색의 눈동자를 지닌 소년이 장난스러운 목소리로 뒤돌아보며 말했다.

그 모습에 제노시아라고 불린 청년은 그저 미소 짓고 있었다.

말은 저렇게 해도 어린 나이답지 않게 여러 정보를 수집하고 분석까지

하는 소년이다. 하긴 소년이 지내온 세월 때문이기도 하지만.

소년의 이름은 앨리언이었다.

앨리언 세레시아 펠 아스힌드.

현 황제인 리스튼 에레아 펠 아스힌드의 자식 중 한 사람이다. 정식 황비 출생이 아닌 후궁에게서 태어났다.

머리 색이 특이하게도 청은발이었던 것 외에는 볼 것이 아무것도 없는 평범한 여인이었던 그녀는 황제의 총애를 받을 수 없었다.

덕분에 후궁 중 한 명이 독살당하는 등 약간의 분쟁이 일어났을 때 감싸줄 수 있는 사람이 아무도 없었던 그녀는 모든 것을 뒤집어쓰게 되었고 당시 네 살인 앨리언과 막 태어난 이름도 받지 못한 딸과 함께 이곳 유폐의 탑으로 오게 된 것이다.

덕분에 앨리언은 평범한 소년과는 거리가 먼 삶을 살았다.

그리하여 나이는 어리지만, 내면은 어리다고 할 수 없을 정도로 성숙한 소년이었다.

제노시아는 앨리언이 두 달 전부터 이번 일에 관해 이야기하던 모습이 떠올랐다. 마음먹고 이번 일을 막으려 했다면 막을 수도 있었을 텐데 앨리언은 그럴 생각이 없었다.

그저 조소를 띠고 비웃을 뿐이던 모습을 생각하며 제노시아는 아무도 모르게 한숨을 내쉬었다.

반마족인 그는 내쫓기듯 앨리언의 경호원으로 임명되었지만 그 일은 오히려 제노시아에게 최대의 행운이었다. 자신이 진정으로 모실 수 있는 주군을 만났으니 말이다.

진심으로 충성을 다해 앨리언을 모시고 있기는 하지만 제노시아는 앨리언에게 아직 완전한 신뢰를 받지 못하고 있었다.

적어도 제노시아는 그렇게 생각했기에 힘들어하고 있었다.

지금도 앨리언은 늘 자신 나름대로 생각하지만 제노시아에게도 모든 걸 가르쳐 주지는 않았으니까.

사실 앨리언이 이번 '혁명'을 방치하고 있었던 이유는 자신이 이 유폐의 탑에서 탈출할 기회를 만들기 위해서였다.

앨리언기 제노시아에게 그 사실을 다 설명하지 않는 이유는 그럴 필요가 없기 때문일 뿐이었고.

"그나저나 레비스 후작께서는 스스로 황제가 될 생각일까요?"

앨리언이 다시 창밖으로 눈을 돌리며 말했다.

그렇게 되면 내란이 길어질 테고 자신이 이곳을 빠져나가기도 용이했다.

하지만 앨리언은 그자가 그럴 리 없다고 생각하고 있었다.

"반란을 일으켰다면 당연하지 않겠습니까?"

앨리언은 피식 웃었다.

"아니오. 레비스는 그럴 분이 아닙니다. 이상 정치를 실현하려는 분이지요. 굉장한 애국자라고 할 수도 있어요. 이 나라를 최강으로 만들겠다는 꿈에 젖어 있는 것 같으니까."

"그렇습니까?"

"그리고… 갑자기 황족이 바뀌면 찾아올 혼란도 우려하고 있을 테니까요."

앨리언의 말에 제노시아는 고개를 끄덕였다.

"응?"

앨리언이 대화를 멈추고 의아하다는 소리를 내자 제노시아는 몸을 긴장시켰다.

'누군가가 오고 있다.'

제노시아의 소울 아이(Soul Eye) 영역 안에 누군가가 온 것이다. 이곳

서쪽 탑은 유폐의 탑이라는 이름이 붙은 만큼 사람들이 잘 오지 않았다.

여기 오는 사람들은 가끔씩 식료품을 보급하는 사람들이나 귀찮은 존재─일단 앨리언도 황위 계승권이 있으니 중앙에서는 귀찮은 존재이다─를 없애기 위해 가끔씩 찾아오는 '놈' 들이 있을 뿐이었다.

밖으로 찾아오는 사람들의 모습이 보이기 시작했다.

"레비스 후작?"

한 번도 본 적 없는 사람의 이름을 확인하듯이 부른 뒤 앨리언은 제노시아에게 명령을 담은 눈길을 잠시 보내고 자신은 모르는 척 무릎에 있던 책을 폈다.

'호오, 드디어 왔는가?'

그 편지의 주인공을 아주 믿었던 건 아니었지만… 달리 다른 방도가 없어서 죽음을 각오하고 연락했었는데.

다행이야. 이렇게 되면 내 실수로 동생까지 다치는 일은 없겠어.

앨리언은 싱긋이 미소 지으며 3년 전부터 며칠 전까지 편지를 주고받던 상대에 대해 생각했다.

그때 제노시아가 나가더니 후작 일행을 데리고 왔다.

"누구… 시죠?"

앨리언은 책을 덮으며 순진한 어린아이의 모습을 가장하고 물었다.

"앨리언 세레시아 펠 아스힌드님이십니까?"

"예……."

불안한 듯 몸을 조금 움츠리며 대답하는 모습에 레비스는 무릎을 꿇으며 말했다.

"모시러 왔습니다. 황제가 되어주십시오."

"예?"

솔직히 앨리언으로서는 의외였다.

자신에게 와서 이렇게 말할 줄은 몰랐으니까. 아마도 좀 더 성년에 가까운 사람에게 가리라 예상하고 있었기 때문이다.

이 혼란 중에 탑에서 벗어나기 위해 미리 바깥과 연락을 취하고 있기는 했지만 이런 이유로 찾아올 줄은 몰랐다.

"지금의 황제 폐하께서는 폭정을 일삼고 계십니다. 저희들과 뜻있는 자들이 함께 모여 그 일을 방지하고자 합니다. 앨리언 황자님도 계승권을 소유하고 계시니 저희를 도와주십시오."

그 말에 제노시아는 보이지 않게 눈썹을 모으며 불쾌감을 표시했다.

지금까지 이곳에 박아두었던 황자가 필요한 이유는 세상을 모르는 철없는 꼭두각시가 필요해서이리라. 아마도 이 사실을 자신보다 더 잘 알고 있을 주군이 여기에 응할 리 없다.

그렇게 생각한 제노시아가 조용히 싸움을 준비하려고 하는데 앨리언이 눈빛으로 저지했다. 그런 뒤 어쩐지 재미있다는 눈빛을 띠고 있던 앨리언은 다소 당황한 목소리를 가장해서 물었다.

"제가요?"

"예."

앨리언은 속으로 웃었다.

아마도 자신이 황제가 되기는 힘드니 인형을 하나 만들어 이상 정치를 하고 싶은가 보군. 폭정을 할 수 없을 정도의 섭정(攝政)이 필요한 어린 아이가 말야.

"하지만……."

"황제가 되어주십시오."

좋아, 응해주지. 하지만 너의 인형이 되진 않을 거야.

앨리언은 천천히 고개를 끄덕였다.

한껏 티웃으면서.

곧 나를 알 수 있을 거야. 황제 따위 별로 내키진 않지만 이런 유폐의 탑에서 평생을 갇히는 건 더 싫어.

내 능력을 가르쳐 주지. 너 따위가 나의 대리자가 될 수 없음을 알려 주겠어.

'훗, 난 역시 아직 어려. 이런 데 자존심을 세우다니.'

그건 그렇고, 편지를 보내던 상대가 누구이기에 저 냉철한 재상이 움직였을까?

어머니와 알던 사이라는 것밖에 모르는데… 더 자세히 알아내야겠군.

만약이라는 게 있으니까 말야.

앨리언 세레시아 펠 아스힌드.

십이 세의 나이에 황제로 즉위하다.

1 장

평범한 일상생활

아린드 국은 농사로 쓸 수 있는 영토에 비해 인구가 많았다. 그래서 그들은 다른 나라를 지배하여 부족한 것들을 채울 수밖에 없었다. 그것이 또 황제의 권력을 더 강하게 만들었다.

다른 나라에서 말하길 이 제국은 대륙에서 보기 드물게 여성이 좋은 대우를 받는 나라인데 그 이유는 아마도 그런 정복 전쟁 탓에 남성들이 전장에 나간 후 모든 것을 다스리는 것이 여성이어서가 아닐까 생각된다고 하였다. 그건 사실이 아니라……

— '지리가 나라의 역사를 만든다'에서. 작가 불명

평범한 일상생활

"음……."

눈을 뜨고 한동안 멍하니 누워 침대 천장을 바라보고 있었다.

"일어나기 싫어. 졸려."

누가 일어나라고 한 것도 아니지만 중얼거리면서 다시 이불 속으로 들어가 부드러운 이불 감촉을 느끼며 다시 눈을 감았다.

"폐하, 들어가도 되겠습니까?"

역시 누군가가 다시 잠에 빠지려는 것을 방해한다.

안 그래도 한창 성장할 나이라 잠이 많은 데다—이게 상관있는 거였나?—어젯밤에는 암살 소동으로 늦게 잤는데 저 여인들은 좀 늦게 찾아올 생각은 없나 보다.

문에서 침대까지 저렇게 작고 조심스러운 목소리가 들리는 이유는 마법으로 약간의 '장난을 쳐놨기 때문'이라고 들었다.

난 짜증을 참고 일어나서 옷을 가다듬었다. 하긴 잠옷을 다듬을 게 뭐

있겠는가만은.

"들어오너라."

내 말에 시녀 네 명이 들어온다.

평소엔 시녀들이 들어오기 전에 벌써 옷을 갈아입고 있었지만 오늘은 피곤해서 늦게 일어났는지라 아직 잠옷 차림이었기 때문에 그들은 내 평상복을 가져와 입혀주었다.

난 다른 사람이 내 몸을 이렇게 인형처럼 만지는 것을 아주 싫어해서 평소에는 내가 갈아입는다.

다른 황족들은 잘도 시중을 받지만 역시 어릴 때부터 그런 일이 없어서인지 난 무척 어색하고 싫었다. 친척들은 혈통이 드러난다고 수군거리지만 상관없지 않나?

졸음이 남아 있어서 멍하니 있는 사이 그들은 내 옷을 갈아입혀 주고는 아침 식사를 가져왔다.

피곤한 데다 늦게 일어났더니 입맛이 없었지만 억지로 평소에 먹던 만큼 입에 밀어 넣었다.

안 먹은 이유가 요리를 제대로 못해서라는 이유를 붙여 얼마 전에 새로 들어온 애꿎은 요리사만 혼나게 만들 수는 없는 일이니까.

그리고 한쪽에 있는 케이크를 맛있게 먹었다.

난 단 걸 무척 좋아해서 케이크라든지 아이스크림을 몰래 요리사에게 부탁해 두어 케이크를 꽤 자주 볼 수 있어서 너무 기분이 좋았다.

몰래 부탁한 이유는 나이가 아직 어려 부끄러운 일이 아니지만 신분 때문에 너무 어린애 티를 내면 곤란하기 때문이었다.

'아아, 너무 맛있어. 아마 난 커서도 이런 걸 계속 좋아할 거야.'

오랜만에 행복감에 젖어 식사를 마치고 나서 곧바로 시녀들을 물리고 창가 의자에 앉아 창밖을 바라보았다.

그러고 보니 창가 의자에서 밖을 바라보는 모습이 좀 궁상인가? 유폐의 탑에서 나온 지 2년이나 지났지만 이 버릇은 정말 없어지지 않는다니까.

"폐하."

어느샌가 내 뒤에 누군가 와 있었다.

하지만 별로 놀라진 않았다. 누군지 알고 있으니까.

"제노시아?"

내 앞에 이렇게 허락없이 나올 수 있는 자는 단 하나.

"어젯밤 침입한 자객이 자살했습니다."

영원한 나만의 기사, 나의 그림자 기사 제노시아.

"역시……. 누가 보냈는지는?"

"예상하신 대로입니다."

그의 말에 난 허탈한 미소를 지었다.

정말이지, 예상 밖의 행동을 좀 해주면 안 되나? 나의 먼 친척은 계산에서 벗어나는 일이 없다.

"후, 그래."

난 의자에서 일어났다.

곧 대신들과 정무 회의 할 시간이다.

이 황성―세이셔스―은 크게 네 군데로 나뉜다.

유폐의 장소로 사용하는 황성에서 좀 떨어진 서쪽 탑―내가 유년기를 보낸 곳이다―과 마법사들이 연구 따위를 하는 동쪽 탑이 있다.

그리고 황제의 직계 혈연, 즉 자식들과 그 부인, 혹은 남편이나 장로들이 사는 북쪽의 별궁이 있다.

지금은 장로들이 지내는 북쪽의 궁을 제외하면 다른 곳은 비어 있다. 내가 아직 어리니까―내 나이는 이제 열네 살이다―비도 없고 자식도 없기 때문이다.

내 직계가 아닌 황족들, 한마디로 방계 친척들은 황성 밖의 저택에서 생활한다.

아버지… 라고 하는 분이 집권할 때는 형제인 숙부나 고모들도 밖에서 지냈지만 내 형제라고 해봐야 한 명뿐인데다가 아직 결혼을 하지 않아 여동생은 나와 같이 황성에서 지낸다.

대신들 중에는 빨리 결혼시켜야 한다고 주장하는 사람들도 있지만 겨우 10살짜리 아이를 어디로 시집보내란 말인가?

게다가 난 그 아이는 절대 정략결혼 같은 건 시키고 싶지 않았다.

어머니나 나같이 지내는 걸 바라지 않는다.

그래서 성에 거처를 두고 지내고 있다.

내 거처에는 나 외에도 나를 돌보는 시녀들과 내 친위기사단—정식으로 말하자면 황실 친위기사단—몇 명이 궁을 지키고 있다. 기사들은 궁에서 사는 건 아니니 제외해야 하는 건가?

실제로 날 호위하는 건 그 친위기사단이 아니다. 내 곁에 있는 자들—단체이기도 하다—은 둘.

어느 누구의 간섭도 없이 내—황제—가 직접 임명할 수 있는 황제 직속 휘하에는 '가디언' 과 '그림자' 가 있다.

'가디언' 은 말 그대로 늘 황제 곁에서 황제를 지켜주는 존재이다.

가디언이라는 건 이름처럼 나를 지키는 존재, 나의 그림자 기사라 할 수 있을 만큼 특별한 경우를 제외하곤 거의 내 주변에 머문다.

이 나라 최고의 전사라는 말도 있지만 기사들도 아니고 더구나 귀족들만 될 수 있는 것도 아니라 이 가디언이라는 건 종족, 성별, 신분, 출신을 전부 무시했다.

한마디로 나—황제—에 대한 충성심과 실력만 있으면 죄수이든 마족이든 가리지 않는 것이다.

　마족이 충성을 맹세할 리도 없겠지만 말이다.

　현재 내 가디언은 제노시아 하나.

　한마디 하자면 전에는 제노시아가 나에게서 신뢰받지 못하는 줄 알고 쓸데없는 고민을 정말 많이 했었다.

　지금이야 내 성격이 그렇게 생겨먹었다는 걸 잘 알기에 고민하는 일은 없지만 그땐 정말 우리 둘 다 신경 쓰이는 날들이었다.

　아, 그리고 다른 하나인 ‘그림자’ 라는 단체는 황제 직속의 정보부라고 할 수 있다.

　혹시 있을 수 있는 반란이라든가 전쟁 같은 것들을 경계하고 여러 정보를 알아내기 위해 존재한다.

　황제 직속 부대라고 하지만 꽤 큰 조직으로 나라에서 정치적으로 필요하다고 하는 어지간한 정보는 전부 여기서 알아온다. 세계 곳곳에 흩어져 정보를 수집하고 분석하는 일까지 했다.

　‘그림자’ 는 기본적으로는 가디언과 비슷하지만 이건 대를 이어서 하거나 고아들을 데려와서 전수하고 가르치는 단체였다.

　하지만 아직 그 ‘그림자’ 의 수장은 만나보지도 못했다.

　한마디로 그 단체는 아직 날 인정하지 않는다는 뜻.

　이 나라는 황제에게 절대적이라 할 만한 권력이 주어지지만 난 아직…….

　속으로 내 신세 한탄을 하며 걷는 사이 어느새 회의실 앞에 이르렀다.

　회의실로 연결되는 두꺼운 문을 보자 벌써부터 머리가 지끈거리기 시작한다.

　‘오늘 정무 회의 내용이 뭐더라?

　속으로 꿍얼거리면서 회의장으로 들어갔다.

대신들이 날 보더니 일어났다.

"납시셨습니까!"

안 와도 되는 데 온 것도 아닌데 무슨 인사람?

속마음과는 달리 대표로 인사한 레비스 재상에게 살짝 웃어주고 자리에 앉았다.

"오늘 토론할 것은……."

'안 들려, 안 들려.'

재상이 뭐라고 말하며 열심히 회의를 진행시키고 있지만 별로 듣고 싶지 않다.

어차피 내버려 둬도 재상은 무척이나 유능하니까 다 알아서 할 수 있을 텐데, 게다가 어차피 중요 사안은 자신이 알아서 한 다음에야 나에게 오면서 무슨 의미로 회의를 하는 건지.

하긴 안 하면 절대 안 되는 거다, 지금은 귀찮고 힘들어서 불평하고 있지만.

그래도 즉위 초에는 회의에 참석했었다.

지금처럼 몸만 온 게 아니고 진지하게.

늘 갇혀 있어서 정치에 대해 잘 모르니까, 어떻게 움직이는 건지 알기 위해서 꽤 진지하게 참여했었다. 그 덕분인지 즉위 후 2년 정도 지난 지금은 성년이 되지 않고 즉위한 황제 옆에 꼭 있어야 할 '조언자'도 없다. 거기엔 막 황제에 즉위했을 당시의 태도도 문제가 있었을 것이다. 그때 날 인형 취급하는 게 마음에 안 들어서 한동안 멋대로 굴었으니까. 괜히 옆에 있다가 치이기는 싫었겠지.

그렇다고 그 '조언자' 역할을 할 사람이 없는 이유는 뭘까.

다 내가 알아서 할 수 있다는 소리라고 할까, 아니면 '끼어들지 말라'는 귀찮다는 뜻일까?

이 상황을 다 내가 자처한 것이기도 하고 이래야 된다는 것도 알고 있다.

하지만 황제가 된 지 얼마나 됐다고 벌써부터 귀찮아지고 있다.

어차피 내가 참가할 부분이 없으니 회의가 귀찮을 수밖에.

"…로 결정하겠습니다. 폐하께서는 어떻게 생각하시는지요?"

내가 '싫다'고 하면 지금까지 회의한 게 말짱 헛고생이 되겠지?

문제가 생길 정도의 것이라면 레비스 재상이 지금 결정 내려 말하지도 않는다.

"그렇게 하라."

난 다 듣고 있었던 것처럼 대답하고는 회의가 끝났다는 뜻으로 일어났다.

'정말 귀찮기 그지없군.'

지금의 이 제국은 흉년이 든 것도 아닌 데다가 계승권에 대한 문제도 아직까지는 없어서 솔직히 매일같이 하는 이 회의에 내가 꼭 출석할 필요는 없다.

역대 황제들은 이렇게 매일같이 출석한 경우가 거의 없는데 말야. 대부분 무슨 문제가 있을 때만 나왔지.

하지만 난 내가 나오지 않으면 나라가 어떻게 돌아가는지 알 길이 없으니 귀찮아도—내가 저 회의에서 할 일만 있어도 따분하고 귀찮지는 않을 거다—어쩔 수 없는 문제다.

속으로 끊임없이 불평하며 내 집무실로 향했더니 책상에 일거리가 수북이 쌓여 있다.

그걸 보니 나도 모르게 한숨이 나왔다.

'저걸 언제 다 할까나.'

아무리 지금이 수확 철을 맞이하여 할 일이 많다지만 좀 심할 정도다.

게다가 어차피 중요 사안은 하나도 없는걸.

수확제가 벌어지는 동안 무투회를 비롯해서 여러 가지 대회들이 열린다. 그것들에 대한 것과 보고서일 것이다.

더 정확히 하자면 각 영지에서 세금 거둔 데 대한 보고서라고 할 수 있다.

나에게는 어차피 허락이 필요없는 단순한 보고서밖에 안 올라오니까 뭐.

'나 자신이 한심해지는군.'

한동안 서류가 아닌 보고서에 파묻혀 일하다가 또 일거리가 올라온 걸 보았다.

요새 계속 나오는 세금을 올리네 마네 하는 이야기.

지금 상황으로는 보통 이런 사안은 재상에게 가는데 어쩌다가 나에게 흘러든 모양이다.

리튼 공작―재상―이 알면 기겁하겠군.

기본적으로 설명하자면 우리 제국은 풍족하다.

주변 속국들이 매해 공물을 바쳐 오는데 그 공물의 삼 분의 이 정도만 쓴다면 제국의 백성들에게 세금을 전혀 걷지 않아도 국정 운영이 가능하다. 고로 돈이 많이 필요없다. 황성의 금전적 사정이 그러다 보니 자연히 주변 나라들보다 세금이 훨씬 낮다.

뭐, 선황제의 집권기에는 세금을 좀 올렸다는 소리도 있었지만 장로들이 버티고 있다 보니 그들의 눈치를 보느라 많이 올리지는 못했던 모양이다.

대신들이나 귀족들도 큰 불만이 없을 정도로 충족하기는 하지만 주변 나라의 백성들이 그 나라 귀족들이 물리는 인두세니 토지세니 하는 세금에 시달리다가 우리 제국으로 도망 오는 일이 늘어나면서 불만이 나오기 시작했다.

도망 오는 것뿐이라면 좀 불편해도 내버려 두겠지만―우리에게 손해 되는 건 크게 없으므로―제국―우리 나라를 통칭 제국이라고 부른다―의 법이나 관습 등을 모르고, 또 알아도 '좀 어긴다고 어떻겠어. 괜찮겠지' 하며 무시하는 경우가 생겨서 제국 시민들과 여러 가지 마찰이 생기면서 불만의 목소리가 커지고 있는 것이다.

이 세금을 올리자는 건은 이 문제에 대한 해결책의 하나로 주변 나라와 세금을 비슷하게 하면 그런 현상이 없어지지 않겠느냐는 생각에서 나온 것인데 나는 별로 탐탁지 않다.

아무리 충족하다 한들 빈민가는 존재한다(빈민가라 해도 다른 나라보다 훨씬 낫지만 힘들게 산다는 건 마찬가지였다).

그들의 세금을 더 올릴 수는 없다.

차라리 귀족들에게 더 받는 법을 만드는 게 낫지. 하지만 안 그래도 전혀 세금을 안 내는 다른 나라와 달리 귀족들도 적당한 세금을 내고 있는데 올리면 반발이 있겠지.

게다가 귀족들이 세금을 내게 된 건 별로 오래되지 않았다.

제멋대로였던 선황제 리스튼이 장로들 때문에 백성들의 세금을 올릴 수가 없어지자 멋대로―그 망할 '황제의 절대권' 이라는 거 덕분에 가능했던 일이다―귀족들이 세금을 내게 만들었기 때문이다. 그 때문에 귀족들에게 많은 지지를 잃었고.

'선황제의 결정을 혼자의 생각으로 마음대로 뒤집을 수 없다' 는 규정이 이럴 때는 얼마나 좋은지 모른다.

'선황제 의 결정이네 하면서 그대로 시행할 수 있으니까.

안 그래도 현재 귀족들의 지지가 없는데 귀족들이 다시 세금을 내지 않으면 난 백성들의 지지마저 잃게 된다.

그렇다면 결과는 뻔한 것.

나도 리스튼 황제처럼 쫓겨나고 말겠지.

이런 것들을 생각한다면 지금 이 상태를 유지하는 것이 백 번 낫다.

'백성들을 위해서가 아니라 날 위해서 말이지.'

피식 웃으면서 세금 건에 불가(不可) 인을 찍어서 팽개쳐 두고 남은 일을 처리해 갔다.

일이라는 게 그렇게 힘들지는 않다.

레비스 재상 덕에 중요 사안은 절대 안 올라오니까 한가하게 일을 처리할 수 있다.

지금 상황이 더 편안하기는 하지만 계속 이대로 내버려 둘 생각은 없다.

빨리 재상과 결판을 내서 이런 상태를 없애야지.

오전 내로 일 끝내야 제대로 움직일 수 있다.

아무리 내가 있던 탑에 교육을 위해 선생들이 왔었다지만 배울 수 없던 것이나—검술이나 마법 같은 공격술—제대로 익힐 수 없었던 것—제왕학—이딴 건 필요없다. 어차피 벌써 즉위해 버렸는걸—이 있기 때문에 오후에는 시간을 내어 이것저것을 익히고 있다.

솔직히 전혀 필요없는 부분이기는 하지만 관례라는 것이 있고 현재 내 나이가 있는지라—하고 싶지 않다는 의미의 말을 했다가 겨우 열네 살 꼬맹이가 뭘 알아서 하지 않겠다고 하는 거냐는 의미가 담긴 소리를 들었었다—억지로 하고 있는 중이다.

하지만 이 부분 역시 오래 끌 수 없고 어차피 거의 형식상 하는 것뿐인지라 적어도 올해 내로 끝낼 예정이기에 배워야 할 것만 하고 있다.

"황녀님, 잠시만."

"시끄러워. 내가 내 오빠를 만나겠다는데 웬 참견이야!"

열심히 일에 빠져 있는데 집무실 밖에서 소란스러운 소리가 들린다.

난처해하며 열심히 말리는 시녀의 목소리와 통통 튀는 귀여운 목소리.

"훗."

작게 웃었다.

또 말괄량이 동생이 날 만나러 온 모양이다.

"들여보낼까요?"

당연히 허락한다는 걸 알고 있는 제노시아는 물어는 보았지만 대답도 하기 전에 문으로 갔다.

난 의자에서 일어나며 작게 고개를 끄덕였다.

"오빠~"

문이 열리자 동생이 환한 웃음과 함께 달려들었다.

"세레나님, 폐하께……."

세레나를 따라다니는 시녀들은 혹시나 예를 갖추지 않아 내 심기가 불편할까 봐 싶어 초조한지 불안한 얼굴들이다.

"무슨 일이지?"

머리를 쓰다듬어 주며 묻자 뾰로통해져서는,

"오빠, 나 예절 배우기 싫어요. 안 하면 안 돼?".

라며 어리광을 부린다.

유폐의 탑에서 생활할 때는 이곳처럼 예절에 얽매이지 않았기에 요새 이 부분 때문에 매일같이 나에게 애교 부리며 부탁하고 있지만 꼭 익혀야 하는 거라서 그냥 달래줄 수밖에 없다.

솔직히 세레나도 다 알면서 그냥 나 만나러 오기 위한 핑계로 이런 말들을 하는 거니까 잠시 놀아주면 된다.

"세레나, 투정 부리지 마."

"피이~ 역시 안 돼?"

“안 돼.”

나는 단호하게 잘라 말하고는 세레나를 따라온 주변의 시녀들을 물리고 차와 케이크, 쿠키를 가져오게 하여 간식 시간을 즐기기 시작했다.

“오빠, 여긴 정말 싫어. 답답하고 모두들 앞에서는 쓸데없이 번쩍이는 유리들―보석―만 말하다가 뒤에서는 남의 흉만 보고 있어. 다시 돌아가고 싶어.”

나른한 표정으로 차를 마시며 투덜거린다.

딱 찍어서 사교계의 속성에 불평을 토로하는 그 말에 내가 좀 난처해하자 세레나는 어린애답지 않게 피식 웃었다.

“그냥 불평하는 것뿐이야. 잘 알잖아. 하~ 엄마 보고 싶다.”

그런 내 반응에 세레나도 웃으면서 그냥 지나가듯이 말했다.

어머니라……

어머니는 아직 서쪽 탑에 계시는데 서쪽 탑이라는 곳은 함부로 왔다 갔다 할 수 있는 곳이 아니어서 자주 뵙지 못하고 있다. 그것뿐만이 아니라 지금은 병 때문에 누워 계셔서 만나러 가보아야 이야기도 못하고 나온다.

내가 황제지만 어머니께서 아직 유폐의 탑에 있는 이유는… 간단하다.

‘선황께서 내리신 결정을 함부로 뒤집을 수 없기 때문’ 이었다.

그것이 잘못된 결정이어도 장로회의 허가를 받고 대신들의 동의에 황제의 생각까지, 이 세 가지가 모두 일치되어야만 선황의 결정을 뒤집을 수 있는데 문제는 그놈의 장로들이 좀처럼 도와주지 않았다.

질투 때문에 사람을 죽인 자라나?

말도 안 되는 소리지만 사실이 아니라는 걸 알면서도 일단 그렇게 기록되어 있기 때문에 그게 진실이란다.

전부 웃기는 소리요, 쓸데없는 소리다.

"만나러 갈래?"

사실은 이렇게 마음대로 찾아가면 안 되는 것이었지만 세레나가 원한다면 해줄 수도 있다.

내 말에 세레나는 날 가만히 보더니 그냥 웃어버린다.

"됐어, 오빠. 함부로 다니면 안 되잖아."

…세레나도 일찍 철이 들어버린 모양이다.

아직 어린데…….

"그래…….”

"오빠, 나… 있지…….”

"응?"

오늘은 정말 뭔가를 부탁하고 싶은지 말을 끌며 귀여운 척하기 시작한다.

"신전에서 공부하고 싶어."

"뭐?"

무슨 소리지? 설마 떠나겠다는 건…….

멍해져서 무슨 소리냐는 듯 쳐다보자 세레나는 한마디 더 덧붙인다.

"궁 안이 답답해서 그래. 괜찮지? 신전에서도 배워야 할 건 다 가르쳐주잖아."

진지한 표정.

아까 같은 장난기가 없는 걸 보면 진심이다.

하지만…….

"거기서 생활하겠다는 뜻이니?"

조심스럽게 묻자 내 생각을 눈치 챘는지 세레나는 웃으면서 고개를 흔든다.

"아니아니, 재가(在家) 사제들처럼 왔다 갔다 하며 견습들과 공부할게."

"…생각해 볼게."

이런 일에 어떻게 대처해야 할지 몰라서 긍정도 부정도 하지 않고 화제를 돌려 이것저것 잡다한 이야기를 즐겁게 했다.

즐겁고 소란스러운 시간이 지나고 나자 세레나는 귀엽게 웃으면서 또 공부 시간이 되었노라고 나갔다.

남은 일을 다 하고 이런저런 생각을 하다 보니 점심 시간이 되었다.

오늘은 친척들을 초대해 두었다. 특별한 일이 없는 한 적어도 열흘에 한 번쯤은 이런 일이 있다.

선조들의 '친척들을 초대하여 함께 식사하면서 서로 더욱 유대 관계를 돈독히 하여 사고없이 하자' 는 취지 하에 시작했던 관습 아닌 관습이었다. 하지만 지금의 이 친척이라는 것은 우습게도 나와 피로써 가까운 사람들이라기보다 황위 계승권에 근접한 몇몇 사람들을 말한다.

한마디로 나에게 있어서는 세레나를 제외하면 황제가 되기 전에는 제대로 얼굴도 본 적 없는 놈들이 거의 전부로 이름조차 낯선 사람도 있다.

상황이 이러하니 선조들의 생각처럼 친숙한 대화는커녕 억지 웃음도 거의 없다.

아니, 나 같은 상황이 아니어도 비슷하겠지만 '나' 이기에 요새 특히 더 심한 것인가?

식사를 위해 내려가다가 문득 생각난 것이 있었다.

"제노시아."

"네."

"시에라의 움직임은 어때?"

시에라는 몇 안 되는 아직 살아 있는 내 아버지의 자식이다. 한마디로 정식 황족이며 나의 누나뻘 되는 여인이다. 그런데 이분께서 요즘 내 능력이 어느 정도인지 알고 싶은 건지 자주 자객들이나 독을 선물하고 있다.

"오늘은 별 움직임이 없는 것 같습니다."

내 질문에 제노시아가 답한다.

하긴 어제 보냈으니 그동안의 패턴으로 보아 한 3, 4일은 얌전할 것이다. 아니면 그동안 어쌔신 길드나 사병들 키우는 데 돈을 쏟아 붓다 보니 이제 돈이 궁해서인지 몰라도.

그러고 보니 돈이 궁해서라면 큰일이로군. 그래도 황족인데 돈이 없어서라면 안 되겠지. 쿡쿡쿡…….

"선물을 좀 보내야겠군."

"네?"

이 말에 제노시아가 황당하다는 듯 반문한다. 난 그저 웃어줄 뿐이었고.

내 모습에 내 생각을 어느 정도 짐작했는지 제노시아도 나에게 그 뜻을 물어오거나 하지는 않는다. 아니면 물어보면 머리만 아플 거라고 생각했는지도 모르지.

식당에 들어서니 사람들이 날 보고 일어났다.

어느새 내려왔는지 상석(上席)인 내 자리 가장 가까운 곳에 세레나가 새초롬한 모습으로 서서 나에게 장난기 가득 담은 눈길을 보냈다.

내가 천천히 걸어가 자리에 앉자 다른 사람들도 자리에 앉았다.

'나중에 이 관습을 없애든지 해야지 원.'

무릇 식사라는 건 마음 편하게 먹을 때 맛이 가장 좋고 소화도 잘 되는 것이다.

그런데 이게 뭔가? 소화 불량에 못 걸려서 난리 치는 것도 아니고 불편하기 그지없는 자리에서 먹으라니. 이런 관습 따위를 만든 놈은 분명

빨리 사망했을 거다.

별 대화도 없이―가끔 대화가 오고 가도 가시 돋친 말뿐이었다―식사를 마치고 일어났다. 아무래도 이걸 빨리 없애지 않는 한 난 지병을 얻게 될 것 같았다.

신경성 위염에 소화 불량이라는…….

"역시 별로야."

"무슨 말씀인지요?"

지금은 레비스 재상과의 대화라고 하지만 수업 시간이라고 정해진 시간이었다.

한참 이야기를―수업을―하던 레비스 재상은 내 말에 '역시 안 듣고 계셨군요' 라는 눈빛을 강하게 담아 부드럽게 물었다.

'부드러운 말투와는 달리 이마에 핏줄이 하나 나와 있기는 하지만.

"그 '친족들과의 정찬' 이라는 쓸데없는 관습."

그래도 대답은 해주었다.

아니, 대답을 안 하면 레비스 재상이 무슨 짓을 할지 몰라서 대답한 거지만.

왜 내가 눈치를 봐야 하는지 원.

그 말을 바로 알아들은 레비스 재상은 한참 말하던 지금의 국제 정치에 대해 마구잡이로 써 있던 책들을 치우면서 느긋하게 웃었다.

'자기 일 아니라 이거지?

속으로 툴툴대며 재상을 보자 레비스 재상은 우아하게 찻잔을 들었다.

"어쩔 수 없지 않습니까? 정 마음에 안 드시면……."

빠져나갈 방법이 있었나?

금시초문인지라 놀라서 보는 날 놀리듯 레비스 재상은 차를 한 모금 마시더니 찻잔을 내려놓으며 말을 이었다.

"올 사람이 없게 만드시면 되지 않습니까?"

저게 말이 되는 소리냐?

레비스 재상이 내놓은 대안에 내가 투덜거리는 기색을 드러내자 그는 '후훗' 거리며 웃었다.

저렇게 웃으면 무섭던데…….

'홍, 지금은 그저 어린애 투정으로밖에 생각하지 않을 테지만 자신이 직접 거기서 식사해 보면 바로 생각이 바뀔 거야.'

"할 수 없지 않습니까? 이런 황족의 관습을 장로님들께 말씀 올려 없애는 것도 현재로선 불가능하지 않습니까?"

맞는 말이다. 장로 중에 날 지지하는 놈이 누가 있어 내 말에 찬성해 주겠는가?

유폐되어 있던 가희(歌姬)의 자식이라고 황족의 권위가 어쩌고 하던 영감들인데.

그나마 장로라는 자들은 정치에는 끼어들지 못하니까 내 마음대로 하고 있는 거지.

게다가 지금 저 레비스 재상도 나에게 깍듯이 대하고는 있지만 실제로는 날 어린애 이상으로는 취급하지 않지.

아아, 난 불행해.

"그럼 결국 걸려야 하는 건가?"

난 아마 신경성 위염에 걸려서 오래 못 살 거야.

"예?"

"혼잣말일세."

선대들은 어떻게 살았는지 몰라.

똑똑.

누가 밖에서 서재의 문을 두들겼다.

"들어오라."

조용히 문이 열리고 들어온 사람은 아리아였다.

"아리아?"

"네, 아리아 헤스던 지금 도착했습니다."

아리아는 내 유모의 딸로 청초한 느낌을 주는 나보다 두 살 많은 '누나'이다.

탑에 유폐되어 있을 당시 내 유일한 놀이 친구이자 시녀였는데 요즘은 마법 학교에 다니고 있었다. 그런데 어쩐 일인지 갑자기 나타난 것이다.

"웬일로?"

반가운 와중에 묻자 아리아는 자신의 붉은 기가 도는 갈색 머리를 뒤로 넘기며 조용히 미소 지었다.

"아카데미의 마법 선생이 마음에 들지 않아 좀 패주었더니 퇴학 처분을 내리더군요."

그랬다.

아리아는 청초한 외모나 이름과는 달리 좀 과격한 데다가 힘도 넘쳤다.

"그, 그래요?"

"그래서 오늘부로 다시 앨리언님의 시중을 들게 되었습니다."

갑자기 멍해졌다.

아리아가 옆이 있어주면 좋기는 하지만……. 최근 내 주변에 점점 위험이 커지게 된 이 상황에 돌아온 게 좀 이상하다.

그리고 미리 짜여진 것마냥 금방 다시 옆에 있게 된 것도.

혹시 일부러 학교를 관둔 건…….

"아리아?"

“네.”

질문하려고 하는 순간 편안한 미소로 생긋 웃는 아리아를 보자 아무러면 어떤가 싶어서 그냥 허락해 버렸다.

“그럼 잘 부탁해요.”

“그럼 복직을 허락하시는 걸로 알겠습니다.”

하아, 아리아 정도의 실력이라면 그렇게 위험할 일은 없겠지만 걱정되는데…….

*　　　*　　　*

황제의 서재에서 복직을 허락받고 나온 아리아를 누군가가 불렀다.

“아리아!”

“디토!”

아리아가 환한 얼굴로 그를 반겼다.

둘은 좀 한적한 정원으로 발길을 돌렸다.

“결국 돌아왔네?”

황제 친위기사단을 이끄는 디트레이가 아리아를 보며 씩 웃자 아리아는 당연하다는 표정을 지으며 단호하게 말했다.

“당연한 거 아냐? 앨리언이 위험한데.”

“존칭!!”

디트레이는 아버지인 레비스 재상에게 깐깐한 교육을 받아서인지 꽤 까다로운 연인이었다.

“알았어. 하여간 깐깐하다니까.”

아리아가 투덜거렸다.

“그래도 고마워. 또 미안해, 조금 있으면 졸업인데.”

“당연한 소리 하지 마. 난 어릴 때부터 그 애… 황제 폐하를 지켜주겠다고 했다고. 그런데 한참 위험한데 밖에서 나 몰라라 놀고 있을 수는 없지.”

진지하면서도 약간 장난스럽고 귀여운 아리아의 말에 디트레이는 웃으면서도 결국 미안한 표정을 짓는다.

“아, 그래도. 내가 괜히 말해서…….”

“괜찮아. 내가 쓰는 힘은 학교에선 제대로 가르쳐 주는 것도 아니고…….”

아리아의 표정이 약간 냉정하게 변했다.

“힘?”

디트레이가 의아한 표정을 지었다.

“응, 난 마수사잖아. 암흑 마법사라고도 불리는…….”

아리아는 디트레이의 뺨을 살짝 잡아당기면서 미소와 함께 대답해 주었다.

“어둠의 소환사겠지.”

디트레이는 피식 웃었다. 하지만 아리아는 그게 더 불만인 듯 보였다.

“정말 오랜만에 만났는데 이러기야?”

“아아, 미안해요, 레이디. 오늘 바쁘신가요?”

그제야 아리아는 만족한 듯 방금까지의 괄괄한 모습을 없애고는 말 그대로 레이디의 모습으로 손으로 입을 가리며 웃었다.

“호호호, 바쁘지 않답니다. 폐하께 보고도 끝났으니 한가해요. 나의 기사님이 사주시는 차 정도는 한잔할 시간이 있답니다.”

“알겠습니다아~”

디트레이는 장난스럽게 말하고는 아리아를 살짝 당겨 자신의 품에 안았다.

"앞으로 힘들 거야. 서로 고생 좀 하자고."

그러면서 다정스럽게 머리를 살짝 쓰다듬는다.

"호호호, 내가 얼마나 건강한데. 걱정 마. 그리고 차는 사줄 거지?"

"당연하지."

그리고 둘은 아무도 오지 않는 정원의 한곳에서 부드럽게 입을 맞추었다.

*　　　　　*　　　　　*

아리아가 나가고 나서 곧 레비스 재상도 할 일이 많노라며 책을 정리하고 나가 버렸다.

그래, 내가 할 일까지 다 하니 할 일이 오죽이나 많을까.

'바쁠 텐데 옆에서 응원이라도 할까? 춤춰가면서 말야. 어차피 난 예쁘게 장식된 인형이니까 뭐.'

난 잠시 삐뚤어진 생각을 했다.

레비스까지 나가고 나니 할 일이 없어진 나는 시녀들을 다 물리고 제노시아만을 데리고는 정원으로 나갔다.

'황제의 정원'이라는 이곳은 다른 이들이 함부로 들어올 수 없는 곳이라서 내가 자주 산책하곤 하는 장소다.

정원을 천천히 걸어서 내가 가장 좋아하는 커다란 나무 밑에 도착했다.

"하……."

한숨 같은 소리를 내면서 나무 밑에 털썩 주저앉자 제노시아가 작게 미소 짓는다.

모르는 사람들이야 미소로 보이지도 않을 정도의 작은 변화였지만 함께해 온 시간이 얼마인데 내가 그걸 모를 리 있겠는가?

"자, 제노시아도 여기 앉아."

그러면서 내 옆 자리를 탁탁 치자 제노시아는 고개를 숙여 보인 후 자리에 앉았다.

잠시 그렇게 그냥 앉아 있었다.

산들거리는 부드러운 바람이 불어와 얼굴을 쓸어주는 느낌이 너무 부드러워 슬며시 웃었다.

그러기를 잠시.

오래 이러고 있을 수는 없었다.

"제노시아."

"네."

"어머니는?"

아직도 유폐의 탑에 계신 어머니의 안부를 물었더니 제노시아는 잠시 머뭇거린다.

그럴 수밖에 없겠지.

"…여전하십니다."

그 대답이 가장 힘든 거겠지.

유폐의 탑에서 울다울다 지쳐서 거의 미쳐 버린 어머니는 내가 일곱 살 무렵부터 약간의 정신 분열증을 보이고 있었다. 그것만이 아니라 병까지 얻어서 자리에서 거의 일어나지 못하신다.

'죄인'이라는 신분이기에 내 마음대로 어머니를 이곳으로 모셔 평온한 삶을 살게 해드릴 수가 없다.

그게 늘 마음에 걸린다.

"그런가요……?"

나도 더 해줄 말이 없었다.

그저 입 다물고 한동안 하늘을 보며 생각을 정리했다.

"…요새 세튼과 스라트 국은 어때?"

말을 돌려 한창 나에게—그리고 제국에—반항할 준비를 하는 두 속국에 대해 물어보았다.

"어느 정도 준비를 마친 모양입니다. 적어도 3, 4년 안에 시작할 것 같습니다."

"알았어. 그전에 세력을 키워야 할 텐데……."

"네."

세튼이나 스라트의 반란이 일어나기 전에—황제가 바뀔 때마다 4, 5년 안에 거의 행사처럼 '반란(이라고 할 수 없지만)'을 일으킨다—내가 빨리 진짜 '황제'로서 움직일 수 있어야 할 텐데.

그래야 될 텐데 걱정된다.

난 몸을 일으켰다.

제노시아도 소리없이 일어나 다시 궁으로 들어가는 내 뒤를 따랐다.

그냥 계속 쉬고 싶었지만 각 신전의 대신관들과 약속이 잡혀 있어서 어쩔 수 없이 다시 궁으로 돌아가는 것이다.

게다가 세레나가 갑자기 신전에서 공부하고 싶다 조르고 있으니…….

"어느 신전이 진짜 신전인지도 관찰해야 하고……."

신관들이라고 권력에 찌들지 않는 것도, 탐욕이 없는 것도 아니고 오히려 더 심한 놈들이 많으니까.

하긴 그들도 인간이니까 당연하겠지. 하지만 내 동생이니 되도록 제대로 된 곳을 골라서 보낼 생각이다.

혹여 그곳에서 영향받아 신관이 된다고 할지도 모르니까.

궁 안으로 들어가니 다시 시녀 둘이 따라붙는다.

귀찮게시리!

'약속 시간은 좀 남았지만 슬슬 준비해야겠지?

귀찮았지만 격식을 차려야 할 곳이기에 궁으로 돌아가 옷을 갈아입고 나서 다시 돌아가서 약속 장소인 대객실로 가니 그 부지런한 놈들이 벌써 도착해서 날 기다린단다.

"…30분 뒤일 텐데?"

"저… 한 시간 전부터 와 계십니다."

내 말에 시녀가 자신의 잘못인 양 머리를 조아리며 조심스럽게 대답한다.

젠장! 알 만하다.

나한테 돈―신전 예산. 기부라고 표현하면서 1년에 얼마씩 원조해 준다―을 좀 얻어내려고 비위 맞추기 위해 일찍부터 기다린 거겠지.

이름뿐이라고는 하나 황제인 이상 내 말이면 돈을 뜯어낼 수 있으니까. 그리고 재상보다야 내가 조종하기 편하다고 생각하겠지.

'저런 놈들한테 세레나를 맡겨야 한다?'

속에서 불이 나는 것 같다. 하지만 어쩌랴.

꼴에 신의 대리인이랍시고 왔는데.

최근에 신전 정화 운동이니 뭐니 해서 부패한 자들을 정리하던데 이 수도 쪽에는 그런 거 안 하나?

속으로는 뭐라고 투덜대든지 겉으로는 태연하게, 얼굴에는 조금 미소까지 띠고―이게 바로 궁극의 접대용 미소라는 기술이다―살짝 고개를 끄덕였다. 그에 따라 시녀들이 문을 열자 안으로 들어섰다.

"제국의 지배자를 뵙습니다."

"아아, 됐습니다. 앉으시지요."

내가 웃으며 자리를 권한 뒤 앉자 그들도 다시 자리에 앉았다.

"제가 좀 일찍 왔습니다만 그대들은 더 서둘러 오셨군요."

저런 놈들도 고위 신관이라고 존칭을 써줘야 하는 게 속이 쓰리다.

"예, 좀 서둘렀사옵니다, 폐하."

"어찌 감히 폐하를 기다리시게 하겠나이까. 그래 서둘렀나이다."

그나마 저놈들이 나에게 극존칭을 쓰는 데 기분이 나아진다.

차가 한 잔씩 돌려지고 이런저런 이야기가 나오다 적당히 시간이 지나자 역시 용건을 꺼낸다.

"하하, 이번 수확도 폐하의 은총으로 대풍작이었습니다."

그게 내 덕분이냐, 니들의 권력의 원천인 신들 덕이지?

"그렇게 말씀해 주시니 고맙군요. 하지만 모두 신들이 이 제국을 보살펴 주신 덕분이지요."

고맙긴 개뿔이…….

그나저나 나도 점점 사교용 기술이 느는구나, 속과 겉이 완전히 다른 걸 보니.

속으로 경탄하고 있는데 세네시안―빛의 신―을 모시는 신관이 간사한 웃음을 보였다.

"폐하께서 신의 축복 속에 계시지 않습니까?"

호오… 미리 아부하니?

내가 축복 속에 있기는 무슨…….

최근에는 신들이라는 자가 내 앞에 있다면 나한테 유감있냐며 멱살이라도 잡고 흔들어 버리고 싶을 정도로 힘든데.

"그런가요?"

말을 돌려 하면 못 알아듣는 척해댔기 때문에 이제 슬슬 직설적으로 나오겠지?

"폐하, 요사이 제국민들의 신앙심도 높아졌사온데… 안타깝게도 저희 신전들이 모두 낡아 많이 불편해하고 있사옵니다."

어쭈? 댁들, 핑계대는 거 많이 발전했어. 예전에는 정말 택도 없는 소리를 하더니 머리 좋아졌구나. 진짜 신전 건물이 약간 파손되어 있기도 하니까. 하지만 말야…….

"대신관님들께서 무슨 말씀을 하시려는지 알겠습니다."

저것들, 눈빛이 초롱초롱하구만.

"…이 제국이 발전하고 있지요. 역사도 오래되어 요사이 오랫동안 수도였던 이곳에서는 옛 건물의 파손 소식이 심심찮게 들려오고 있습니다."

이제 자기들이 원하는 말이 나올 줄 알고 눈이 번쩍거린다. 하지만… 기대 깨서 미안해.

"그렇다면 폐하……."

"그렇지 않아도 이미 그런 건물을 보수하라 지시 내렸습니다."

하하… 실망하는구만. 예산을 빼돌려서 배불릴 생각을 열심히 하고 있었겠지만 그렇게는 안 되지.

내가 말을 가로채서 바로 말하자 저들의 표정이 순간 굳어진다.

하지만 역시 기생충들답게 다시 사람 좋아 보이는 듯한 웃음을 띠었다.

"감사하옵니다, 폐하."

"하하하, 당연한 일인 것을……."

핑곗거리가 없어졌으니 그냥 물러나거나 혹은 다른 핑계를 대겠지.

이번에 그런대로 넘어간 데 안심하면서 차를 마시는데 한 신관이 마시던 차를 도로 뿜게 만들 뻔한 소리를 한다.

"폐하, 세레나님께서 저에게 신전 수업을 부탁하셨는데 윤허하신 일이옵니까?"

니미, 세레나가 벌써 제멋대로 레일레나─전쟁의 여신이자 희망의 여신—의 신관에게 말했나 보다.

"아아… 왕궁이 답답하다고 다른 곳에서 공부하고 싶다 하더군요. 그렇지만 학교에 보낼 수도 없어 생각해 보겠다고 했는데 세레나는 레일레나의 신전에 가고 싶은 모양이로군요?"

"그렇사옵니까?"

저 대신관은 기분이 좋은지 얼굴이 활짝 펴진다.

"내 좀 더 생각해 보고 말씀드리지요."

"알겠사옵니다, 폐하."

세레나가 가면 일단 내가 신경 쓰게 될 테니 뭔가가 있을 거라는 생각에서인지 저 노신관의 얼굴이 환해진다.

너 같은 자가 있는 신전에는 절. 대. 안 보낸다.

내가 미치지 않는 한 말이지.

대충 용건이 끝났는지 신관들은 이런저런 시답잖은 대화만 한 뒤 물러났다.

"쿡쿡쿡……."

그들이 나가고 난 뒤 내가 고개를 숙이고 쿡쿡대자 제노시아가 지나가는 말처럼 한마디 했다.

흉해 보인다고……. 훌쩍.

그들을 보내고 내 서재—왕궁 서고에 있어서는 안 될 책이나 밖으로 돌아다녀서는 안 될 책들이 많아 흥미로운 것이 무척 많다—에서 책을 뒤적이고 있는데 아리아가 들어왔다.

"폐하, 여기 계셨습니까?"

격식을 차린 아리아의 말에 난 살짝 웃었다.

"사석에서는 마음대로 불러요, 아리아."

예전 같은 내 말에 그녀도 살풋 웃었다.

"안 될 것 같아요. 디토가 화내거든요."

그러면서도 편하게 말하며 웃었다.

"약한 모습을 보이네요, 아리아."

제노시아도 웃으며 말을 건넸다.

"어머~ 당연하잖아요, 나의 낭군님이신데."

"네네, 잘 알았다구요. 그나저나 아리아?"

"왜요?"

"무슨 일이죠?"

내 말에 아리아는 깜빡했다는 듯 장난스럽게 손바닥으로 이마를 가볍게 쳤다.

"아아, 오늘 저녁의 파티 때문이죠."

"파티?"

그 말에 미간을 찌푸리자 아리아는 내 이마를 살포시 만지면서 말을 이었다.

"모르진 않으실 텐데요. 선대의 황비, 즉 황태후(皇太后) 샤이나님의 생신 파티잖아요."

"안 가고 싶은데……."

내가 투덜댔지만 아리아는 내 말을 싹 무시한 채 문 근처에 기립해 있는 시녀들을 향해 돌아서면서 말했다.

"옷을 준비해 놓거라."

으씨.

"안 간다니까!"

"가야 돼요. 지금까지 다 빠졌잖아. 그러니깐 계속 친지라는 것들이 더 난리 치는 거라고!! 가끔씩은 싫더라도 갔다 와."

아리아가 반말로 나오는 걸 보니 열받았다.

이럴 때 반항하면 일난다. 고로…….

"알았어."

내가 무슨 힘이 있겠는가. 훌쩍.

나 정말 황제가 맞는 건지…….

결국 아리아에게 끌려가 억지로 이런 파티 때 입는 화려하기 그지없는 옷을 챙겨 입어야 했다.

옷 만들어주는 사람들이야 화려하면서도 격식있고 어쩌고 하지만 내 눈에는 그저 보석덩어리로밖에 안 보인다.

옷에 붙은 보석만도 몇 개래? 정말 아까워 죽겠다. 이렇게 주렁주렁 달고 가기 싫은데.

시녀들이 아직도 이것저것 달아주고 있다.

내 마음을 잘 아는 아리아가 최소한으로 하라고 해서 그나마 좀 나은 거지만 정말 이러기 싫어서 더 가기 싫다(아리아가 들으면 핑계라고 하겠지만).

"후……."

내가 나도 모르게 얼굴을 찌푸리고 한숨을 내쉬자 시녀들이 잘못한 게 있나 싶어서 깜짝 놀라서 움찔거린다.

"아하… 하."

괜히 놀래킨 것 같아 미안한 마음에 그냥 살짝 웃어주었더니 안심했는지 다시 분주해진다.

'내가 구슨…….'

시녀들이나 호위기사들이 이럴 때면 기분이 묘하단 말야.

내 표정 하나에 움찔거리는 모습이 과히 보기 좋은 게 아니다.

특히 내가 조금만 얼굴을 찌푸려도 불안해하며 깜짝 놀라는 모습을 보면 내가 무서운 괴물이라도 된 듯한 기분도 든다.

준비가 끝나고 또 한 번 작게 한숨을 내쉬며 걸음을 옮겼다.

'한숨을 많이 쉬면 운이 없어진다던데… 끙……'

"폐하."

언젠가 들은 속설을 떠올리며 또 남몰래 한숨을 내쉬는데 아리아의 목소리가 들린다.

"왜 그러죠?"

"…연회에서… 조심하십시오."

아리아가 망설이며 어렵사리 말을 꺼낸다.

"…알고 있어요."

지금 생일맞이 연회가 한창일 황태후께서는 날 좋아하지 않는다.

이유?

당연하지 않은가.

멀쩡한 자신의 남편, 즉 전대 황제가 갑자기 강제 퇴위되고 다음 황제랍시고 황제의 자리에 오른 놈이 자신의 자식은커녕 죽었는지 살았는지도 몰랐던 아이라니. 유폐된 지 오래된 후궁의, 있는지 없는지 신경 쓸 필요도 없다고 생각했던 한낱 첩의 아들이 떡하니 자신의 아이를 앉히려 했던 황제가 되어선 멋대로 놀고 있으니까.

'그래, 날 싫어하는 건 이해는 한다 이거야. 하지만……'

몇 번 마주치지도 않았지만 마주칠 때마다 표독스럽게 구는 그 여자에게 이미 질려 버렸다.

그래도 설마 이번엔 자기 생일인데 자기가 판을 깨겠어?

그렇게 생각은 하지만……

'아이고, 머리야.'

대대로 장수한 황제가 없는 이유를 온몸으로 체험하고 있는 덕에 또다시 머리가 띵해왔다.

나도 아마 일찍 죽게 될 것 같다.

아마 병명은 신경성 위염과 두통일 거야.

"황제 폐하 드십니다."

음, 다 왔군.

'하하, 별일없으면 제일 좋고 별일있어도 내가 좀 참아야 할 텐데.'

엷은 미소를 띠고 연회가 한창인 곳으로 들어서면서 속으로 생각했다.

…….

하지만 혼자 다짐하면 뭘 하며 생각하면 뭘 하는가. 주변 상황은 안 따라주고 상대는 더 안 따라주는데.

"폐하께서는 이 어미가 싫으셨던 모양입니다그려."

일단 생모가 아니라도 황제와 황태후 사이이니 어머니라고 불러야 하는 게 이 갈리는 현실이다.

"그럴 티가 있겠습니까, 어머니? 단지 불편해하셔서 피해 드린 것이지요."

나도 살짝 비꼬아서 받아쳐 준다.

으… 인내심이 바닥나는 소리가 들리는구나.

왜 하고 많은 사람 중에 날 잡고 난리야?

이야기 상대가 널리고 깔렸는데.

"아아, 그러십니까? 이 어미를 생각해 주셔서 기쁩니다."

"네에."

왜 저러나 몰라?

'여기서 그냥 넘어갈 리 없는데…….'

황태후와 겉으로는 느긋한 대화를 나누다가 잠시 대화가 끊기자 들고 있던 와인을 마저 마시고는 그녀를 지그시 바라보았다.

우리 사이에 낀 한 불운한 시종이 다시 와인잔에 와인을 채워준다.

저 마녀가 여기서 그냥 넘어갈 리 없는데라고 속으로 중얼거리면서도 겉으로는 태연한 척할 수 있는 걸 보니 나도 꽤 이런 데 익숙해진 모양이다.

우리의 은근한 대화에 내 뒤에 있는 아리아와 디트레이, 제노시아가 초조해하고 있는 것이 느껴진다. 내가 뒤엎어 버릴까 봐 걱정되겠지.

'걱정하지 말라고. 일단 저 마녀의 생일이니 저 여자가 직접적으로 시비 걸기 전에는 참을 테니까. 최.대.한 말야.'

속으로 이를 바득바득 갈면서도 얼굴은 무표정을 유지하고 와인을 입에 털어 넣었다.

황태후 때문에 평소보다 많이 마셔서인지 취기가 돌았다.

"그나저나 폐하."

드디어 황태후가 다시 입을 열었다.

화제를 전환하면서 일상적인 이야기를 하는 듯 평온한 목소리로 가장해서 입을 열었지만 눈빛은 영 아니다.

"서쪽 탑에 유폐되어 있던 그 천한 가희(歌姬)가 다 죽어간다지요?"

황태후의 말에 나보다 주변이 싸늘해지는 게 느껴진다.

이런 반응은 당연하겠지?

저 계집이 말하는 천한 가희라는 사람은……?

'으드득.'

내 생모이니까.

한쪽 손을 꽉 쥐면서 분노를 억눌렀다.

"참으로 명이 길더군요. 그곳에 유폐되어 10년 가까이나 살다니 말입니다. 역시 천한 것들은 생명줄 하나는 질기다니까요. 호호호호."

너, 죽었어!!

아마도 황태후는 내가 날뛰는 것을 기대하고 있는 모양이다.

하긴 지금 날뛰기 직전이기는 하다.

하지만 잘못 건드려도 한참을 잘못 건드렸다. 저런 말을 하면 내가 날뛰어도 내 잘못이라는 평가는 없을 텐데 말이다.

어쨌든 이미 황태후에게서 떨어져 나간 귀족들도 많은데 이제 그만 적당히 포기하시지 아직 왜 저러시는지 원.

게다가 저러면 저럴수록 더욱더 지지도가 떨어질 텐데 그것도 모르는 건가?

아니면 다른 걸 노리고 있는지도 모르지.

나는 잔에 남은 와인을 한입에 털어 넣었다.

"특이하시군요."

"호호… 네?"

내 반응이 의외였는지 의아한 표정을 짓는다.

"생신이신데 그런 어두운 이야기를 즐기시는 걸 보니 말입니다. 그런 이야기를 좋아하시나 보지요?"

내 말에 잠시 멈칫하던 황태후는 다시 웃었다.

"호호호호, 그런가요? 하지만 폐하만큼 특이할까요?"

그러면서 비웃음을 담아 깔보는 황태후.

'저 여우 같은 눈빛이 정말 싫다.'

난 이제 열네 살이다.

평탄하지 못하게 자라서 이런 일을 좀 안다지만 저 50년 가까이 묵은 여우보다 이. 런. 일에 밝지 못해서, 어릴 적 이런 걸 못 봐서인지 더욱더 잘 모른다. 그래서 이런 일이 생기기 전에 늘 먼저 피해 버렸다.

내가 화낼수록 박수 치며 좋아할 여자이기에 화가 나서 죽을 것 같아도 그냥 넘어가는 일이 더 많았고 되도록 마주치지도 않았으니까.

하지만…….

'지금은 절대 싫어.'

그렇다고 뚜렷한 해결책도 없지만.

"무엇이요, 어머니?"

이미 연회는 끝난 거나 다름없다.

그러고 보니 내가 나온 연회마다 출석해서 시비 거는 황태후 덕에 제국의 연회 수가 선대에 비해 10% 정도 줄었다는 소리가 있던데 사실일까?

아아… 지금 내가 현실 회피 중인가?

"호호호… 그렇지 않습니까, 그 여자의 이야기에 어두운 말이라는 소리를 하시니까요."

화가 나서 소리치다 죽는 사람이 있다는 소리가 이해된다.

겉으로는 아직 태연한 모습을 보일 여유가 있기는 하지만 큰 연회복 소매에 감추어져 밖으로 보이지 않는 손을 더욱 꽉 쥐었다.

적어도 여기서 폭발하지 않기 위해.

"……."

아직 난 어린 것인지, 아니면 이런 곳에서 자라지 않아 익숙하지 않은 것인지 속칭 외교적 말싸움, 특히 이런 일을 건드려 오는 데에는 느긋하게 대응하지 못한다.

이런 민감한 부분이 아니라면 상대를 밟아줄 수 있을 정도로 받아쳐 줄 자신이 있는데 말야.

아무리 시작은 황태후가 했다고 하나 이런 연회장에서 내가 똑같이 대응하며 말싸움할 수는 없으니 참을 뿐이다.

속으로 이를 갈며 내가 이제 더 참지 못하고 엎어버리려고 입을 열려는 찰나 레비스 재상이 나섰다.

“그렇군요. 황태후마마께는 즐거운 이야기로군요.”

아마 내가 폭발하는 것도 막을 겸 연회장의 분위기가 더 험악해지기 전에 적당히 수습하려 나선 것이리라.

그런 리비스의 말에 황태후의 눈에 독기가 서린다.

“레비스 재상, 그대가 왜 그런 말을 하는지 모르겠소만.”

황태후의 독기는 싹 무시한 레비스는 당연하다는 듯 입을 열었다.

“아, 그야… 그런 후궁 분들 덕분에 선황이신 리스튼님과 자주 마주치지 않아 현재 세이서스―황궁―에 계신 것이니까요.”

태연하기 그지없는 레비스의 말에 황태후는 들고 있던 유리잔까지 부들부들 떨릴 정도로 손을 떨면서 레비스가 아닌 날 노려보았다.

한편 나는 이제 좀 기분이 가라앉아 느긋해졌다.

물론 레비스가 멋대로 나선 건 좀 불쾌하지만 레비스는 날 어린애로 생각하니 어쩔 수 없는 일이고.

‘그건 그렇고, 말한 사람은 레비스인데 왜 날 노려봐?

난 일단 디트레이에게 손짓을 하고 귓속말로 살짝 지시를 내렸다.

“황태후께서 방금 하셨던 말은 황제 폐하에 대한 모독으로 받아들일 수 있는 말입니다. 본래 사형이나 신분 박탈에 해당하나 자비로우신 폐하께서 피곤하셔서 실수하신 듯하니 궁으로 모시라고 명하십니다. 가시지요.”

디트레이가 나서서 내가 지시 내린 대로 마무리를 지었다.

“이… 이…….”

“모셔라.”

디트레이의 명령에 주변에 기립해 있던 기사들이 황태후를 호위하여―말이 호위이지 끌고 가는 형국이나 다름없다―연회장 밖으로 나갔다.

그걸 보면서 조소하는 나에게 레비스는 살짝 목례를 하고 사태를 수습하기 위해—연회에 참석한 사람들이 지금 난리다—사람들에게 이것저것 지시를 내리러 사라졌다.

나도 더 이상 앉아 있기 싫어져서 일어나 내 방으로 향했다.

아리아는 나보다 먼저 나갔으니 내 방에 가서 잠자리 준비 중일 테고 제노시아만을 데리고 걸었다.

복도에는 아무도 없어 나와 제노시아가 걷는 소리 말고는 아무 소리도 들리지 않았다.

"폐하."

조용한 복도에서 제노시아가 입을 열었다.

"왜?"

"죄송합니다."

자책감으로 가득한 제노시아의 말…….

무슨 뜻인지 알겠군. 하지만…….

"그대의 탓이 아니다."

"하나……."

"그만. 넌 나를 자객들로부터 지키기만 하면 된다. 이런 건 내가 해야 할 일이야."

그래.

내가 해야 할 일이고 내가 해결할 일이다.

비록 방금 전에는 내 능력이 모자라 레비스가 나의 일에 간섭해야 했지만 앞으로는 아니다.

내가 강해져야 한다.

"…앨리언님……."

"……?"

제노시아가 오랜만에 내 이름을 부른다.

"황제가 된 것을 후회하십니까?"

그의 성격을 보건대 아마도 며칠을 망설이다 꺼낸 말이리라.

그의 말에 폭발할 것 같았던 기분이 가라앉았다.

"…아니, 거기서 그대로 아무것도 못하고 썩어갈 수는 없으니… 그렇게 살기는 싫다. 내가 정한 일이니 후회는 하지 않는다."

그래, 후회하지 않는다.

거기서 계속 있어봤자 살해당하기밖에 더 했을까.

내가 이 길을 선택했고, 난 지금 그 길을 걸어가는 중이다.

'…후회하지… 않는다.'

주먹을 살짝 쥐었다.

약간 따끔해서 얼굴을 찌푸리자 제노시아가 앞에 무릎 꿇고는 내 손을 잡았다.

제노시아의 손길을 따라 손을 슬쩍 펴니 상처가 나 있었다.

'황태후 때문에 손을 너무 세게 쥐었나 보군.'

"힐링(Healing)……."

그의 마법이 내 손을 은은히 감싸자 아픔이 사라졌다.

"제노시아……."

"네."

"아까… 그런 식으로 말해서 미안해."

'정말 미안해…….'

연회장에서 있었던 일로 인해 내 무력함에 화가 나 제노시아에게 차갑게 화풀이한 것 같아서 작은 소리로 웅얼거리듯 말했다.

그 말을 제노시아는 들었는지 못 들었는지 아무 응답 없이 손을 치료해 주고 일어났고, 우리는 그렇게 서로 말없이 걸어서 방으로 왔다.

아리아가 미리 준비해 두었던 덕에 바로 편한 침실용의 가벼운 옷으로 갈아입을 수 있었다.

피곤한 일이 좀 많았던 하루여서 쉬어야겠다는 생각에 그대로 시녀와 시종들을 물러나게 하고 자려는데 아리아가 나가질 않았다.

"왜 아리아?"

침대에 털썩 주저앉으면서 조금 신경질적인 소리로 말했다.

말하고서 아리아에게 미안했지만 피곤해서인지 부드러운 말이 나오질 않았다.

"…앨리언, 미안해."

"하?"

이 사람이나 저 사람이나 왜 저런대?

"내가 가기 싫다는 연회에 억지로 보냈잖아. 그래서 그 여우에게 이상한 소리만 듣고……."

하하… 여우라는 대목에서 눈에 불꽃이 튀는 게 아리아답다.

"아리아."

"예."

어느새 잔뜩 울상이 된 예전 말투를 버리고 예의 바르게 대답한다.

"괜찮아. 어차피 피하고 외면할 일도 아니니까."

"……."

아리아는 내 말을 어떻게 해석했는지 모르겠지만 살짝 고개를 숙인 채 말을 하지 않았다.

"피곤해. 물러가."

이 대치 상황에 지친 내가 먼저 입을 열었다.

"편히 쉬십시오, 폐하."

아리아가 예쁘게 예를 갖추고 나간 뒤 나는 바로 침대에 파묻혔다.

피곤하다, 정말……. 황제 하기… 싫어…….

제길, 후회하긴 싫다고.

하지만…….

*　　　*　　　*

황궁 세이셔스의 황태후궁.

"아아아악!! 내가 그런 천한 놈에게 이런 모욕을 당해야 하다니."

와장창!

옆에 있던 장식품이 바닥에 내동댕이쳐져 깨진다.

"그 어미도 모자라 그놈에게까지 이런 모욕을 당해야 한단 말인가?"

"마마… 진정… 꺅!"

미친 듯이 소리치는 황태후 샤이나를 진정시키려던 황태후궁의 시녀 장이 그녀의 손찌검에 짧게 비명을 질렀다.

빨갛게 된 뺨을 문지르는 시녀를 분노에 차서 노려보던 황태후는 히스 테릭하게 소리치기 시작했다.

"진정 네가 나에게 명령하는 것이냐!"

"그… 그것이 아니옵고……."

시녀장인 아르네는 얼마 전 황태후가 던졌던 물건에 맞아 눈 병신이 된 시녀가 떠올랐다. 그리고 괜히 나선 자신을 속으로 책망하며 떨리는 입을 열었다.

"닥쳐라!"

챙그랑!

"꺄악!"

황태후가 옆에 있던 유리잔을 그녀에게 던지자 아르네는 자신도 모르 게 비명을 내질렀다.

당연한 행동이었지만 그 비명이 거슬린 듯 황태후는 다시 손을 들어 주위의 물건을 아무 곳에나 던지기 시작했다.

황태후에게는 단순한 화풀이이지만 주위에 서 있던 시녀들에게는 그렇지 못하기에 벌벌 떨면서 그녀의 눈치를 살폈다.

"닥쳐! 닥치란 말이다! 내가 왜 그런 꼬마 때문에 이런 모욕을 받아야 하느냐!"

한참을 그렇게 물건을 집어 던지며 소리치던 태후는 숨을 헐떡거리며 멈추었다.

그리고 한곳에 몰려서 자신의 눈치를 살피는 시녀들을 노려보았다.

"…나가라!"

혹여 또 뭔가가 마음에 들지 않아 매질할까 하여 가슴 졸이던 시녀들은 그 말이 구세주인 양 바로 밖으로 몰려 나갔다.

혼자 남은 황태후는 엄지손톱을 씹으며 생각에 잠겼다.

'그 건방진 꼬마를 실책시켜야 하는데……'

그러나 아무리 생각해도 좋은 생각이 떠오르지 않아 초조해질 무렵 방문이 열렸다.

"누가 들어오라고……?"

짜증이 치솟아 화풀이라고도 할 양으로 소리치며 뒤를 보자 들어온 사람은 그런 황태후가 무섭지 않은지 살풋 웃었다.

"어머니."

들어온 사람을 본 황태후가 미소 지었다.

"아아… 내 사랑스런 딸 시에라, 어서 오너라."

화가 머리끝까지 치솟았지만 자신이 가장 아끼는, 자신을 가장 닮은 딸을 보자 화가 어느 정도 가라앉았다.

"엉망이로군요. 시녀들은요?"

방 안을 훑어보며 시에라가 말하자 황태후는 미간을 찌푸렸다.

“내보넜다.”

퉁명스런 어머니의 말에 상황을 짐작한 시에라는 알았다는 뜻으로 고개를 끄뜩였다.

사실은 아까 연회장에 있었던 시에라는 이 사태를 어느 정도 짐작하고 일부러 시간이 좀 지나 황태후를 만나러 온 것이다.

“하지만 이래서야 차라도 마실 수 있겠습니까?”

시에라는 우아한 손짓으로 종을 흔들어 시녀들을 불러 방을 치우게 했다.

“리랜스 백작은?”

리랜스 백작은 시에라의 남편으로 수도에서 멀지 않은 곳에 영지를 가지고 있는 우직한 사람이다.

“그자는 지금도 자기 영지에서 일이나 하고 있을 겁니다.”

확실히 남편을 깔보는 어투로 말하는 시에라에게 황태후는 안쓰럽다는 표정으로 다정히 그녀의 손을 쓸어주었다.

곧 정리를 마친 시녀들이 차를 내오고 물러갔다.

의자에 앉아서 우아하게 차를 한 모금 마시며 시에라가 입을 열었다.

“연회장에서는 너무 노골적이시더군요.”

“그 야긴 듣고 싶지 않다.”

짜증이 가득 묻어 있는 어머니의 말에 시에라는 들고 있던 찻잔을 내려놓으면서 속으로는 통쾌하게 웃었다.

하지만 겉으로는 어디까지나 어머니를 걱정한다는 듯이 부드러운 목소리로 입을 열었다.

“천한 여인에게서 난 아이지만 그래도 지금은 황제입니다. 조심하시는 것이…….”

‘네가 날뛸수록 내가 움직이기 편해. 더 날뛰라고.’

“걱정 마라. 나도 적당히 자제하고 있으니까.”

‘내 아들을 황태자로 책봉한 다음 실각시켜야 하니 말이다.’

서로 속마음을 이야기하지 않으면서 겉으로는 어디까지나 화기애애한 모녀로 차를 마셨다.

똑같은 모습이기는 하지만 시에라는 황태후의 생각을 어느 정도 알고 있었고 황태후는 시에라의 생각을 전혀 모르고 있었다.

다른 곳에서야 어떤 행동을 하고 어떤 말을 하든 황태후에게 시에라는 딸이었으니 그런 생각을 하고 있으리라고는 생각도 못하는 것이다.

*　　　　*　　　　*

그 미칠 것 같던 생일 파티가 하루 지나자 꽤 진정되었다.

그리고 난 집무실로 재상을 불렀다.

일단은 인사를 하기 위해. 그리고…….

“어제 날 말려주어 고맙네.”

“예, 폐하께서 술에 취하신 데다가…….”

뭐라고 말을 많이 하려는 기미가 보인다.

“됐네.”

그래, 지금 황태후와 싸워 좋을 건 없다.

그때는 머리끝까지 화가 나서 생각지 못했지만 머리가 차갑게 식은 지금은 어제 재상이 말려주어 다행이라는 생각이 든다.

아무리 재상이 내가 어린아이 같아 불안해서 말린 거라 해도 지금은 고마운 게 사실이다.

아직은 아니다.

아직은 황태후가 날뛰게 내버려 두어야 한다.

우선은 그 여자가 아니라 정치권과 귀족들을 잡아야 하니까.

그래야 모든 것을 내 마음대로 할 수 있으니.

지금은 가음대로 하게 놔두겠어, 샤이나.

하지만 오래가지는 않아.

"리튼 공작(레비스), 오늘 저녁 4대 공작가와의 만남은 준비해 두었소?"

"예, 폐하."

"그럼 나가보시오."

레비스 재상은 조용히 집무실을 나갔다.

그와 동시에 내 얼굴에는 조소가 어렸다.

지금 저 냉철한 재상이 날 진심으로 인정하지 않고 있는 것 안다.

아직 별문제가 없기에 내버려 두는 것뿐, 지금도 겉으로야 섭정(攝政)이 없다지만 실제로는 재상이 섭정하는 거나 다름없다는 것 역시 잘 알고 있다.

아직은 다른 대신들과 귀족들도 날 그저 '좀 머리가 좋은 편인 아이'로만 보고 있으니까.

이제 나이도 어느 정도 되었고 시기적으로도 좋으니 자리를 잡을 생각이다.

확실하게 황제 노릇을 하려면 일단 4대 공작가와 6대 세력가를 잡아야겠지.

그래서 레비스 재상을 비롯한 4대 공작가를 모아 골려주려고 레비스에게 만남을 지시해 놓았다.

이제 이 문제는 내가 잘하면 걱정 끝.

그리고 남은 건 6대 세력가인가?

일단은 공작가들부터 가지고 놀아야지.

"폐하, 재상과의 대화는 끝나셨습니까?"

어느새 제노시아가 옆에 와 있었다.

"뭐, 별로 할 말도 없었는걸."

둘 다 지금은 서로를 인정하지 못하니까 할 말이 있을 리 없잖아?

피식 웃으며 어깨를 으쓱하자 제노시아는 걱정스럽다는 표정이었다.

"파하하하! 이제 시작이잖아. 벌써부터 걱정하진 말라구."

제노시아가 너무 진지해서 장난스럽게 말했지만 솔직히 나도 걱정된다.

막무가내로 밀어붙일 수는 없는 일이니까.

4대 공작가의 가주들도 만만치 않은 이들이고.

오늘 저녁의 만남이 기대되는군.

*　　　　*　　　　*

"리튼 공작, 무슨 생각으로 그런 어린 꼬마를 황제로 만들었소이까?"

루벤트 공작이 불만에 가득 차서 투덜거렸다.

레비스─리튼 공작─는 그저 웃을 뿐이었다.

솔직히 말할 만한 이유가 없기에 말할 것이 없었다.

레비스는 그저 황위 계승권을 가진 이가 필요했고 앨리언은 거기서 나오고 싶다는 그런 이해관계 정도였으니까.

"머리는 좀 좋은 모양이던데 자칫하면 무슨 문제를 일으킬지도 몰라 걱정되는군요."

은근히 독을 담아 말한 카난 공작은 자신의 탐스러운 머리를 매만지며 미소 지었다.

시르 공작은 마치 자신과는 전혀 상관없는 일인 듯 그저 이 상황을 즐길 뿐이었다.

그렇게 제멋대로 말하는 이들을 보며 레비스는 작게 한숨을 쉬었다.

그 어린 황제가 무슨 생각으로 모두를 만나고 싶어하는지는 어느 정도 짐작이 간다.

머리가 꽤 좋은 것 같았으니 4대 공작가와 담판이라도 지을 생각이라는 건 짐작할 수 있었다.

하지만 저렇게 뱃속에 구렁이 백 마리씩은 키우고 있는 듯한 공작들을 제대로 상대할 수 있을 리 없는데 대체 무슨 생각으로 모두를 만나고 싶다고 한 건지 이해가 되지 않았다.

"후, 어쨌든 폐하께서 부르셨으니 가시지요."

"글쎄, 리스튼 녀석도 폐하라고 부른 적 없는데?"

카난 공작의 부드러운 말에 레비스는 머리가 지끈거렸다.

'그 꼬마, 머리가 좋다고 생각했었는데 아닐지도 모르겠군.'

너무 무모하다는 생각을 하며 황제의 집무실로 향했다.

그런데 이상하게도 집무실 문 앞에 늘 서 있던 기사들이 보이지 않았다.

"어머?"

시르 공작도 이상하게 생각했는지 느릿하게 의아함을 표시하더니 이내 눈에 즐거움이 어렸다.

카난 공작과 루벤트 공작도 이상하다고는 생각했지만 별로 중요하게 여기지 않는 모양이었다.

그리고 서로를 한번 마주 본 뒤 문을 열었다.

안에는 황제인 앨리언이 느긋한 포즈로 의자에 기대앉아 있었고 그 뒤로 제노시아가 그림자처럼 서 있었다.

그들이 들어서자 앨리언은 읽고 있던 책을 덮었다.

"오랜만에 뵙습니다, 앨리언님."

카난 공작의 인사를 시작으로 모두 같은 인사를 하자 앨리언은 마치 재미있는 장난감을 얻은 것 같은 웃음을 보였다.

"그렇군. 오랜만이야."

'폐하'라고 부르지 않는다는 건 '당신을 인정하지 않는다'는 암묵적인 의미이다.

그런데도 앨리언은 화를 내기는커녕 이 상황을 재미있어하고 있었다.

공작들은 약간 의외인 듯했지만 태연히 자리에 앉았다.

'흠, 못 알아들은 건가?'

'좀 묘한데 이거. 어쩌면 된통 걸린 건지도 모르겠어.'

'대체 무슨 생각으로……?'

'흐음? 재미있겠는데?'

루벤트, 카난, 리튼, 시르. 이 제국의 4대 공작가이다.

건국 이후부터 계속 직위와 이름이 변함없이 이어져 온 보기 드문 가문이다.

그만큼 자부심이 대단하겠지만 꽤 특이한 사람들이란 평가가 늘 따라다니고 있었다.

그리고 덧붙여 원래 건국 초에는 황제의 수족으로 일했었고 이후에도 그런 일을 하게 되어 있었다. 하지만 지금 이들 공작가는 그렇게 황제에게 충성을 바쳐 수족이 되어 일한 것도 꽤 오래전의 일이었다.

"무슨 일로 우리들을 보자고 하셨소?"

서로를 파악하려는 듯 말없이 응시하다가 성격이 좀 급한 루벤트 공작이 먼저 입을 열었다.

"쿡, 성격이 좀 급하군."

앨이언이 피식 웃으면서 어린아이 달래듯 말하자 루벤트 공작의 얼굴이 바로 일그러졌다.

"호호호… 루벤트 공작이 좀 성격이 급하지요."

카난 공작이 우아하게 말하며 은근히 루벤트 공작을 질책했다.

그런 상황에 앨리언은 더욱 재미있다는 표정일 뿐이었다.

"실례지만 춘추가 어찌 되시는지?"

"호? 아무리 그렇다지만 황제라고 앉아 있는 자의 나이도 모른단 말이오?"

카난 공작의 질문에 앨리언은 대충 대답하며 넘겼다.

그 대답에 카난 공작은 얼굴이 약간 붉어졌다.

카난 공작도 앨리언의 나이를 알고 있기는 했지만 순간적으로 정말 이제 십사 세의 소년인가 하는 생각이 들어 자신도 모르게 질문했던 것이다.

"저희를 왜 부르셨는지?"

이제 좀 조심스러워진 루벤트 공작의 말에 앨리언은 별것 아니라는 듯 말했다.

"아, 그저 단순히 대화 좀 하고 싶었던 것뿐입니다."

"그러십니까?"

다시 침묵이 내려앉았다.

공작들은 도저히 저 어린아이가 무슨 생각을 하는지 알 수가 없다는 생각을 했다.

다만 시르 공작만이 앨리언과 마찬가지로 이 상황을 즐기고 있는 듯했다.

"참, 그러고 보니 어린 마음에 좀 궁금한 것이 있는데 답해주겠소?"

앨리언이 뻔뻔하게 하는 말을 듣고 다른 이들은 표정 관리를 잘했지만 루벤트 공작만은 표정이 묘하게 변했다.

"무슨……?"

다른 이들이 각기 표정 관리를 하며 입을 열지 않자 레비스가 떠밀리다시피 하여 상대했다.

"별건 아니고, 선례들을 보면 말이오, 황제가 정치를 좀 잘못하거나 해도 지금 오신 공작들은 별로 나선 일이 없던 것 같던데."

"예, 그렇습니다. 보통 뒤로 물러나 있지요."

그게 어떻냐는 식의 대답이었다.

보통 저런 반응을 보이면 좀 무안하기도 하련만 앨리언은 그저 싱긋이 웃으며 계속 이었다.

"그저… 어째서 어떤 일이 있더라도 움직이지 않는 건지 그 이유가 궁금해서라고 할까?"

루벤트 공작은 울컥 하는 듯한 표정이었고 카난 공작은 눈빛이 날카로워졌다.

앨리언은 지금 4대 공작가 전체를 약간 돌려서 비난한 것이다.

"어차피 장로들과 황태후 같은 이들이 있어 함부로 할 수 있는 경우는 드무니 굳이 나설 이유가 없지 않나요?"

"호, 그런가? 황제가 폭정을 하든 안 하든 어차피 그대들의 권한이 변하지 않으니 상관없다?"

쾅!!

"생각없이 말하지 마시오!"

루벤트 공작이 테이블을 치며 소리치는 순간 앨리언의 뒤에 조용히 서 있던 제노시아가 공작의 목에 검을 겨누었다.

"읏!"

워낙 순간적으로 일어난 일이라 대응하지 못한 루벤트 공작은 신음 소리를 흘렸다.

"일단은 이름만이라 해도 난 황제가 아닌가? 내 앞에서 무례한 짓은 하지 않도록 조심해 주었으면 하는데……."

앨리언은 지금까지 미소 짓던 표정을 지우고 냉정하기 그지없이 대했다.

카난 공작은 입술을 깨물었고 레비스는 좀 멍한 표정을 지었다.

"제노시아!"

앨리언의 지시에 제노시아는 검을 거두고 다시 앨리언의 뒤로 물러났다.

"자, 대화를 계속하지."

앨리언은 다시 부드러운 미소를 띠었다.

*   *   *

"후후후후, 꼬마 황제 폐하께서는 재미있는 분이시군요."

지금까지 조용히… 라기보다 방관자처럼 굴던 시르 공작이 이상한 말을 했다.

순간 '꼬마' 란 소리에 울컥 했지만 얼굴에는 그저 미소를 띠었다.

지금은 외교적, 정치적 협상 중이니까.

"무슨 소리지?"

"제가 알기로 당신께서는 이미 저희의 성격을 어느 정도 알고 계시리라 생각했는데 그렇지 않습니까?"

난 긍정하지도 부정하지도 않고 계속 하라는 제스처를 했다.

"루벤트 공작이 발끈하여 덤빌 걸 예상하신 듯싶은데 일부러 저희를 도발하시는 이유를 알고 싶습니다."

시르 공작은 어쩐지 멍해 보이는 겉모습과는 다르게 예리하게 핵심을 물어왔다.

시르 공작의 말대로 일부러 도발한 게 맞긴 하다.

일단 내가 그들이 생각하는 정도로 어리지 않다는 걸 먼저 심어줄 생각으로 처음부터 성질 급한 루벤트 공작을 도발했다.

하지만 그 목적이 아니더라도 하고 싶었던 말이기도 했다.

"늘 그렇지. 4대 공작가는 이름만 내세우며 아무것도 하지 않고 있지 않나. 이번의 '혁명'에 리튼 공작이 나섰던 건 아주 이례적인 일이니 예외로 둔다면 그대들은 지금껏 이 제국에 해온 일이 아무것도 없어."

선조(先祖)들이 이 나라를 세울 때 공헌했던 것 말고는 말이지.

미소를 띤 채 얼음 같은 어조로 말을 늘어놓았다.

하지만 시르 공작은 내가 차갑게 말을 하든 말든 여전히 좀 멍해 보이는 표정으로 입가에 미소를 띨 뿐이었다.

정말 엄청난 포커 페이스로군.

"황제께서는 당신 자신을 황제가 될 수 있는 분이라 생각하십니까?"

마치 서로의 생각을 꿰뚫어 보려는 듯 마주 보고 있다가 한참 만에 시르 공작이 아주 애매한 질문을 던졌다.

황제가 되면 되는 거고 아니면 아닌 거지 정말 까다롭긴.

"글쎄, 하지만 어느 누구도 봐주지 않는다면 아름다운 그림도, 화려한 꽃도 아무 가치가 없지 않나?"

이제 루벤트 공작과 카난 공작은 옆에서 구경만 할 뿐이었다.

레비스의 표정이 묘한 게 좀 걸리는군.

설마 나 오늘 살해당하는 거 아냐?

그, 그런…….

"후후후후… 그렇습니까?"

혼자 망상에 젖어들기 시작할 때쯤 어쩐지 즐거운 듯한 시르 공작의 목소리가 들렸다.

저 여자, 무척 음침한 거 같단 말야?

'응?

시르 공작의 표정이 변하는 건 처음 봤다.

그리 오래 알아온 사람은 아니지만 맹해 보이는 표정 말고는 본 적이 없었는데.

지금 시르 공작은 부드러운 미소를 띠고 있었다.

하, 내 말이 마음에 든 것인가? 아니면……?

시르 공작은 말없이 일어나더니 내 앞에 무릎을 꿇었다. 그리고…

"저 루이네 켈 시르, 앞으로 폐하의 수족이 되어 일하겠나이다."

하고 말하면서 내 소맷자락에 입을 맞추었다.

"고맙군."

솔직히 이렇게 쉽게 풀릴 거라 생각하지 않았기에 얼떨떨해서 할 말이 그것밖에 없었다.

시르 공작은 그런 나에게 살짝 미소 짓더니 우아하게 일어나서 다시 자리에 앉았다.

그리고 아무 일도 없었던 것마냥 평소의 표정으로 돌아갔다.

"루이네 언니……."

카난 공작도 당황한 듯 목소리가 떨리고 있었다.

저 시트 공작이 이렇게 행동할 사람이 아니니까.

단순한 루벤트 공작이야 아무 생각 없을 테지만 머리 좀 쓰는 카난 공작으로서는 머리가 꽤 아플 거야.

나야 좋게 풀렸으니 느긋하지만.

카난 공작은 잠시 눈을 감고 생각에 잠겼다.

그런데 그 모습을 보니 화가 나는 이유는 뭘까?

"쓸데없는 행동을 할 필요는 없네."

내가 툭 내뱉은 이 말에 카난 공작은 눈을 떴다.

"난 억지로 날 인정하라는 말은 한 적 없어. 그저 그대들이 그렇게 지금껏 황가에 해온 일이 없으니 나 역시 그대들의 권한을 인정하지 않을 뿐이지."

루벤트 공작의 눈썹이 꿈틀거리는 모습을 보니 이 말은 제대로 알아들었는지 기분이 심히 언짢은 모양이다. 하지만 사실인걸.

의무도 다하지 않으면서 권한을 찾는다는 것 자체가 어불성설이다.

하지만 루벤트 공작과는 달리 오히려 가라앉은 사람이 있었다. 바로 카난 공작.

"그렇군요. 예, 지금껏 저희가 저희 몸 하나를 사리는 데 급급했던 것을 인정합니다."

카난 공작은 많이 차분해진 모양이다.

그러면서 하는 말이 오묘했다.

"이제야 당신의 밑에 있고 싶다고 하면 쳐내 버리시겠습니까?"

담담한 어조.

허, 어차피 내가 쳐낼 수 없음을 알면서 하는 말인가?

한 사람이 아쉬운 판에 이 정도로 중요한 인사를 쳐낼 수야 없지.

"그럴 리야 없지 않은가?"

루벤트 공작은 아직 상황 판단이 잘 안 되는지 어리벙벙한 표정이었지만 카난 공작은 시르 공작처럼 내 앞에 무릎 꿇었다.

"저 리레이네 프 카난, 폐하께 영원한 충성을 맹세합니다."

이 소리가 정말 기분 좋아 바보같이 슬며시 웃어버렸다.

그리고 곧 이어 루벤트 공작도 충성 맹세를 했고, 오늘의 만남은 순조롭게 성공했다… 고 볼 수 있으려나?

그건 그렇고 예상보다 너무 쉽게 풀리는군.

공작들이 나가자 난 의자에 푹 기댔다.

"화, 그 시르 공작이라는 사람 생각보다 꽤 무섭던걸."

그 멍혀 보이는 무표정이 말이지.

일단 충성의 맹세는 평생 깨어지지 않는 거니 기반 다지기 1차는 성공.

이제 남은 건 6대 세력가.

4대 공작가와의 만남이 있은 지 1주일 정도 지났다.

그동안 아리아와 제노시아에게 그 세력가 가주들의 뒷조사를 하게 했다.

적을 알고 나를 알면 백전백승이라지 않은가? 우하하하하!

1주일간 준비 작업이 끝났으니 시작해야지.

1주일이 지나기를 기다린 이유 중 하나는 4대 공작가와의 일이 입소문을 타고 좀 퍼지기를 바란 것도 있었는데 이건 썩 성과가 좋지 못했다.

소문이 안 난 건 아니지만 소문일 뿐이라며 별로 믿는 거 같지가 않았다.

하긴 나라도 믿기 어려울 테니까.

한 루이 황제 때—10대 황제. 난 14대 황제—부터 지금까지 황실을 인정하지 않던 4대 공작가가 다시 황실을 인정하다니 말야.

이번에 6대 세력가와의 일도 잘 끝나면 내 기반을 확실히 할 수 있겠지.

이들 6대 세력가는 모두를 불러 따로 만나는 것보다 내가 직접 찾아가기로 했다.

기습적으로 말이다.

시작은 루이스 자작.

제국에서 경제력으로 세력가에 들어 있는 인물이다.

무역항이 영지에 있다 보니 상권에 간섭하고 있다고 하는데 그러다가 귀족들 몰래 상단도 세운 모양이다.

찾아가는 방법은 간단의 극치.

아리아의 마법을 이용해서 저택으로 잠입하는 거다.

“위치가 꽤 먼데…….”

내가 걱정하자 아리아는 입을 삐죽 내밀었다.

“그래도 시키실 거잖아요.”

좀 멀리 있는 바다 근처의 영지이다 보니 워프로 그곳에 갔다 다시 루이스 자작의 방으로 텔레포트해 주는 거다.

그래서 지금 아리아가 불만에 가득 차 있다.

“가자, 제노시아, 아리아.”

“예.”

“네에.”

아리아는 억지로 대답하더니 주문을 외웠다.

“워프!”

잠시 빛에 휩싸이고 나니 루이스 자작의 영지가 보이는 언덕에 서 있었다.

“흠, 빠르군. 편해.”

마차로 오면 죽어라 달려도 3일 거리인데.

“맘 편한 소리 하지 마세요. 앞으로 5일은 더 이 고생할 걸 생각하면 앞이 캄캄한데.”

난 편해서 좋았지만 아리아는 지친 듯했다.

조금 미안한걸.

"자, 이제 루이스 자작을 만나러 가야지?"

"한밤중에 이렇게 가면 놀라지 않을까요?"

"그러니까 하는 거야."

갑자기 만나러 가면 상대는 준비하지 못했던 만큼 불리하고 난 다 아니 유리하지.

게임은 유리하게 시작해야 하는 법.

아리아는 작게 한숨을 쉬고 주문을 외웠다.

"텔레포트!"

그리고 우리는 루이스 자작의 침실로 바로 이동했다.

다행히 루이스 자작은 밤이 꽤 깊었는데도 잠들어 있지 않았다.

"누, 누구요?"

당황하는 루이스 자작.

하하, 한밤중에 갑자기 사람이 나타났으니 놀랄 만도 하지.

"내 얼굴을 모르겠나?"

*　　　*　　　*

오늘따라 잠이 오지 않아 오랜만에 와인을 마시고 있는데 갑자기 사람들이 불쑥 나타났다.

"누, 누구요?"

깜짝 놀란 나와 달리 침입자들은 담담하고 느긋한 태도이다.

저런 태도들로 볼 때 날 죽이려고 온 건 아닌 것 같지만 어쨌든 침입자라는 생각에 기사들을 부르려고 하는데 그중 한 사람이 앞으로 한 발짝 걸어나왔다.

“내 얼굴을 모르겠나?”

그제야 보게 된 얼굴은…….

“화, 황제 폐하.”

내가 사는 이 나라 권력의 정점에 있는 황제셨다.

내가 그의 앞에 무릎 꿇자 그는 방긋이 웃으며 의자에 앉았다.

“한밤중에 들러서 미안하네만 대화를 좀 할까 해서 말이네.”

내게 일어나라고 말하며 한 말은 이상했다.

황성에서 여기까지는 4일에서 5일 정도의 거리인데 겨우 대화를 하기 위해 왔다? 게다가 오늘 저녁까지만 해도 황성에 계셨다고 알고 있는데?

함께 온 두 사람은 황제의 뒤에 서 있었다. 내가 슬며시 눈치를 살피자 그는 피식 웃더니,

“앉지 그러나?”

라며 자리를 권했다.

내가 엉거주춤 자리에 앉자 황제는 서두를 꺼냈다.

“그렇게 조심할 것 없네. 말 그대로 대화를 하러 온 것이니까.”

이제야 상황을 대충 알 수 있을 것 같다.

지금까지 유폐의 탑에 있었던 현 황제는 지금 지지 세력이 없는 거나 다름없다.

그러니 나를 자신의 세력으로 끌어들이려 온 것이겠지.

거기까지 파악하자 느긋해질 수 있었다.

“이 먼 곳까지 단지 대화를 하기 위해서 오셨습니까?”

아직 어리니 상대하기 쉽다. 이쪽에서 좀 강하게 나가면 당황하겠지.

아무래도 날 찾은 건 저 어린 황제의 생각이라기보다 저 뒤에 서 있는 두 사람의 생각일 확률이 높다.

그런 생각을 하며 뒤에 서 있는 남녀를 경계하는데 갑자기 황제가 날

비꼬았다.

"쿡, 역시 장사꾼이라 머리 회전이 빠르군."

알고 하는 말은 아닐 텐데……

"장사꾼이라니요? 무슨 말씀이십니까?"

일부러 불쾌한 어조로 말했지만 황제는 조금도 흔들리지 않았다.

"그대는 리나이트 상단의 주인이 아닌가? 아주 틀린 말은 아니지?"

순간 식은땀이 흘렀다.

그걸 어떻게 알았지?

분명 리나이트 상단은 내가 만든 나의 것이지만 그걸 아는 이들은 극소수다.

상업은 천하다는 인식이 강한지라 귀족인 내가 직접 나설 수가 없어 대리인을 세우고 철저히 비밀로 했는데.

"오, 내가 알고 있다는 것이 의외인가?"

이제야 황제가 이 상황을 즐기고 있다는 걸 눈치 챌 수 있었다. 지금까지 어리다는 이유로 거기까지 생각지 못했던 것이다.

"저… 미천하여 폐하의 말씀을 이해할 수가 없습니다. 무슨 말씀이신지……?"

식은땀을 흘리며 딴청을 피자 황제의 눈빛이 날카로워졌다.

"호오, 재미있군."

서릿발처럼 차가운 말.

황제는 살짝 미소 지으며 말을 이었다.

"그대는 지금 날 속이려는 것인가?"

북쪽 만년설보다 더 차가운 황제의 말에 나도 모르게 털썩 무릎을 꿇었다.

"폐, 폐하, 용서를……"

엎드려 빌었다. 그러다가…

"그대의 리나이트 상단을 정식으로 허가해 주겠네."

뜻밖의 말에 고개를 들었다.

"예?"

"루이스 자작의 상단으로서 허가하여 각국의 무역을 할 수 있게 도와주지."

엄청난 제의였다.

지금까지 제대로 인정받은 상단이 아니기에 내 영지를 포함한 몇몇의 영지에서 소규모 활동만 할 수밖에 없었는데 무역을 도와주겠다니?

흥분하는 머리를 진정시키고 무릎 꿇은 그대로 황제 폐하를 올려다보았다.

"조건이… 있으시겠지요?"

그런 큰 사안을 아무 생각 없이 내어줄 리 없다.

상인으로서의 머리가 빠르게 회전하기 시작했다.

"세세한 말이 필요없어 좋군. 당연히 조건이 있네."

폐하께서는 내 반응을 다 예상하셨던 듯 좀 무례한 내 말에도 부드럽게 미소 지으셨다.

"앞으로 5년."

"예?"

"앞으로 5년간 황성에서 내가 원하는 것들을 무상으로 지원해 주게."

"그, 그건……."

당황스러웠다.

밑도 끝도 없이 무작정 무상 지원이라니……. 그건 엄청난 손해를 감수해야 하는 일이다.

그런데 그 와중에 5년이라는 기간은 또 뭐지?

“쿡쿡쿡… 하나 더 덧붙이자면 5년이라는 기간 후에도 내 요구 몇 가지를 더 들어줘야 하네.”

만만치 않은 분이다.

“저… 그 5년이라는 기간은 무엇입니까?”

설마 5년 내로 날 망하게 만들 생각은 아니시겠지?

“호, 도르겠는가?”

폐하께서는 진정으로 이 상황을 즐기고 계신 듯했다.

“제 생각이 짧아 폐하의 생각을 감히 짐작할 수가 없습니다. 부디…….”

내 말의 도중에 폐하께서 손짓으로 말을 멈추게 했다.

“길게 말할 필요는 없네. 간단히 말하자면 숙청할 준비 기간이지.”

“수, 숙청?!”

폐하께서는 가벼이 말씀하셨지만 그 의미는 결코 가볍지가 않았다.

“나같이 지지 기반이 얇고 어린 황제가 제대로 설 길은 얼마 없지. 게다가 그런 혁명으로 황제의 자리에 올랐으니 어찌 보면 당연한 순서가 아닌가.”

그렇다는 말은 즉…

“아직은 내 어려서 할 수 없네만 서서히 준비하여 내 성년식을 전후하여 한 번에 몰아낼 것이야.”

“그, 그런 말씀을 제게 하셔도 됩니까?”

당황해서 말씀 올리자 폐하께서는 피식 웃어버리셨다.

“상관없지 않나. 어차피 오늘부로 그대는 내 쪽의 사람이 되어야 하니.”

난 입을 다물 수밖에 없었다.

상권이 탐나 내가 자신의 편에 설 가능성이 많다지만 이건 좀…….

아니, 상권이 아니더라도 이제 난 폐하의 수족이 되겠지만.

"무모하십니다."

정말 무모하신 분이다.

이렇게 무작정 말씀하셨을 때 혹여 잘못될 경우를 생각하고 계시기는 한 걸까?

"달리 방법이 없으니까. 무모한 도전이라도 하지 않으면 그저 썩어가는 방법뿐이니."

무서운 말이다.

얼음 같은 냉정함을 지니셨으면서도 저런 무모함이라…….

이제 나도 성공을 빌 수밖에 없겠군.

"약조드립니다."

서두없이 한 말이었지만 폐하께서는 그걸로 충분히 내 뜻을 읽으셨는지 미소 지으셨다.

원하는 답을 얻으신 폐하께서는 자리에서 일어나셨다.

"그대가 이번에 황성으로 찾아오면 허가장을 내어주지."

하하… 내가 허가장만 받고 배신하면 어떻게 하시려는 걸까?

이제 저분을 목숨 걸고 따르기는 하겠지만 저분의 저런 무모함은 적응이 안 될 것 같군.

원래 상인이란 확실한 길만 가는 사람이라 그런가?

폐하께서는 같이 온 여인에게 눈짓하셨고 그 여인은 바로 마법을 시전했다.

"워프!"

폐하께서 그렇게 가신 뒤 나는 해가 뜰 때까지 그 자리에 주저앉아 있었던 것 같다.

폭풍 속을 헤쳐 온 느낌이다.

무서운 분······.

＊　　　　＊　　　　＊

루이스 자작을 시작으로 5일 동안을 밤마다 돌아다니며 사람들을 만났다.

그 결과는 만족스러웠지만 잠이 충분하지 못해서 피곤해 죽을 지경이다.

하지만 요새 서류가 제대로 올라오는 걸 보니―레비스 재상이 이제 날 제대로 보는 모양이다―내가 제대로 자리 잡기 시작했다는 생각이 든다.

그런데 일이 늘어난 걸 볼 때면 기쁜 건지 귀찮은 건지 모르겠다니까.

어찌 됐든 6대 세력가의 가주들을 만났는데… 다른 이들도 만만치 않았지만 그 켈벤 백작이라는 사람이 제일 기억에 남는다.

군의 총사령관이라서 그렇게 생각 안 했는데 어찌나 순진하던지······.

덕분에 굉장히 재미있었다.

내가 밤중에 찾아온 이유부터 물어서 당황했었고 그 뒤 돌려 말하니 못 알아듣는 게 워낙 많아서 머리 때려줘 가며, 종이에 써가며 이야기했다.

아아… 즐거웠지.

오늘이 마지막이다. 단 한 사람이 남았는데······.

"모이기는 했는데… 어떻게 하실 거예요?"

아리아의 말대로 일단 모이기는 했지만 그 사람을 만나러 갈 방법이 없다.

"그 할리라는 사람이 어디 있는지도 모르는데······."

아마 이름이 키나이 할리일 거다.

정보 조직 '그림자' 의 수장이고 6대 세력가 중 유일한 평민이다.

말로야 평민이라고는 하지만 그를 평민이라고 생각하는 이는 없다. 모든 것을—정보는 생명이다—손에 쥐고 가지고 노는 자이니 다들 조심해서 대하는 것이다.

"글쎄……."

정보 조직의 수장이라 그런지 그—아니, 그녀?—어쨌든 할리라는 사람에 대한 정보는 아무리 노력해도 모을 수가 없었다.

정보 조직의 세계에서 철저히 비밀로 하고 있어서 그자가 남자인지 여자인지도 모르는 상황이다.

"하아… 그쪽에서 날 찾아오기를 기다려야겠지."

아무리 머리를 굴리며 생각해 봐도 묘안이 떠오르지 않는다.

"폐하의 지시대로 '그림자' 에 오늘 기다린다는 말을 비춰두었습니다만 역시 안 오는 걸까요?"

제노시아의 말이 아니더라도 오늘은 틀린 것 같다는 생각이 든다.

뭐, 기다려도 손해는 아니겠지만…….

연속 5일을 제대로 자지 못해서 피곤한데… 아무래도 기다리다가 잘 것 같다.

그럴 바에는 차라리 깨끗이 포기하고 자고 싶다.

그런 생각을 하며 앞을 보자 아리아는 고개를 꾸벅이며 졸고 있었다.

"이런이런……."

할리가 가장 중요하긴 하지만—다시 강조하지만 정보를 쥐는 자가 승리하는 법이다—오늘은 여기서 포기해야겠군.

다음에는 이렇게 무작정 기다릴 게 아니라 다른 방법을 알아봐야겠어.

그런 생각에서 아리아를 깨우려는 찰나 한쪽 공간이 흔들리는 듯했다.

그리고 검은 머리의 여성이 모습을 드러냈다.

“누구냐!”

제노시오가 내 앞을 가로막으며 소리치자 그녀는,

“날 초청한 건 그쪽일 텐데?”

가면을 쓴 것 같은 무표정으로 대답했다.

초청이라… 그렇다면…….

“키나이 할리인가?”

“그렇습니다.”

상대의 정체를 알자 기분이 좋아졌다. 기다리던 상대가 드디어 나타났으니 당연히 기분이 좋지 않겠는가.

내가 막 말을 시작하려고 하는데 키나이가 먼저 입을 열었다.

“제 이름을 어찌 알아내셨습니까?”

응? 난 별 생각 없이 말했는데… 혹시 자기 이름이 아닌가?

“여기저기 알아보다 보니 알게 되었네.”

“생각보다 상당하시군요, 제 이름을 알아내다니.”

저거 칭찬이야 욕이야?

“칭찬입니다.”

아, 그래… 가 아니고.

말도 안 했는데 잘도 대답하는군. 내 생각이 그렇게 얼굴에 다 드러나나?

아니, 이 문제는 나중에 물어보고 지금 급한 게 있지.

“뭐… 내가 어째서 자네를 찾았는지는 알고 있는가?”

허탈하게 묻자,

“모릅니다.”

아주 당당하게 대답한다.

“몰라?”

최대 정보 조직의 수장이?

모든 정보를 가지고 논다는 사람이 모른다고?

"예, 하지만 6대 세력가들을 찾아다니시는 이유라면 알고 있습니다."

저 여자, 날 바보로 만드는 데 특이한 재능이 있구만.

난 허탈한 어조로 말했다.

"그렇다면 알고 있지 않은가?"

"저는 황제 직속의 정보 조직인 '그림자'의 수장입니다. 황제 폐하께 충성하는 것은 당연한 일이니 용건이 될 수 없습니다."

말은 잘하는군.

"지금까지 얼굴도 보이지 않았으면서 말인가?"

"그 이유는 얼마 전까지의 당신은 황제라고 볼 수 없었으니까입니다."

당당한 대답이로세.

분명 얼마 전까지는 아직 나이도 어리고 해서 일부러 경계받을 필요가 없다는 생각에 조용히 있었지만 말야.

"그럼 지금은?"

"질문의 의도를 말씀해 주시겠습니까?"

정말 표정 하나 안 바뀌는 여자다.

저 얼굴, 혹시 가면이 아닐까?

"지금 날 만나러 온 이유를 묻는 거네."

"폐하께서 부르셨으니까 온 겁니다."

하. 하. 하.

정말 대화하기 힘든 사람이군.

아참, 그러고 보니 물어볼 게 있군.

"그럼 앞으로도 이런 식으로 만나야 하나?"

"아닙니다."

키나이는 자신의 양 팔목에 채워진 한 쌍의 팔찌에서 오른쪽의 것을 벗어서 제노시아에게 살짝 던져 주었다.

"엇?"

제노시아가 당황하든 말든 계속 자신의 말을 했다.

"그 팔찌에 마력을 넣으면 제 팔찌에 반응이 옵니다. 당연히 제가 이 팔찌에 마력을 넣어도 마찬가지이고요."

한마디로 만나고 싶으면 이렇게 연락하라는 거로군.

"일단 저 사람이 폐하의 그림자인 것 같아 주었습니다만……."

"아아, 맞아."

키나이와 오래 대화하다가는 미칠지도 모르겠다는 생각이 든다.

가면 같은 표정에 책을 읽고 있는 것 같은 어조, 교과서에 나올 법한 말들.

게다가 마이 페이스 형이라니.

"그럼 물러가도 되겠습니까?"

"그래."

허락을 구하더니 내게 꾸벅 인사를 하고 한마디 덧붙인다.

"저기 자고 있는 여자, 참 둔하군요."

라고 말하고는 공간에 녹아드는 듯이 사라졌다.

하하하… 자고 있는 여자라면 아리아?

깨운다는 걸 깜빡했군.

"아리아, 일어나."

2장

세튼의 반란

마수사란 정령사들이 정령과의 친화력을 타고나듯이, 혹은 사제들이 신성력을 타고나는 것처럼 선천적으로 어두운 마력을 타고난 사람이다.

지금처럼 이유없는 박해가 시작된 원인은 각 신전들 간의 대립 구도 탓이었다.

당시에는 디엔크의 신관들과 대립하던 각 신전에서 그들을 '어둠의 영혼을 타고났다'고 매도하고 배척하기 시작해서, 사람들에게 편견을 주입시킨 것이다.

이렇게 마력을 타고나는 아이들은 8~9세 때 자신이 마력을 가지고 있다는 것을 깨닫고 마나를 다룰 줄 알게 된다.

이 아이들은 선천적으로 마나를 다룰 줄 알기에 잘 교육받으면 훌륭한 마법사가 될 수 있는 인재인데도 불구하고 부모들이 마수사에 대해 제대로 알지 못하여 그런 아이들이 부모들에게 버림받는 경우가 허다하다. 하루빨리 이런 잘못을 바로잡아 그렇게 버림받는 어린아이들을……(중략)…….

얼마 전까지 마수사들을 어둠의 자식들이라 하여 박해한 이유는 제국의 5대 황제께서 신전의 지지를 받아 황제가 되면서 그들을 '이단'이라 칭했기 때문이다.

시간이 지나자 신관들은 마수사들에게 그때의 일을 사죄하고 인정했으나 오히려 일반 사람들은 그들을 꺼리게 되었다. 그것은 무지에서 나온 선입견 때문이라고 볼 수 있는데…….

—캘라인 아카데미의 역사 교과서 중에서

여동생이라는 존재

아침 정무 회의 후 내 서재의 창가에 앉아서 제노시아의 보고를 듣고 있었다.

귀족들 잡느라 은밀하게 대화하던 후로 거의 2년 만에 다시 비슷한 밀담을 하고 있다.

"그림자 요원들의 정보에 의하면 세튼에는 지난 2년간 기사의 수는 약 500여 명 늘어났고 용병들도 어느 정도 고용하고 있는 것 같습니다."

"어느 정도쯤?"

"현재는 약 600명 정도로 점점 더 늘고 있는 실정입니다."

무슨 보고냐 하면,

현재 이 아린드 국―제국―을 떠받드는 식량 제공자… 는 아니지만 어쨌든 우리에게 눌려 매해 열심히 공물을 바치느라 고생하던 세튼이 약 3, 4년 전부터―한마디로 내 즉위 직후부터―반란을 일으키려고 꿈틀거린다는 이야기다.

흠, 내가 그렇게 만만해 보이나?

"허어……."

2년 정도의 시간을 들여 국내 귀족들을 누르고 나니 이제 밖에 있는 것들이 설친다라…….

난 편히 살긴 어려운가 보다.

이제 열여섯 살밖에 안 됐는데 이런 고민을 해야 하다니.

난 불행해…….

"조만간에 시작될 것 같습니다."

흑, 역시 내가 만만한 거야. 슬퍼…….

뭐, 말은 이렇게 해도 솔직히 다 짐작했던 일이다.

내가 어리니까 당연히 '이때가 기회'라고 여겼을 터였다. 게다가 즉위하기 바로 직전까지 유폐되어 있던 놈이라 세상 돌아가는 것도 모를 거라는 생각이 들었을 테니까.

그래서 용감하게 '이 참에 벗어나 보자'를 외치고 있는 것이다.

"본보기이자 첫 스타트는 세튼이 되겠군."

"그럴 것 같습니다.

백날 말해도 모를 때는 본때를 보여줘야 하는 법.

그건 그렇고…….

"다른 곳은?"

"스라트는 아직 별 움직임이 없지만 국내 아카데미 같은 곳에서 기사나 마법사 지망생들에게 해주는 지원이 커진 것으로 볼 때 장기적인 계획을 세운 것 같습니다. 그리고 네라파는 현재까지 기사는 200명 정도, 마법사는 100명 정도 늘었습니다."

"네라파는 원래 마법 국가라서인지 마법사들이 꽤 늘었군."

기사들은 늘지 않았는데 말야(기사들은 학교를 졸업하면서 되는 경우가 많아 200명 정도는 당연히 느는 거다).

"대부분 실전 경험도 없고 2, 3서클의 마법사입니다."

2, 3서클에 실전 경험도 없다면 그들도 막 학교를 졸업한 사람들인 모양이군.

억지로 사람을 끌어 모은 티가 팍팍 나는데… 상당히 급했던 모양이군.

"그래, 다른 나라들은 됐고 소수 민족들은?"

아마도 나머지 나라들은 다른 곳보다 큰 편인 세튼, 스라트, 네라파가 일어나면 거기에 빌붙어서—참, 이게 아니고 연동해서—일어나려고 눈치 보고 있을 것이다.

그보다 외곽 지역에서 돌아다니는 소수 부족들이 세튼 같은 곳에 동조하면 곤란해진다.

"그들은 아무 변화 없습니다."

하긴 정책이 갑자기 변해서 탄압하지 않는 한 그들은 그냥 그렇게 지낼 것이다.

"그래? 그럼……."

꽝!

'속국이 아닌 주변 국가들은?' 이라고 물으려는데 아주 조용한, 조용했던 서재 문이 큰 소리를 내면서 열린다.

'으… 발로 차도 저 정도 소리는 안 나겠다. 누구야?'

화가 나서 문 쪽으로 고개를 돌리니 의기양양한 표정의 세레나가 서 있었다. '오빠~' 하고 인사하면서 말이다.

아이고, 머리야~

"세레나~ 좀 조용히 다닐 수 없니?"

그러나 세레나는 지끈거리는 머리를 누르면서 하는 내 말은 전혀 신경 쓰지 않고 안으로 들어왔다.

“사소한 데 신경 쓰지 마. 제노시아 오빠도 안녕?”

“네. 평안하셨습니까, 황녀님?”

세레나는 내 말을 싹 무시하고 멋대로 말하며 제노시아와 인사를 나누며 웃었다.

“너 말이야~”

화내고 싶지만 화내지도 못하고 있는데 세레나를 따라 아리아가 들어와서는 찻잔과 쿠키를 담은 접시를 내려놓으며 웃었다.

“그냥 져주세요, 앨리언님.”

‘아아… 진정 내 편은 없는 것인가?’

혼자 비관하며 차를 홀짝이는데 한참 명랑하게 제노시아와 이야기를 하던 세레나가 갑자기 나를 향해 고개를 홱 돌린다.

“아참, 오빠?”

“하아… 왜?”

“아까 무슨 이야기 중이었어?”

뜨끔.

“아니, 왜?”

시침 뚝.

다른 자들이 들으면 이상하다고 생각하겠지만 전쟁 같은 음험한(?) 이야기는 세레나에게 해주고 싶지 않다.

어차피 시간이 지나면 알게 될 것이고 황족인 세레나도 계승권 같은 유치하면서도 피 튀기는 이야기에서 벗어날 수 없지만 그래도 별로 말해주고 싶지 않다.

되도록 좋은 것만 보고 좋은 생각만 하고 지냈으면… 한다.

유년기가 밝지 못했던 만큼.

"이상하다? 오빠 중요한 이야기 방해하면 그런 반응 하더라?"

"착각이겠지."

'그런 반응이 뭔데? 라고 묻고 싶은 걸 눌러 참고 태연하게 말했다.

정치판에서 갈고닦은 포커 페이스가 진가를 발휘하는구나. 카카카카.

제노시아는 별 표정 변화가 없었지만 우리가 했을 이야기를 어느 정도 짐작하는―자신도 가끔 끼어서 대화하니까―아리아는 쓴웃음을 지었다.

"으응~ 그래?"

내 대답에 세레나는 눈을 가늘게 뜨고 나와 제노시아를 번갈아 봤다.

"뭐, 그렇다고 해줄게~ ♡"

윽… 눈치만 빠른 것 같으니라고.

세레나는 다아~ 알 만하다는 표정으로―무슨 생각을 했는지는 모르겠지만―고개를 끄덕였다.

"오빠, 하고 싶은 말이 있는데……."

뭔가 불안한데……?

"언제는 허락받고 했니? 해봐."

심드렁한 내 반응에 세레나는 잠시 머뭇거렸다.

평소의 세레나 같지 않은데?

"……?"

내가 의아함을 나타내자 오히려 아리아가 당황하기 시작했다.

대체……?

"…뭔데?"

뭔가 심각한 일인가 싶어서 조심스럽게 묻자 세레나는 마치 큰 죄를 지은 듯한 표정으로 조용히 입을 열었다.

"나 신관이 되고 싶어."

"…뭐라고?"

무슨 말인지 잘 모르겠다.

내 멍한 표정에 세레나는 다시 또박또박 말했다.

"신.관.이. 되.고. 싶.다.고."

지금 내 표정이 어떤지는 모르겠지만 세레나는 완전 겁을 먹었고 아리아와 제노시아는 걱정스러운 눈빛으로 날 보고 있었다.

난 그저 당황할 뿐이었다.

'세레나가 이곳을 떠나고 싶다고? 그렇다고?'

날 떠나려는 거니, 내 동생? 왜……?

세레나는 고개를 팍 숙이고 내 말을 기다리고 있었다.

"왜……?"

내가 어렵게 입을 열자 세레나는 고개를 들어 내 눈을 보았다. 담담한 표정이었지만 눈이 흔들리고 있었다.

"왜 신관이 되고 싶은 거니?"

어렵게 꺼낸 말은 이것이었다.

열 살 때, 그러니까 2년 전부터 레일레나의 신전에 다니고 있기는 했지만 난 그저 그러려니 하고 넘겼었다.

신전에서 공부하고 싶다는 걸 못하게 해서 그런가, 아니면 신앙심이 생긴 건가 하고 별 생각 하지 않았다. 그런데 갑자기 신관?

"웅… 그냥."

"그럼 안 돼!!"

내 단호한 대답에 세레나는 망설였다.

아마 방금 한 말이 진짜 이유는 아니겠지. 나한테 말하기 어렵다면 하지 않아도 된다. 하지만… 어째서……?

"오빠, 과민 반응 하지 마."

명랑해진 세레나가 말했다.

과민 반응?

"무슨 뜻이야?"

"난 이제 열두 살이야. 신관 시험을 보려면 1년은 더 지나야 하고 수도사—신관의 밑 계급. 신관이 될 정도의 능력이 없는 자들이나 그저 신에게 봉사하려는 이들—가 되려면 열다섯 살은 되어야 해."

그러고 보니 그렇다.

너무 흥분해서 생각을 못했었구나.

"그런데?"

한층 누그러져서 다시 물어보니 세레나는 장난스럽게 씩 웃었다.

"그저 그렇다는 거야. 내 꿈의 하나라고 생각하면 돼."

"지금 말하는 이유를 묻는 거야 난."

갑자기 허탈해졌다.

세레나의 말에 괜히 과민 반응 해서 손해 본 기분이었다.

"그을씨에~"

방글방글 웃으며 한 그 대답에 순간 동생을 패고 싶다는 충동을 느꼈다.

그런 내 기분과는 상관없이 화기애애해진 분위기 속에 아리아가 안도의 한숨을 내쉬었다.

"정말이지… 세레나님은 너무 장난이 심하세요."

"아냐아냐, 난 정말 신관이 좋다구."

"네네, 그러시겠지요."

"윽, 날 못 믿는 거야?"

세레나가 과장스러운 몸짓을 하며 웃었다.

그런 모습을 보며 일단 안심한 나도 짧게 한숨을 내쉰 다음 세레나를 불렀다.

“세레나! 세레나!”

“왜?”

내가 손짓하자 눈을 동그랗게 뜨고 나에게 다가온 세레나.

나는 말없이 검지를 그녀의 이마에 강하게 튕겼다.

‘아우~ 손가락이 다 얼얼하네.’

“악! 아퍼~”

내 여동생이라는 자는 응징을 받고 두 손으로 이마를 감싼 채 주저앉았다.

엄살 하고는…….

“맞을 짓 했어.”

내 말에 세레나는 아예 바닥에 앉아서 투덜댔다.

“씨이, 진짜 신관 될까 보다.”

“어머? 세레나님은 신관이 못 되실걸요?”

아리아가 끼어들어 세레나를 부드럽게 일으켜 주며 한마디.

“어? 왜?”

정말이지… 그냥 말해 본 것뿐인 거냐? 신관이 되겠다면서 그런 기본적인 ‘조건’도 모르고 있다니…….

정말 신관이 된다고 할까 봐 불안한 기분이다.

“황족이 신관이 되려면 황제의 승인이 있어야 합니다.”

나를 대신한 제노시아의 간단한 설명에 세레나는 바로 반응했다.

“뭐야? 왜 그런데?”

귀여운 것…….

“신관이 된다는 건 황위 계승권을 포기한다는 뜻이니까요.”

“에? 신관은 황제가 못 돼?”

세레나, 공부를 제대로 안 했구나.

우리 제국은 국교도 없단 말야.

그러니 당연히 황제로 인해서 나라가 어떤 교리에 물들지 않게끔 신관이나 사제들은 황제가 못 되게 되어 있지.

"신관이 황제가 되면 그 신전이 강해지지. 그리고 더 큰 문제는 일단 신관이라는 것은 신의 뜻에, 그리고 교황의 말을 받드니까 황제 때문에 나라 자체가 그 교리로 물들어 버릴 수가 있기 때문에 그런 걸 방지하는 거지."

'공부 안 했지' 라는 말을 담아서 자상하게(?) 말하자 세레나는 그냥 고개를 끄덕이고 넘어가 버린다.

"하여간에……."

"아~ 그만그만. 그래, 나 공부 제대로 안 하고 있다 뭐."

내 잔소리가 시작되기 전에 막으면서 실토한다.

으히유~

"뭐, 오랜만의 티타임인데 그냥 넘어가지요."

아리아가 나서서 뿌루퉁해져 버린 세레나를 달래서 자리에 앉혔다. 나도 이번엔 그냥 넘어가기로 했다.

하지만 말야.

세레나가 신관이 된다라……. 되도록 오랫동안 함께 있고 싶은데 세레나는 아닌 걸까?

"오빠는~ 황제가 안 되었음 뭐가 되었을 거 같아?"

뿌루퉁하게 앉아 있다가 무슨 생각이 나서인지 갑작스러운 질문을 던졌다.

"어? 음… 모르겠다. 생각해 본 적 없어."

유폐의 탑을 벗어나기 위한 방법이라면 이것저것 생각했었지만 무엇을 하고 싶은 건지는 생각해 본 적이 없다.

내 대답에 세레나는 아리아에게 고개를 돌렸다.

"아리아 언니는 오빠가 뭐가 됐을 거 같애?"

"아… 그러니까… 학자? 아니, 잘 모르겠네요."

당황해서 대답하는 아리아의 답이 마음에 안 드는지 조금 인상을 쓰더니 제노시아 쪽으로 고개를 돌렸다.

"제노시아 오빠는?"

"…생각해 본 적 없습니다."

생각해 본 적 없다면 앞의 침묵은 뭐야. 뭔가 말하고 싶은데 차마 못하겠다는 반응 같잖아.

제노시아의 반응에 그를 지그시 응시하니 슬쩍 눈길을 피한다.

더 수상해.

'대체 무슨 생각을 한 걸까?

제노시아를 추궁하려는데 아리아가 난처한 기색으로,

"갑자기 왜 그러시는데요?"

라고 묻자 세레나가 진지한 표정을 지으면서—이럴 때 제대로 된 말이 나온 적이 없다—꿈을 꾸는 듯한 포즈를 하고는 눈을 빛내며 말했다.

"방금 내가 신관이 되고 싶다고 했잖아. 그런데 갑자기 오빠는 어릴 때 뭐가 되고 싶었을까 싶어서."

나름대로 이유있는 대답이긴 하지만 불안하게 생글거리는 모습이 걸린다.

'대체 무슨 소리를 하려고……'

불안해지는군.

"난 말야… 오빠가 황제가 안 되었다면… 제노시아 오빠의 부인이 되었을 거라고 생각해."

황당하군.

세레나의 말에 굳어버린 나는 '꺄~ 말하고 보니까 진짜 그럴 거 같
애' 하며 혼자 즐거워하는 세레나를 한참이나 멍하니 보고 있었다.

"세. 레. 나."

"호호호호… 오빠, 내일 봐~"

범인(?)은 내가 석화(?)가 풀려서 소리치자 재빨리 도망쳐 버린다.

"저걸 진짜… 여동생만 아니라면……."

짜증을 내고 있는데 세레나의 충격 발언에 킥킥대고 있던 아리아가 이
제 숨넘어가는 소리로 대놓고 웃기 시작했다.

"꺄하하하하하… 배 아파… 킥킥킥킥… 아하하하… 호호호……."

"숨넘어가겠군, 아리아."

나와 비슷한 반응을 보인 제노시아도 드물게 떨떠름한 표정으로 투덜
댄다.

세레나의 저런 발상은 대체 어디서 나온 거람?

밖에 자주 돌아다니더니 이상한 소리만 배워서 온단 말야. 밖에 마음
대로 못 나가게 해야겠어.

"하여간 매일 예절 수업도 빼먹고 황궁(皇宮) 밖으로 놀러다니더
니……."

대체 저런 말을, 저런 생각을 어디서 배운 거람?

혼자서 세레나가 저렇게 자란 이유를 고심하고 있는데 이제 다 웃었는
지 아리아가 지쳐서 헥헥거리며 한마디 보태준다.

"하아… 죽겠다. 앨리언님, 아마 그래서가 아니라… 저 나이 때는 호
기심이 많을 나이인데다가 그냥 한번 앨리언님을 놀려보고 싶어서 그랬
을 거예요."

"…뭐?"

"호호호호… 저도 물러가겠습니다."

아리아는 내가 그 말을 제대로 이해하고 반응하기도 전에 재빨리 찻잔들을 챙겨서 횡하니 나가 버렸다.

이를 갈며 복수를 다짐하다가 다시 생각해 보니 이 소동 중에 깜박한 게 있다.

"아앗, 세레나가 정말 신관이 되고 싶은 건지 못 물어봤잖아?"

소동 중에 깜빡해 버렸다. 자세히 물어보려고 했는데.

음, 잘도 주의를 분산시켜서 못 물어보게 했군.

어쩌면 세레나는 머리가 꽤 좋은 걸지도……

세레나에게 놀림당한 후 나는 오랜만에 탑으로 향했다.

나의 어머니가 머물고 계신 서쪽 유폐의 탑으로…….

어머니의 상태는 나날이 나빠지고 있었다. 이제는 못 알아볼 정도로 쇠약해지셨기에 세레나는 마음대로 출입하지 못하게 해놨다.

천방지축으로 보여도 아직 어리고 여린 아이니까 걱정스러워서 그렇게 했는데 세레나는 어머니가 보고 싶지 않은 건지 아직 보러 가게 해달라든지 하는 말이 없다. 하긴 원래부터 자주 못 보러 갔었으니까 그냥 별생각이 없는지도 모르지.

탑으로 가는 길에는 관문이 하나 있다.

유폐의 탑에 있는 사람들이 함부로 못 나오게 벽으로 둘러싸여 있고 유일한 문에는 기사들이 지키고 있다.

'죄인'이 도망치지 못하도록 말이다.

문 근처에 도착하자 기사들이 무릎을 꿇으면서 경의를 담은 인사를 했다.

"제국의 영광, 빛이신 폐하를 뵙습니다."

음, 저 인사는 매일 들어도 간지럽고 기분이 묘하다.

별로 듣고 싶은 인사가 아니라서 내 맘대로 고칠 수 없는 게 슬플 뿐이다.

"문을 열어라."

고개만 끄덕여 답해주고 명령을 내리자 신속하게 문을 열었다.

기사들이 따라 들어온다는 것을 제노시아만 대동하고 간다고 쫓아버리고 들어섰다.

탑은 얼마 멀지 않다.

그리고 말이 '탑'이지 그저 작은 궁에 지나지 않는다. 쓸데없이 높기만 한.

원래 이 유폐의 탑은 테리언 궁이라고 이름 붙여진 곳인데 서쪽에 있다 보니 그냥 서쪽 탑이라고 하게 되었다. 그런데 그것이 또 외진 곳이라서 죄를 지은 황족들이나 비(妃)들을 유폐시키게 되다 보니 유폐의 탑이라고 하게 된 것이고.

이 근처에도 기사들은 있다. 그저 감시자들인지라 얼마 없기는 하지만 여기저기서 인사를 한다.

"폐하!"

날 본 어머니의 시녀가 달려나와 무릎을 꿇는다.

어차피 내가 그리로 갈 텐데 왜 여기까지 달려와서 무릎을 꿇는지 모르겠군.

한심한 자태로고.

"어머니는?"

"예, 많이 좋아지셨습니다."

매일 많이 좋아졌단다. 나날이 악화되고 있다는 걸 잘 아는데.

"가자."

"네."

내 말에 시녀는 바로 발딱 일어나서 앞서 간다.

그런 시녀의 태도를 비웃거나 화내는 기사들이 보인다.

일단 내가 뭐라 말하지 않으니 나서지는 않지만 내가 가고 나면 아마 한소리 들으리라.

첫째, 아무리 진실을 말하기 어렵다고 하나 나한테 거짓을 고했고,

둘째, 제대로 된 인사를 하지 않았으며,

마지막으로 내 앞에 멋대로 서서 가는 것은 벌받을 만한 것이니까.

유폐의 탑의 시녀들은 황궁의 교육을 받지 않기 때문에 이런 일이 꽤 많다.

아리아도 원래는 그런 식으로 나와 같이 뛰어놀면서 날 꽤 쥐어 패댔으니까.

으… 생각하니까 화나네. 나중에 아리아한테 따져 봐? 아니지. 괜히 말했다가 당할라. 안 그래도 말로는 아리아를 못 이기는데.

그 시녀는 예법을 제대로 못 배웠다는 걸 나타내듯이 안에 내가 왔다고 고하는 것도 없이 문을 열고 날 안으로 들였다.

시간을 잘 맞춰서 왔는지 어머니의 곁에 의사—궁중의. 내가 보냈다—가 붙어 있었다.

의사는 날 보더니 깜짝 놀라서 당황하기 시작했다.

"됐다, 그냥 있거라."

황급히 예를 갖추려는 것을 말리고 어머니에게 다가갔다.

저번에 뵈었을 때보다 많이 야위신 어머니는 잠들어 계셨다.

"어떤가?"

내 말에 그 의사는 당황하기 시작했다.

아마 거짓을 고할 수는 없고 사실을 고하려니 문제가 있고 해서겠지.

"사실대로 말하라."

"…그것이… 저번에 말씀 올렸듯이 육체적인 병은 없사오나 정신적으로 많이 쇠약해지셔서 가끔 발작… 을 하기도 하옵니다. 요즘에는 무엇에 불안을 느끼시는지 히스테릭한 행동을 하시기도 하고… 저… 황공하오나… 자살을… 하려고도 하셨습니다."

한참을 망설이던 그자는 어렵게 자살이라는 말을 했다.

"자… 살?"

죽으려고 하셨단 말인가?

왜? 어째서?

"예……."

"자세히 말해 보거라."

그자는 어떻게 말할까 망설이더니 눈을 감고 조용히 읊조리는 듯한 어조로 대답했다.

"이유는 잘 모르겠으나 유리컵을 깨서… 그 파편으로 손목을 그으셨습니다."

"그런가……?"

난 어머니를 보았다.

많이 여위신 얼굴. 한때는 정말 아름다웠던 청은발이 이제는 군데군데 잘려 나가 보기 좋지 않았다.

세레나에게 어머니를 마음껏 만날 수 있게 해주어야겠구나. 혹여 지금은 상처가 되더라도 나중에 만나지 못했음을 슬퍼하는 것보다는 낫겠지.

이제 으래지 않아 어머니는…….

"너희는 물러가 있어라."

내가 어떤 반응을 보일지 몰라 안절부절못하던 시녀와 의사는 그 말에 나에게 간단한 예를 갖추고는 나갔다.

"제노시아."

“예.”

“힘드네요……”

울고 싶다, 정말로…….

제노시아는 그저 조용히 뒤에 시립해 있었다.

난 주먹을 꽉 쥐고 눈을 감았다.

나약해지면 안 된다.

하지만…….

“응…….”

“……?”

잠시 조용한 시간이 흐르는 동안 어머니가 몸을 뒤척였다.

나 때문에 잠이 깨신 걸까?

“음… 누구?”

눈을 뜨고 한동안 멍하니 있다가 내가 있는 걸 발견하고는 고개를 갸웃거리며 물어온다.

“앨리언… 이에요.”

“앨리언?”

내가 이름을 말하자 어머니는 또 고개를 갸웃거리며 생각에 잠겼다.

한참 만에 하는 소리란…….

“들어본 이름 같애. 나 만난 적 있어?”

“있어요…….”

“그래?”

다시 생각에 잠긴다.

아마 언제 만났는지 생각하는 거겠지.

기분이 좋지 않다.

좀 불쾌해진다.

'기억해 줘요. 제발 날 기억해 주세요, 어머니. 잊지 말아요.'

하지만 한참을 생각하던 어머니는 그냥 어린아이처럼 웃었다.

"미안해. 모르겠어. 그런데 그 사람은 어디 갔어?"

욱씬.

가슴이 답답하다.

그런데 누구를 찾는 거지?

"그 사람?"

"응, 가끔 날 보러 오는 사람."

"에?"

명랑하게 웃으면서 말하는 것이 귀엽기도 하고 섬뜩하기도 하다.

그런데 이곳에 드나드는 사람이 있었던가?

아니면 어머니가 착각하셔서 나를 말하고 있는 건지도.

"응, 있어. 가끔 와서 노래도 불러주고 맛있는 것도 주곤 해."

놀라서 제노시아를 보자 그도 고개를 저어 모른다고 한다.

대체 누가? 누가 어머니를 만나고 있다는 거지?

"어떻게 생겼는데요?"

누군지 자세히 말해 주실 수 있는 상태가 아닐 테니 살짝 말을 바꾸었다.

내가 살짝 미소 지으면서 묻자 어머니는 고민에 빠졌다.

"음… 부드러운 인상의… 정말 아름다운 사람이야. 음… 파란색 눈이 너무 예뻐. 그치만 그 사람은 내 눈이 더 예쁘대. 헤헤."

"그런가요……?"

그 뒤로는 그저 횡설수설해서 알 만한 정보는 그것뿐이었다.

또 그 사람에 대한 이야기가 끝나자 잠이 온다고 하며 투정을 부리시기에 시녀를 불러서 어머니의 시중을 들게 한 뒤 나와 버렸다.

그리고 예전에 내가 쓰던 방—바로 옆이고 어머니를 뵈러 올 때면 가끔씩 쓰고 있다—으로 갔다.

아무래도 조사를 좀 해봐야 할 것 같았다.

대체 어머니가 누구를 만나고 있었는지를.

이건 중요한 문제였다. 누군지는 몰라도 이곳을 마음대로 드나든다는 소리가 되니까.

"제노시아."

"예."

"이곳 감시자들의 대장을 불러와요."

난 여기 있는 기사들의 대장을 비꼬아서 감시자들의 대장이라고 했다.

"예."

제노시아가 나가고 나서 난 늘 그렇듯이 창밖을 보며 생각에 잠겼다.

대체 누가 어머니를 계속 만나고 있는 건지, 그자의 목적이 무엇인지……

잠시 생각하다가 문득 옛일이 생각났다.

'그래, 예전에는 늘 이 창가에 의자를 놓고 거기 앉아서 책을 읽거나 제노시아와 이야기를 했었는데… 쿡, 그때와 지금은 너무 달라졌군. 그 감시자와 내 입장도. 슬슬 눈치를 보며 긴장해야 하는 건 이제 그들인가?'

별로 걸릴 것도, 잘못하는 것도 없었지만 이상한 보고가 올라가 죽지 않으려면 여기 있는 사람들은 은근히 감시자들의 눈치를 봐야 했었다.

그런 옛일이 생각나서 웃고 있는데 노크 소리가 들렸다.

데려왔나 보군.

"들어와라."

조용히 문이 열리고 40대쯤 되어 보이는 남자와 함께 제노시아가 들어왔다.

"참 오랜만이군."

"제국의 황제 폐하를 뵙습니다."

내가 약간 비꼬면서 말했지만 그는 그저 내 앞에 무릎을 꿇고 예를 올렸다.

그때였더라면 나에게 화를 내며 경고했겠지.

"쿡……"

제노시아는 다시 늘 그렇듯 내 뒤에 시립했다.

"뭐… 부른 것은 다름이 아니고… 이 탑에 출입하는 자들에 관해 물어볼 것이 있어서인데."

일어나란 말도 하지 않고 바로 용건으로 들어갔다.

얼굴을 보고 싶지도 않을 뿐더러 오래 같은 곳에 있기도 싫다.

이런 기분은 나만이 아니라 저놈도 마찬가지인지라 아는 걸 왜 묻느냐는 듯 바로 술술 이야기하면서 내 속을 박박 긁어놓기 시작한다.

"폐하께서도 아시다시피―이 말에 힘을 준다. 저노무 시키가! 그냥 쫓아내버려?―일주일에 두 번씩 식료품을 가지고 오는 사람이 둘 있사옵고, 이곳을 지키는―지키는 거냐, 감시하는 거지. 검은 복면의 변태들 어째신이 와도 꼼짝도 안 하면서―기사단 사람들이 출입하옵니다. 그리고 한 주에 한 번씩 폐하께서 보내신 의사가―어머니 때문에 보내고 있다. 그게 어때서?―들어오고, 마지막으로 가끔씩 폐하께서도 납시옵니다(이 말은 왜 하는 거냐? 나 약 올리려고?)."

어머니 때문에 답답했던 마음이 어느새 한구석에 박혀 버리고 저놈을 어떻게 처리해야 잘 처리하는 걸까 생각하고 있었다.

제길, 내 단순함이여!

난 이런 단순함을 가지고도 정치판에서 노는 게 신기하단 말야.

“됐다. 최근 다른 자들은 드나들지 않았는가?”

“없습니다.”

이번엔 귀찮은 잡소리 없이 확고한 대답이었다.

하핫, 생각해 보니 원래 유폐의 탑은 자유롭게 출입할 수 없는 데다가 밖에서 들어오는 자들은 이곳에 있는 기사들이 따라다니며 감시하니까 어머니를 만난다는 것은 불가능했다.

또 이곳에 외부인이 기사들 몰래 들어와 어머니를 만난다는 것은 거의 0에 가까운 확률이었다.

그리고 또 혹시 몰래 들어왔다면 당연히 저자는 모르고 있을 것이다.

나 점점 바보가 되고 있는 걸까? 이런 단순한 생각도 못하고 저놈을 부르다니.

괜히 무안하다.

“거짓은 아니겠지?”

“전 목숨이 하나뿐입니다.”

사실이라는 거로군.

그런데 목숨이 하나라는 놈이 나에게 비비 꽈서 말을 해?

속으로는 별의별 시비를 다 걸었지만 겉으로는 할 말이 없었다.

이유없이 시비 걸 수는 없으니까.

“그래.”

난 그냥 감시자를 심문해서 알아내기보다는 어머니께서 말씀하신 그 파란 눈을 한 사람이 이곳에 있었는지 생각해 내기 위해 끙끙거렸다(아, 어디까지나 겉으로는 멀쩡하게 생각하고 있다).

그런데 그자는 날 비웃듯이―내 망상이 점점 커져서 꼭 그렇게 보인다―입을 열었다.

“무슨 일이기에 그런 것들을 물으십니까?”

‘알아서 뭐 하게?’ 라고 쏘아주고 싶지만······.

“이곳을 출입하는 자가 있는 것 같아서이다. 그대는 아는 바가 없는가?”

내 말에 그는 생각에 잠겼다.

무슨 정보가 나올까 싶어서 집중하고 있는데 그는 곧 당연하게 대답했다.

“모르겠습니다.”

큭··· 그래, 당연하지. 쳇.

“알겠다. 물러가라.”

대충 쫓아내 버렸다.

오래 이야기하면 정신 건강에 좋지 않을 것 같은 기분이 팍팍 들어서이다.

“으··· 제노시아?”

“예.”

“제노시아는 짚이는 사람 없나요?”

“너무 고민하지 마십시오.”

모른다는 소리로군.

더 이상 고민해 봤자 답이 나오지 않을 것이므로 난 방문을 벌컥 열고 밖으로 나갔다.

근처에 있다가 깜짝 놀란 시녀에게 ‘난 간다’ 는 말을 남기고 탑을 나섰다.

‘에이, 누구면 어때. 어머니가 좋다면 상관없지.’

이렇게 생각하고 나니 왜 고민했나 싶을 정도로 아무 생각이 들지 않았다.

늘 생각하는 거지만 난 참 단순한 것 같다.

그러고 보니 그 궁중의 눈 색이 뭐였더라?

'그 사람'이 궁중의라고 생각할 수는 없지만 갑자기 생각나네.

혹시 어머니가 그 궁중의를 보고 말한 거 아냐?

경계선—관문—에서 여전히 간지럽기 그지없는 인사를 받고 바로 세레나를 찾았다.

아마 이 시간이라면 예절 수업에서 도망쳐 이하라 정원—초대 황제가 사랑한 여인의 이름을 딴 거란다. 그래서인지 황궁에서 가장 아름다웠다—에서 티타임을 즐기고 있겠지.

정원 가운데의 정자로 갔다.

역시나 세레나가 있었다. 웬일인지 아리아와 디트레이도 와 있었다.

"어라? 오빠?"

내가 가자 세레나가 깜짝 놀라며 벌떡 일어나 나를 맞아준다.

"역시 여기 있었구나. 아리아도 있었군."

아리아와 디트레이도 이 티타임에 끼어서 차를 마시다가 나를 보고 일어났다.

"오, 오빠, 내가 여기 있는 거 어떻게 알았어?"

수업을 당당히 빼먹고 티타임을 가지던 동생은 당황해서 말을 더듬는다.

호, 단순한 내 동생이여!

"네 행동 패턴이야 뻔하잖니."

라면서 의자에 앉고 디트레이에게 살짝 고개를 끄덕이자 아리아도, 디트레이도 의자에 앉았다. 하지만 세레나는,

"아, 그래? 그거 내 욕이지?!"

내 말에 한참 생각하더니 팔팔 뛰기 시작한다.

“이제야 알았구나. 공부 좀 하지 그러니?”

어쩔 수 없다는 억양을 강.하.게. 넣어서 말하자 세레나는 볼을 부풀렸다.

쯧, 나이가 몇인데……. 이제 저건 못하게 해야겠구나.

‘아직 귀엽기는 하지만…….’

시녀가 내 차를 가져 왔기에 이제 물러가 있으라고 지시했다.

저런 것들 없이 조용히 친목 도모나 해야지.

“우… 알았다. 아까 나한테 당한 분풀이하는 거지?”

세레나가 볼을 부풀리다가 한 말에 의아해졌다.

‘엥? 아까 당한 거라니? 아앗!!’

생각나 버렸다.

아까 와서 이상한 소리 하고 도망갔던 것이.

“세레나, 그게 아니지.”

“흥! 난 이미 파악했어.”

세레나 혼자 신났다.

“에휴…….”

그런데 아리아에게 ‘그 일’ 을 들었는지 디트레이가 아리아와 함께 키득거리고 있다.

내 생각인데 아리아가 거기서 있었던 일을 다 말한 거 같단 말야.

“디트레이?”

“큭… 예, 폐하.”

“왜 웃어?”

“아, 아닙니다, 아무것도.”

눈을 돌려 아리아를 보자 아리아는 내 눈을 피해 버린다.

말했군.

"그래그래, 네가 그 말 하니까 생각났는데……."

난 아예 포기해 버리고 말했다.

"응? 뭐?"

"네가 했던 말 진심이야?"

내 말에 세레나는 놀랐다는 표정을 지었다.

"어엇, 제노시아 오빠의 부인이 됐을 거란 말? 인정하는 거야?"

우씨~

왜 그 말이 나오느냐고.

"네가 신관이 되고 싶다고 한 거!!"

여동생이라는 놈들은 다 이런가?

날 못 갖고 놀아서 난리가 났다니까.

내 말에 세레나는 실망한 표정을 짓는다(대체 뭘 실망했을까?).

"그렇구나. 그 말이었구나(대체 무슨 생각을 하는 거야)."

"그… 래."

그래도 소리칠 수는 없는지라 억지로 입을 열어 말했더니 세레나는 의자에 털썩 주저앉아서는 차를 한 모금 마신다.

"되고 싶다면 어쩔 건데?"

날 떠보는 듯한 어투.

약간 돌리기는 했지만 되고 싶다는 거로군.

"…네가 꼭 하고 싶다면 안 말려. 진지하다면."

진지하게 대답해 주자 세레나는 표정이 담담하고도 평안하게 변했다.

"신관이 어떤 사람인지 알아. 지금 수도에 있는 자들이야 속세에 찌들어 있기는 하지만 원래 신에게 몸과 마음을 바친다는 것이잖아. 물론 신에게 마음을 바치는 거니까 황족으로서 모든 권한을 포기하는 거라는 것도 알고 있었어. 황제의 허락이 필요하다는 건 몰랐지만."

느긋하게 찻잔을 스푼으로 저으면서 입을 열었다.

꽤 여러 가지 많이 생각한 것 같았다.

아무래도… 세레나는 내 생각보다 훨씬 어른인 모양이다.

"그래?"

"신관이 되고 싶어. 그냥 갑자기 생각난 게 아냐. 전부터 생각하고 있었어. 예전에 신전에서 공부하고 싶다고 했던 것도 그런 생각에서였고."

그랬던가?

난 아무것도 모르고 있었구나, 네 오빠인데…….

"오빠한테 많이 미안하고 죄스러운 말인데… 오빠가 슬퍼할 거라는 건 아는데……."

세레나는 많이 망설이다가 말을 이었다.

"난 오빠가 황제에 추대되면서 황족에서 벗어날 수 있는 길을 생각했어. 자유로운 곳을."

"무슨……?"

무슨 말이니?

내 말에 동생은 진지하게 입을 열면서 무거워진 분위기에 어쩔 줄 몰라 하는 아리아와 디트레이에게 살짝 미소 지어주었다.

안심하라는 듯이.

"난 황제의 여동생이야. 티아칸 대륙을 지배하는 아린드 국 황제의 여동생이지. 알아. 오빠가 아무리 그러기 싫다고 해도 언젠가는 정략결혼을 해야 되겠지. 제국을 위해서. 그렇지만… 제국과 오빠에게는 죄스럽지만 난 정략결혼하기 싫어. 그래서 황족의 의무와 권리에서 벗어날 수 있는 길을 생각해 왔어. 그중 하나가 신관이었지."

"그건……."

할 말이 없다.

어떤 말이라도 그저 단순한 변명일 뿐. 사실 세레나의 말처럼 그렇게 되는 건 불을 보듯 뻔한 일이었으니까.

"물론… 정략결혼 때문이라는 건 하나의 계기야. 결혼 안 하는 것만 생각하면 다른 길도 있었으니까. 하지만 신전에 가끔씩 다니면서, 그리고 오빠도 알고 있겠지만 밖—빈민가—으로 돌아다니면서 점점 정말로 신관이 되고 싶어졌지."

그렇게 말하고 생긋 웃는다.

"세레나……."

세레나가 저런 생각까지 하고 있는 줄은 몰랐다.

어리디어린 동생이 저런 생각을 하며 고민하고 있었는데 난 내가 답답하다는 이유로 멋대로 황제가 되어서는 또 멋대로 투정 부리고 있다니.

나 자신에게 화가 나고… 또…….

정말 안타깝다.

세레나의 말대로 언젠가 세레나는 정략결혼을 하게 될 테고 난 그걸 막지 못할 것이다.

내가 이렇게 약한 존재인 게 싫다.

세레나는 어머니나 나같이 권력에 희생되지 않았으면 했는데.

침울해져 의자에 기대앉아 있는데 세레나가 밝게 웃으며 말했다.

"아참. 오빠, 경고하는데."

"응?"

"이상한 생각 마. 나 많이 고민해서 평생을 보낼 나의 길을 정한 거니까."

다시 명랑한 여동생이 된 황녀 세레나.

완전 내 생각을 읽고 있구나 싶어서 헛웃음이 나왔다.

"그래, 생각해 보지."

"또 생각한다고만 해놓고 안 된다고 하면 절대 안 돼. 또 그러면……."

'일단 보류'라고 하는 말에 신전에서 공부하겠다고 할 때가 생각났는지 미리 못 박아둔다.

"또 그러면?"

"나… 가출해 버릴 거얏!"

으… 신이시여…….

동생이란 원래 이런 겁니까?

나는 진지했다가 장난쳤다가 하는 여동생이자 더불어 내 편두통의 가장 큰 원인 제공자를 살짝 노려보았다.

이제 3일만 지나면 세레나의 생일이다.

생일이 지나고 나면 다시 나와 세 살 차가 되는 열세 살이 된다. 그렇다는 것은 매해 12월 초에 실시하는 '신관 모집'에 응시할 수 있는 나이가 되는 것이다.

한여름인 지금부터 신관 시험 때까지는 4개월 가까이 남았지만 벌써부터 걱정된다.

게다가…….

"내 생일까지 15일 정도 남았지? 그럼 내 생일까지 생각해서 생일 선물로 말해 줘."

라고 말했으니…….

생일 선물로 말하라는 거, 한마디로 하면 허락해 달라는 소리잖아!!

"폐하!"

혼자서 열을 내다가 레비스의 말에 정신을 차렸다.

"아, 왜 그러지?"

지금은 아리아와 디트레이, 레비스까지 함께 모여 세레나에 대한 이야기를 하는 중이었다. 제노시아야 늘 내 옆에 있고.

레비스와는 내가 귀족들을 눌러 잡은 이후로 꽤 친해져서 '재상' 이라는 꼬리표는 공식 석상에서만 부르고 있다.

심심하면 날 찾아오던 세레나는 내가 그 '탑' 에 자유롭게 출입할 수 있게 해준 뒤부터는 거의 매일 거기서 시간을 보내고 있어서 자주 오지 않고 있었다. 그 이야기를 하다가 사소한 말로 시작해서 지금은 세레나가 신관이 되고 싶더라는 얘기 중이었다.

그러던 도중에 나 혼자 생각에 잠긴 것이다.

내가 다시 정신을 차리자(?) 레비스는 차를 한 모금 마시며 말했다.

"그건 그렇고 세레나님께서 신관이 되고 싶으셨다니 의외로군요."

"아아, 그래."

기운 빠진 내 대답과는 상관없이 즐겁게 이야기들을 해댄다.

"전 기사나 마법사가 될 거라고 생각했어요. 평소에 관심이 많으셨으니까(디트레이)."

"난 휘어잡기 쉬운 남자와 결혼해서 악처가 될 거라 예상했었단다(레비스)."

"저는 예전 서쪽 탑에서의 모습으로 봐서 격투가가 되어서 모험을 떠날 거라고 생각했어요. 제노시아는요(아리아)?"

"글쎄… 적어도 신관은 아니라고 생각했습니다(제노시아)."

저런 반응들에 내가 더 힘없어하자 슬쩍 내 눈을 피하며 제노시아는 애매하게 말했다.

아아, 정말 제멋대로 말하는구나.

"시끄러워들. 내 고민에 도움 될 이야기를 하라고!"

내가 소리치자 멋대로 이야기하던 그들은 내 말에 절대 도움이 안 될 대답을 해준다.

"본인의 의사에 따라주시는 것이……."

레비스, 본인의 의사는 둘째 치고 네 말대로 세레나의 성격상 신관이 안 될 것 같아서 고민하는 거잖아 지금.

"허락하신 것 아니었습니까?"

디트레이, 내가 언제 허락했냐?

"그냥 져주세요."

아리아, 제발!! 누가 그거 물었어? 매일 똑같은 말만 한다니까.

"어차피 허락하실 거 아닙니까?"

제노시아까지 그러는구나.

윽! 슬프다.

뭐, 제노시아나 아리아의 말대로 어차피 세레나가 정말 하고 싶다면 허락해 줄 것이긴 하지만!

적어도 좀 같이 생각해 주는 척이라도 하면 안 되나?

"쳇……."

그들은 다시 날 내버려 두고 자기들끼리 이야기꽃을 피웠다.

"아리아는 황녀님 생신 선물로 뭘 준비했어?"

"난 소설책~♡ 세레나님이 좋아하시는 거야. 신전에 가실 때는 왕궁 서고의 책들은 못 들고 가니까 하나 소장하시라고 드리는 거지. 디토는?"

저 커플은…

"역시 센스 있네. 실은 나도 비슷한 걸 준비했어."

"꺄~ 역시 우린 잘 통해."

저 커플은 나날이 비슷하게 닮아가는구나.

디트레이의 아버지인 레비스도 옆에 있는데 안 부끄럽나?

속으로 투덜대면서—실은 부럽다. 젠장—레비스를 슬쩍 보자 그는 많이 겪었는지 여유가 넘치는 모습으로 차를 한 모금 마셨다.

하지만 그 다음 반응에 난 쓰러질 뻔했다.

"아가야, 디트레이 녀석과 많이 친해졌구나."

란다.

으아악! 디트레이의 저 모습은 레비스에게 배운 거로구나앗!

"어머, 아버님, 당연하지요. 우린 서로……."

"사랑하는데."

얼씨구! 이제 박자도 척척이구나.

못 참겠다.

"순진한 소년 앞에서 뭐 하는 짓들이야!"

내가 소리 지르자 아리아와 디트레이는 조금도 동요없이 날 본다.

"어머, 앨리언님, 누가 순진한 소년인데요?"

저게?

"흠, 부러우신가 보군요, 폐하."

윽! 정곡을 찌르는구나.

어느새 제노시아는 발악하는 나를 피해—흑, 너마저 나를 버리다니—레비스와 자리를 옮겨 차를 즐기고 있었다.

"앨리언님은 한 2, 3년 전이라면 모를까 지금은 소.년.이라고 할 수 없답니다. 그것도 모르셨어요?"

"아직 성년식도 안 지났어."

"하지만 소년이라기에는 나이가 있으시지요."

역시 말싸움에는 아직 아리아를 못 당하겠어.

“으아악!!”

그리고 오늘도 스트레스에 못 이겨 소리를 열심히 질렀다.

목청은 좋아지겠구나아. 으윽, 그전에 홧병으로 죽지.

“황제 폐하, 오서서 기쁩니다.”

내가 연회장에 들어서자 생일을 맞이한 세레나가 먼저 인사를 한다.

오랜만에 격식을 제대로 갖춰 인사하는 모습이 귀엽기도 하고 신기하기도 하다.

한참 놀다가 중간에 와서 인사하게 하니까 미안하네. 앞으론 늦게 오지 말아야겠군.

“그래. 생일을 축하한다, 세레나.”

사교계는 일단 15세가 넘어야 하기 때문에 세레나의 또래는 없어서 평소의 연회라면 내가 앉는 자리의 왼쪽—오른쪽 자리는 내 비(妃)가 앉을 자리이다. 왼쪽은 원래 자식이 앉을 자리지만 난 아직 자식도 비도 없으니까—에 앉아서 나와 적당히 이야기하다가 돌아가곤 했었다. 그런데 오늘은 주인공이라서 그런지 귀족들에게 둘러싸여 이야기 중이었다.

그 얘기가 즐거운지, 아니면 그냥 그러는 건지 계속 웃으면서 즐겁게 이야기하는 모습을 보자 절로 한숨이 나온다.

“에휴……”

난 와인을 입에 털어 넣었다.

내가 세레나를 꽤 아끼는지라 이런 자리에서 그 아이에게도 꽤 더러운 이야기가 많이 들어오는 모양이었다. 좀 잘 보여서 나에게 좋은 말이 들어가게 하려는 의도의 말들부터 시작해서 누굴 죽여달라는 이야기—전형적인 귀족들의 ‘편 가르기’에 대한 말들 말이다 물론 은유적으로 말한다—등등이 말이다.

최근에야 알게 된 거지만 세레나도 엄청난 포커 페이스이니 내가 알 수가 없어 걱정된다.

"걱정되십니까?"

나한테 하는 인사들도 건성으로 넘기면서 세레나 쪽을 보고 있자 옆에서 디트레이가 장난기를 담아서 작게 물어온다.

저 커플이 어쩐 일로 안 붙어 있는 거지?

"아리아 저기 있네. 가서 춤이나 추지?"

"그럴 생각입니다."

싱글싱글 웃으며 남의 마음을 읽는 게 얄미워서 퉁명스럽게 대꾸해 줬더니 그것도 예상했다는 듯 꿈쩍도 하지 않고 나에게 살짝 인사하고 아리아에게 가버렸다.

그렇게 나는 나대로 재미없는, 하지만 아리아와 디트레이에게는 멋지고 근사한 연회의 밤이었다.

춤추고 싶은 여자들도 없고—저쪽에서 눈을 빛내며 황비의 자리에 대한 욕심밖에 머리 속에 없는 여자들은 정말 무서울 정도다—느긋하고 즐거운 대화를 나눌 사람도 없어서—내가 친구가 어디 있겠는가. 게다가 황태후도 이번에는 불참인데—슬쩍 일어나 버렸다.

정원 구경이나 하다가 잠자러 갈 생각이었다.

연회장에서도 가까운 정원은 낮에도 아름답지만 밤에는, 특히 달이 뜬 밤에는 꽃들이 달빛을 받아 더욱 아름답다(덕분에 연회 때는 데이트하는 남녀가 심심치 않게 눈에 띈다).

달빛을 받아 아주 아름답게 빛나는 정원이 보이는 복도를 제노시아와 걷고 있었다.

조용히 아름다운 정원을 보는데 아무도 없는 복도 뒤쪽 멀리서 누군가가 뛰어오는 소리가 들렸다.

'누구지?'

고개를 돌리고 그 자리에 멈춰 서 있으니 곧 한 사람이 보인다.

거추장스러운 치마를 양손에 쥐고 달려오는 세레나.

"세레나, 연회를 더 즐기지 않고 왜 왔느냐, 네 생일인데……?"

세레나는 힘껏 달려왔는지 내 앞에 멈춰 서서 숨을 고르고 있었다.

"헥헥, 쓸데없이 폼 잡지, 헥, 마, 오빠. 헥, 시녀들 다, 헥헥, 떨구고 왔어."

숨이 차서 헉헉대면서도 할 말은 다 한다.

존경스러운 근성이구나, 동생아.

"여자애가 말씨가 그게 뭐냐?"

"헥헥……."

그래도 내 잔소리에까지 대꾸할 기력은 없나 보다.

한참 숨을 고르고 나서 멀쩡해진 세레나가 눈을 빛내며 날 똑바로 본다.

"왜? 왜?"

뭘 요구할까 싶어서 움찔한 나를 더욱 눈을 빛내며 보던 세레나는,

"오빠, 생일 선물."

라고 말했다.

헉! 잊고 있었어.

최근에 일이 많아서 생각할 틈이 없었다.

"아침에 보내줬잖니."

황급히 말을 돌렸다.

"그.거.말.고."

안 넘어가는구나.

정치도 바쁘고 아리아와 디트레이 커플 때문에 깊이 생각할 여유가 없었는데.

그래도 대답을 해줘야겠지.

"어떤 거?"

허락해야겠지.

"딴청 부리지 마."

세레나가 내 옆에 더 오래 있었으면 좋겠는데…….

일단 시험을 보고 견습 신관에서 정식 신관이 되는 데만 최소 1년에서 2년이니 그동안은 얼굴도 보지 못할 걸 생각하니 걱정도 되고 쓸쓸하다.

"오빠는 나보다 어릴 때 자신의 길을 선택했잖아."

내가 망설이며 입을 열지 않자 짜증이 나는지 한마디 던진다.

하하, 나의 길이라.

"세레나, 그건…….."

"상황이 어쨌든 오빠가 선택한 거잖아. 나도 내가 선택한 거야."

말을 딱 자르면서 당당하게 말한다.

그래, 그건 네가 선택한 너의 길이지. 내가 막을 수는 없다지만 그래도 걱정이 되어서 말야.

"신관이 되는 걸 후회하지 않을 자신 있니?"

내 입에서 반 허락의 말이 떨어지자 세레나는 밝게 웃었다.

"후회할지도 모르지. 하지만 내가 원하지 않은 길에서 하는 후회보다 즐겁지 않을까? 오빠도 거기―유폐의 탑―에서 계속 있는 것보다 좀 더러운 말이 많이 들려도 여기가 더 즐겁잖아."

할 말 없게 만드는군.

"그래? 어디의 신관이 될 거지?"

"레일레나님께 봉사할 거야."

레일레나님은 전쟁의 여신이자 희망의 여신이시다. 주된 교리는 자신을 억압하는 것이나 불합리한 것에 맞서 싸우라는 것이다.

전쟁의 여신이라……. 어쩌면 세레나에게 맞을지도 모른다는 생각이 언뜻 들어 작게 미소 지었다.

결국 늘 그렇듯 내가 너한테 지는구나.

내 어린 여동생, 너의 말대로 후회를 하더라도 스스로 선택한 길을 걸으렴.

"올해 12월에 시험 볼 거니?"

"그랬으면 하는데……."

라면서 슬쩍 내 눈치를 본다.

귀여운 것.

"알았다. 곧 레일레나 신전에 네가 시험 본다는 허가장을 보내줄게."

미소 지으며 허락하자 세레나는 미안하다는 듯 미소 지었다.

"고마워, 오빠. 미안하기도 하고."

그냥 피식 웃어버렸다.

"별소리를 다하는구나. 너도 이제 철이 든 모양이야."

내 장난스러운 말에 세레나는 한심하다는 제스처를 한다.

얄미운 것.

"오빠 날 너무 어린애로 보는 것 같애. 절대 아닌데."

"톡톡히 당하고 있어. 그런데 다시 연회장으로 갈 거니?"

"뭐, 다시 가야지. 일단은 내가 주인공이니까."

세레나는 그렇게 말한 뒤 활짝 웃고는 다시 열심히 뛰었다.

정말 저렇게 뛰다가 안 다치려나 몰라.

"우리도 가자."

세레나가 뛰어가는 걸 잠시 보고 있다가 몸을 돌렸다.

세레나에게 가볍게 치이고 나니 피곤해져서 그냥 궁으로 돌아갈까 하다가 달빛도 예쁘고 마음도 심란해서 제노시아가 놀라는 걸 가볍게 넘기고―왜 놀라지?―정원으로 나왔다.

그리고 나오자마자 곧바로 후회했다.

“누가 봐요.”

“글쎄, 여기선 다들 바빠서 볼 틈이 없을걸?”

젠장.

여긴 밤의 데이트 명소였지.

구경하고 싶지만 소리 내면 들키고 그렇게 들키면 개망신인지라―일국의 황제가 남들 연애하는 거 구경하고 있다니 들키면 무슨 소리를 들을지 원―조용히 다시 궁으로 걸음을 옮겼다(이때 제노시아는 그럴 줄 알았다는 표정이었다. 제길, 미리 귀뜸 좀 해줄 것이지).

온 신경을 기울여 가며 조용히 걸어서 거의 궁에 다 도착했는데 잘 아는 목소리가 내 호기심을 자극했다.

“아리아, 무슨 생각인 거야?”

오호, 아리아와 디트레이도 여기서 데이트 중인가?

내가 눈을 빛내며 걸음을 돌리자 제노시아는 작게 한숨을 쉬면서 자신의 망토로 날 살짝 감싸서 능력 좋은 저 둘이 눈치 못 채게 도와주었다(제노시아의 망토에는 기척을 느끼지 못하게 하는 마법이 걸려 있다).

“디토, 화내지 마. 진정… 진정……”

화내는 디트레이 앞에서 아리아는 웃고 있었다.

“지금 진정하게 생겼어? 그런 데서……”

“뭐야, 좋았으면서.”

디트레이의 얼굴이 눈에 보이게 붉어졌다.

“그, 그런 게 아니잖아. 그렇게 사람 많은 연회장에서 키스하면 어쩌자는 거야!”

“하도 너 노리는 것들이 많아서 찜한 거다, 왜?”

역시 아리아.

얌전해 보이는 겉모습과 본질은 천지 차이라니까.

디트레이는 얼굴이 붉어진 채로 어쩔 줄을 몰라 하고 있었다.

"그래서 나 싫어?"

음, 더 보기는 좀 뭐하군.

아리아가 디트레이에게 찰싹 달라붙는 걸 보고 난 슬쩍 물러났다.

저 둘은 정말 어울리는 행복한 커플인 것 같군.

'아, 나도 애인이나 하나 생겼으면 좋겠다.'

상황을 보건대 절대 그럴 리 없지만.

아침에 눈을 뜨니 방 안에 햇살이 가득하다.

옷을 갈아입고 서재로 연결된 곳의 문을 열려는데 침실 문밖에서 노크 소리가 들렸다.

"폐하, 들어가도 되겠습니까?"

아리아 목소리네?

"들어와."

허락이 떨어지자 아리아를 선두로 시녀 3, 4명이 들어와서 이것저것 정리하기 시작한다.

배고픈데 아침이나 주지.

하릴없이 멀뚱히 앉아서 차마 밥 달라는 말을 할 수가 없어 속으로 투덜거리고 있는데 아리아가 날 슬쩍 본다.

"......?"

평소와는 다른 이상한 반응에 내가 의아함을 드러내자―내 생각이 들켰나?―아리아가 조심스럽게 와서는 내 귀에 작게 속삭였다.

"어젯밤 늦게 세레나님이 유폐의 탑으로 가셨습니다. 그 이유는 유니

님… 앨리언님과 세레나님의 어머니께서 갑자기 병세가 악화되셔
서……."

"……!'

그렇게 말하고 조심스럽게 내 눈치를 살핀다.

"그걸……."

화가 나는군.

"예?"

"그걸 왜 이제 말하는 건가?!"

제길!!

그런 일을 알게 되었으면 그 즉시 내가 어디 있든지 찾아서 말해 줬어
야 하는 거 아닌가?

만약 내가 자고 있었더라면 깨워서라도 알렸어야지.

그런데 이제야 말해?!

내가 갑자기 소리치자 시녀들은 깜짝 놀라 하던 일을 멈추고 두려워하
며 떨고 있었지만 지금은 그들에게 신경 써줄 만한 정신이 없었다.

아리아는 내가 소리쳐도 꿈쩍도 않고 담담하게 서 있더니 굳어 있는
시녀들에게 눈을 돌려서 손짓으로 나가라는 신호를 했다.

그들이 다 나가고 나서 뭔가 기다리는 듯한 아리아의 모습에 화가 나
서 미간을 찌푸리며 나도 나가려고 했다. 어쩌면 살아서는 마지막이 될
지도 모르기에 서둘러 탑으로 가려고 했다. 하지만 그러기보다 먼저 아
리아가 날 잡았다.

"어디 가십니까?"

"몰라서 묻는 건가?"

퉁명한 어투로 감정이 격해졌다는 걸 눈치 챈 아리아는 고개를 저었
다.

“못 가십니다. 아니, 가시면 안 됩니다.”

“뭐라고?”

막 화를 내려는 찰나 방문이 열리고 제노시아와 디트레이가 들어왔다.

“폐하, 밤새 평안하셨습니까?”

한소리로 말하는 그들이 지금만큼 미웠던 적이 없다.

아리아가 안다는 것은 저 둘도 알고 있다는 뜻일 텐데 저런 인사라니.

“지금 평안한가 물었나요? 대답은 당연히 알 테지요?”

쿡, 화가 나니까 존칭이 나온다.

예전에 유폐의 탑에서 지낼 때 늘 존칭을 써서 그런가?

내 말에 디트레이는 역시 다 알고 있었는지 씁쓸한 표정을 짓는다.

난 내 손목을 잡고 있던 아리아의 손을 뿌리치고 그녀를 노려보았다. 아리아는 당연한 일이라는 듯 담담한 표정이었지만 거의 안 보일 정도로 가늘게 떨고 있었다.

“왜 못 가는 건지 듣고 싶군요. 무슨 이유로 날 막는 거죠?”

싱긋―다른 자들이 보기에는 섬뜩한―미소를 짓자 아리아는 짧은 한숨과 함께 입을 열었다.

“유니님은 진실이든 아니든 공식적으로 죄를 지어 유폐되어 있는 분입니다. 그리고 앨리언님은 황제이십니다. 그런데 유폐되어 있던 사람 하나 죽는다고 해서―이때 내가 노려보니 내 눈을 피했다. 찔리나 보군―황제께서 직접 납실 필요는 없습니다.”

웃기는 소리로다.

언제부터 아리아가 저런 순수 정치판에서 나올 만한 소리를 하게 된 걸까?

내가 눈을 돌려 지금까지 묵묵히 서 있는 디트레이와 제노시아를 노려보자 제노시아는 묵묵히 있었지만 디트레이는 고개를 숙이는 걸 보니 같은 의견이라는 소리렷다?

"하, 웃기는군요. 아리아, 정치 쪽으로 뛰어들지 그러십니까? 잘하실 것 같은데·……."

내가 비꼬았지만 아리아는 아무 말 없이 날 정면으로 보고 있을 뿐이었다.

하지만 눈동자가 떨리고 있어, 아리아.

"유폐되어 있던 사람 하나 죽는다고… 라고 했습니까? 그 죽는 사람이 나의 어머니인데? 날 낳아주신 분인데도 말입니까?"

난 그렇게 말하고 돌아섰다.

더 있으면서 말싸움할 이유도 없고 또한 더 지체할 생각이 없기 때문이었다.

아차차!

몸을 휙 돌리고 보니 한 가지를 깜빡하고 있었다.

"디트레이."

"예, 폐하."

걸음을 멈춘 뒤 뒤돌아보지도 않고 일방적으로 말했다.

"난 오늘 정무 회의에 참석 안 하니 그리 전하세요."

"폐, 폐하!"

디트레이가 뭐라고 하든지 난 그대로 방에서 나왔다. 늘 그렇듯 제노시아는 아무 말 없이 날 따라왔다.

급하게 걸으면서 아리아와 한 말을 생각하니 또다시 화가 났다.

그리고 당연히 화살은 제노시아에게 갔다.

"제노시아도 같은 생각인가요?"

"예?"

뛰어가고 싶지만 능력이 안 따라줘서—난 체력이 약하다—좀 빨리 걷는 걸로 대신하면서 그에게 톡 쏘자 제노시아는 무슨 소리인지 몰라 당황한 것 같았다.

"아리아의 말."

내가 덧붙여 주자 알아들은 듯 침착한 목소리로 내가 원하는 대답을 해준다.

"전 그저 폐하의 뜻에 따를 뿐입니다. 그리고 저도 어제 폐하와 같이 방으로 돌아가서 그 후의 일은 잘 모릅니다."

약간 웃음기가 담긴 말.

윽, 그러고 보니 그랬군.

나랑 같이 연회장을 나와 버린 제노시아가 그 후의 일을 알 리가 없지. 괜히 날뛴 거잖아?

"그렇네요."

화가 나서 미처 거기까지는 생각 못했었다.

쪼금 미안하네. 험.

열심히 걸으면서 반성하다 보니 어느새 탑 앞이었다.

여기저기서 하는 기사들의 인사는 그냥 무시해 버리고 어머니가 계신 곳에 도착하니 세레나가 너무 울어 빨개진 눈으로 앉아 있었다.

어제저녁부터 혼자 지키고 있었던 거니?

"세레나."

"오빠, 흑, 아아앙!"

나를 보자 간신히 멈춘 울음을 다시 터뜨리는 세레나였다.

"흐흑, 으아아앙!"

세레나는 내 품에 안기더니 끝없이 울어댔다. 난 세레나의 머리를 쓰다듬으며 그녀의 뒤에 서 있는 시녀에게 눈길을 보냈다.

당연히 설명이 필요했으니까.

"유니님은 지금 의식이 없으십니다. 방금 전까지는 깨어서 노래를 흥얼거리셨습니다."

두서없이 설명하는 시녀의 말을 순간적으로 이해할 수가 없었다.

"노래?"

무슨 말이지?

"흑, 엄마가 우리 어릴 때 자주 부르시던 그 노래."

세레나가 시녀를 대신해 대답해 주었다.

그래, 우리 어릴 때 곧잘 노래를 불러주셨지. 그 노래 말인가?

저주의 노래라고 했었지?

음색은 아주 예뻤지만 어쩐지 섬뜩한 느낌을 주는 노래였다.

가끔 나와 세레나하고의 대화 중에 부르셨는데 언젠가 왜 그 노래를 부르시는 건지 물은 적이 있었다. 그 물음에 어머니는 차가운 미소를 지으시면서 누군가가 죽기를 바라기 때문이라고 대답했었고 어린 마음에 그 말이 너무 무서워서 이후로 은근히 어머니를 피하곤 했는데.

"그… 노래?"

"응."

이제 좀 진정이 되었는지 울음을 그친 세레나가 눈물을 닦으며 고개를 끄덕였다.

눈동자 가득히 두려움을 담고서.

하긴 어릴 때의 기억에 남아 있을 테니까, 그 섬뜩한 노래가.

"하아~"

슬프기도 하고 무섭기도 했다.

대체 누구를 그렇게 증오하시는 걸까?

저렇게 생명의 불이 다 꺼지는 중에도 그 노래를 부르시다니.

'아, 정리를 해야겠구나.'

주변에서 부산을 떨고 있는 시녀들을 돌아보았다.

어차피 시킬 일도 없고 하니 다 내보내도 되겠지.

"의사만 남고 나머지는 다 나가도록."

내 말에 그녀들은 조금 망설이다가 우르르 몰려 나갔다.

그 노래에 대해 많은 사람이 알아서는 안 된다. 혹시라도 나중에 문제가 생겼을 때 트집 잡힌다면 나는 몰라도 세레나는 무사할 리 없을 테니까.

세레나는 내 생각을 알겠는지, 아니면 무서워서인지 내 옷소매를 꼭 잡고 있을 뿐이었다.

어머니가 누워 있는 침대의 바로 옆에는 그 의사가 서 있었다.

그런데 갑자기 저 의사가 좀 이상하다는 생각이 들었다.

의심스러운 마음에 왠지 멍한 표정을 하고 있는 그 의사를 주시하다가 갑자기 들려오는 노랫소리에 정신이 들었다.

저를 기억하고 계신가요.
당신이 저를 기억하신다면 꽃과 환한 미소를 주세요.
당신이 저를 이제 기억하지 않는다면
혈화(血花)와 같은 미소를 드리겠습니다.

은색의 반짝임 속에 갇혀 버린 나는
그 영원한 구속을 받아들이게 되겠지만
그대는 핏빛 어린 하늘 속에
나를 보고 즐기겠지요.

하지만 알게 될 것입니다,

당신이 아끼는 은색의 인형은 이제 깨어진다는 것을.
인형을 잃고 싶지 않으시면 이곳으로 오세요.
어둠과 허무가 모인 곳이랍니다.

걱정 말아요.
어둠은 평안함입니다, 마치 어머니처럼.
허무는 조용함입니다, 마치 저 하늘처럼.

그대에게 저 높은 하늘의 푸르름보다
아름다운 혈화(血花)를 드리겠습니다.
내 눈에 깃들 어둠을 대가로 말이에요.

그대에게 혈화(血花)와 같은 미소를 드리겠습니다.

고운 돗소리로 흥얼거리는 노래.
텅 빈 눈동자로 그 저주의 노래를 흥얼거리는 어머니의 모습은 섬뜩했다.
어머니가 노래를 부르기 시작하자 세레나가 가만히 나에게 안겨왔다. 무서운지. 아니면 슬퍼서인지 가늘게 떨고 있었다.
'이렇게 무서워하면서도 밤새 여기에서 어머니를 지켜보고 있었던 거니?'
난 안타까워서 세레나의 머리를 부드럽게 쓰다듬으며 어머니를 보았다.
텅 빈 눈으로 고장난 오르골처럼 계속 반복해서 노래하는 어머니의 목소리가 서서히 작아지고 있었다.

목소리는 점점 작아지더니 결국 아무 소리도 들리지 않았고 사방이 침묵 속에 잠겼다.

"프엘렌—운명과 시간의 여신. 죽음을 관장하기도 한다.운명의 여신이므로—님께서 허락하신 시간이 지나 떠나셨군요."

멍하니 있던 의사는 더 이상 노랫소리가 들리지 않자 재빨리 호흡을 확인하더니 확실한 어조로 돌아가셨노라고 말했다.

"흐윽, 오빠!"

세레나가 다시 눈물을 쏟으며 나에게 안겼다.

"그런가? 떠나셨는가……?"

난 할 말이 없었다.

마지막까지 우리를 보시기보다 다른 곳을 보셨고 우리 이름을 부르기보다 누군지 모를 그자에 대한 증오의 노래만을 하며 떠나신 어머니이다.

그녀에게 어떤 말을 해야 했었을까?

난 세레나를 달래며 방 밖으로 나왔다.

문밖에서 대기하던 시녀들이 상황을 눈치 채고 재빨리 안으로 들어갔다.

그런 그들에게 신경 쓰지 않고 훌쩍이는 세레나를 토닥이며 나의—황제의—정원으로 갔다.

이 정원은 황제의 정원. 다른 자들이 함부로 들어오지 않는 곳이기에 이제부터의 조심스러운 말을 할 수 있는 적당한 곳이었다.

"세레나, 좀 진정됐니?"

"응."

여기까지 오는 동안 많이 진정되었는지 울음은 완전히 그친 모양이다.

"눈이 빨갛다."

약간 놀리듯 말하자,

"웃, 그래? 하긴 밤샜으니까."

하며 기운이 남았다는 듯 억지로나마 웃어 보인다.

역시 밤새 어머니 곁에 있었던 모양이다.

세레나에게 정말 미안하다. 몰랐다고는 하지만 내가 없어 홀로 있어야 했을 테니.

하지만 지금 중요한 건 그게 아니다.

"그 노래, 기억하니?"

"응? 다, 어머니가 부르신 거?"

세레나는 내가 너무 냉정하게 행동하는 데 의아함을 표시하면서도 대답했다.

어머니가 방금 돌아가셨는데 이러는 게 이상하겠지. 하지만 냉정하다고 생각해도, 이상하다고 해도 할 수 없어.

"잊어."

"응?"

큭, 아리아에게 그런 말을 했지만 결국 나도 마찬가지인가?

"어머니의 노래, 넌 들은 적도 없고 어머닌 그런 노래 부른 적도 없어. 알았지?"

정치적인, 사교계 안에서의 더러운 사고로 말해야 하다니.

나의 어머니를 부정해야 하다니!

냉정한 내 말에 세레나는 화를 냈다.

"무슨 말이야? 왜 그래야 해?"

그래, 그런 반응이 당연하겠지.

나와는 달리 아직 순수한, 깨끗한 너니까. 그리고 너만은 계속 그렇게 있어야 해. 그러기 위해서야.

"내 말 들어!"

내가 생각해도 차가운 어조이다.

"싫어!"

"세레나!"

"그 노래가 왜? 없던 일로 할 것도 아니잖아."

"알려지면 좋지 않아."

역시 세레나는 그 노래에 대해 잘 모르는 모양이었다.

어린 시절을 탑에서 보내고 나와 황제가 된 후 문서를 통해 알게 된 거지만 그 노래는 가희(歌姬)들이 중오하는 상대를 향해 부르는 저주의 노래였다. 상대가 어둠에 빠지기를, 즉 파멸하기를 바라며 부르는 노래인 것이다.

그게 효과가 있는 것이든 아니든 유폐의 탑에서 내내 누군가를 저주했다는 소리가 알려지면 당연히 조사가 이루어질 것이다.

그리고 누구를 향해 그 노래를 불렀든지, 그것이 실제 효력이 있었든지 없었든지 상관없이, 어머니께서 이미 돌아가셨다고 해도 그 노래를 불렀다는 사실이 없어지는 것은 아니니 당연히 문제가 될 것이다.

그리고 그렇게 큰 문제가 되지 않더라도 세레나는 거기에 휘말리게 될 것이고, 그렇게 되면 신관이 되고 싶다던 세레나의 꿈은 없어진다. 아니, 그렇게 된다면 최소한 다시 저 지긋지긋한 유폐의 탑에서 지내야겠지.

"오빠 어머니께서 돌아가신 것보다 그런 게 더 중요해?"

결국 폭발한 세레나.

하지만 그건 말야……

"…어머니라 해도 어릴 때부터 제대로 말도 안 해봤고 요 5년간은 얼굴 몇 번 보지 않았다."

내 말에 세레나는 눈이 동그래지더니 이내 화를 내곤 뛰어가 버렸다.

"몰라! 어떻게 그런 말을 해?"

라는 소리를 하고서 말이다.

후훗.

귀여운 내 동생, 넌 아직 모른단다.

동생이 뛰어간 곳을 보고 있는데,

"미움받으시겠군요."

뒤에서 제노시아가 날 살짝 감쌌다.

따뜻하고 마음이 편해지는 것 같아서 나도 모르게 말없이 살짝 기대 버렸다.

정말 편안하지만…….

'안 돼!

그러다가 갑자기 들려온 내 마음의 소리에 따라 몸이 그 손을 밀쳐 냈다.

"가자."

"예."

난 속으로 놀랐지만 제노시아는 오히려 예상한 듯 평소와 다름없이 내 뒤를 따랐다.

'약해지면 안 된다. 난 황제다.'

한순간이나마 편안함을 찾던 날 질책하는 마음의 소리에 다시 다짐하며 재상의 집무실을 찾았다.

노크도 없이 문을 벌컥 열고는 순간 아차 했는데 다행히 대신들과 귀족들이 아니라 아리아와 디트레이가 레비스와 이야기 중이었다.

"제국의 영광, 빛인……."

"됐어."

어쩐 일인지 레비스가 인사하려고 하는 걸 막고 아무 의자에나 털썩 앉자 다른 이들도 앉았다.

"레비스."

"예, 폐하."

아침에 있던 일을 들었는지 약간 긴장하고 있다.

지금은 그런 말을 하려는 게 아닌데.

"정무 회의에서 그 할아버지들 아무 말도 안 하던가?"

"젊은 사람들도 많습니다만?"

레비스답게 대충 눈치 채고 편안하게 앉아서 맞받아준다.

하하, 레비스다워.

"시끄러. 하는 짓들이 다 몇백 살은 족히 먹은 영감들이야."

"일단 갑자기 안 나오신 것에 의아해하긴 했습니다만 급한 안건도 없어서 다들 별 생각은 안 하는 것 같았습니다."

괜스레 '별 생각이 뭔데?' 라고 쏘아주고 싶은 생각이 들게 하는 말이었다.

관두자. 레비스에게 트집 잡았다간 괜히 나만 배로 당하지.

"그래? 아, 제노시아도 뒤에 귀신처럼 서 있지 말고 이리 앉아."

평소처럼 태평해진 나에게 아리아가 걱정스러운 눈빛을 보냈지만 말은 하지 않았다.

아침 일 때문에 어색하겠지.

그런 아리아에게 난 살짝 웃어주었다.

"아까 소리쳐서 미안해, 아리아."

"예? 아닙니다."

얼씨구? 저러다 울겠다?

아리아는 눈에 눈물이 그렁그렁 맺히더니 고개를 숙였다. 그리고 역시 디트레이가 떨리는 그녀의 어깨를 감싸준다.

말은 험하게 해도 마음 약한 아리아에게는 저런 사람이 잘 어울린다.

보기 좋은 커플인지 보기 징그러운 커플인지 모르겠다니까.

"오늘 정무 회의에 나온 말은 뭔데?"

저 커플은 내버려 두고 레비스에게 눈을 돌려 진지하게 물었다.

"별거 아닙니다. 늘 나오는 군대와 학교―아카데미―에 대한 이야기였습니다."

"그거 굉장히 끈질기게 나오네."

"예민한 문제니까 그런 것 아니겠습니까?"

우리 나라는 비교적 문과 무가 잘 양립해 오고 있다.

그런데 요새 은근히 전쟁의 조짐이 보이면서 군대를 늘리자는 소리가 나왔는데 문신들이 지금 군인들로도 충분하다고 반대하고 있는 것이다.

나야 늘려도 상관없고 그대로여도 상관없긴 하지만.

이 일은 잘못되면 문과 무의 균형이 깨어지기 때문에 조심스럽기 그지없는 문제다.

문신과 무신들이 서로 견제하고 있는 건 오늘만이 아니니 자칫 균형이 깨어지면 반대 편에서 가만있을 리 없다.

하지만 말야.

"전쟁이 나도 지금 정도의 수라면 문제없을 텐데 왜 갑자기 그러는 건지 원."

"그래도 동시 다발적으로 일어나면 안 되니까요. 그럴 리는 없겠지만 곧 전쟁이 일어날지도 모르니까 신경이 쓰이는 모양이에요."

이제야 좀 진정된 듯 아리아가 끼어들어 대답해 준다.

오늘 하루 종일 우는 사람들 상대하는 듯한 기분이란 말야. 내가 울린 것도 아닌데 어쩐지 미안해지잖아.

아니지, 아리아는 내가 울린 것이 맞나?

“다른 건 없지?”

“예.”

아카데미 문제는 돈 좀 지원해 달라는 거니까 아무것도 아닐 테지.

확인 끝. 자, 그럼.

내가 일어나자 덩달아 모두 일어나며 의아한 눈빛을 한다.

보통 여기 들르면 차 한잔 마시고 놀다 갔으니까인가?

지금도 그러고 싶지만 거의 오전 내내 놀아서 말야. 일이 밀렸을 거야.

“난 일하러 갈 테니까… 아리아.”

“예.”

“탑에 가서 장례식(葬禮式) 주도 좀 해요.”

한마디로 가서 장례식 좀 치러달라는 소리다.

이런 일은 아무래도 믿을 만한 사람을 보내야겠지. 그리고 이런 일에는 다른 사람보다 거기서 생활해 본 아리아가 나을 거고.

“예.”

아차차, 당부할 게 있었지.

“그리고 이상한 소리 못 나가게 해줘요.”

“네?”

아리아가 순간 못 알아듣는다. 당연한가?

“어머니가 자주 부르시던 노래 때문에 문제가 생기지 않도록 해달라고.”

아리아도 그 노래를 들은 적이 있어서인지 이번에는 바로 알아듣는다.

“알겠습니다. 그런데 디토도 가도 되죠?”

그제야 살포시 미소 짓는다.

그.런.데. 거기에 왜 애인을 끌고 가?

“왜?”

“혼자 가면 안 좋잖아요.”

당당한 아리아의 대답. 이제 완전히 기운이 났나 보다.

난 허탈해져서 그러라고 고개를 끄덕여 허락해 주고는 바로 집무실로 가서 열심히 일했다.

점심도 대충 먹으면서 평소와 다르게 서류도 꼼꼼히 보고 인(印)을 찍었지만 일이 다 끝나고 나서도 한 번 더 훑어보았다.

일을 끝내고 시간이 남는 게 싫었다. 그래서 계속 반복하고 있었다.

그렇게 계속 서류를 붙들고 있는데 누군가가 문을 두들겼다.

똑똑.

“폐하, 아리아 헤스던이 뵙기를 청하옵니다.”

웬일로 아리아가 저렇게 예의를 차려서 말하는지 몰라. 혹시 아침 일 때문에 삐쳤나?

헉! 그럴 가능성이 높은데?

“들어와.”

불안해하며 허락하자 아리아가 조심스럽게 들어와서 또 인사하며 예를 갖춘다.

“폐하를 뵙습니다.”

윽, 정말 삐쳤나 봐. 어떡하지?

“아리… 아, 뒤의 분은 누구지?”

웬일로 예의를 갖추나 했더니 뒤로 통통한 낯선 사람이 따라 들어오고 있었다.

다행이군. 주변 이목 때문에 예를 갖췄다는 건 나한테 화나거나 하지는 않았다는 소리니까.

“서쪽의 테리언 궁—유폐의 탑 정식 명칭이다. 오랜만에 들네—을 관리하

시는 분이십니다. 이번 장례는 이례적인 일이기에 폐하의 허락을 받는
것이 좋겠다 하여 같이 왔사옵니다."

내 의아한 시선을 느낀 아리아가 소개해 준다.

"그래?"

그런데 거기 관리하는 사람도 있었나? 처음 본다.

일하던 자리에서 일어나 앞의 편한 자리에 앉으며 앉기를 권했더니 아
리아가 당황해하며 긴 이야기가 아니니 그냥 보고하겠노란다.

"그럼 무슨 허락을 받으러 왔는가?"

더는 권하지 않고―아리아만이라면 모를까 저자에게까지 굳이 권하고 싶
지는 않다―묻자 그자는 황송해하며 고개를 조아리고 말한다.

"저, 저는 유… 아니, 테리언 궁을 관리하는 자입니다. 본시 테리언 궁
은 죄를 지은 사람들이 오는 곳인지라 그곳에 온 사람은 죽으면 따로 장
례를 하지 않사옵니다. 물론 죄를 지은 본인이 아닐 경우는 장례를 치러
주거나……."

잡소리가 길어질 것 같다는 예감이 강하게 들었다. 그래서 손을 들어
말을 멈추게 한 뒤 아리아에게 눈짓을 보냈다.

'본론만 시켜!!' 하고.

아리아가 그자에게 작게 뭐라고 말하자―짧게 하라는 거겠지―그자는
다시 입을 열었다.

"그, 그러니까 죄를 지은 사람들이 용서받아 나가지 못하고 테리언
궁에서 죽으면… 그 시체는 황궁에서 기르는 몬스터―나라에서 하는 투
기장(몬스터끼리, 혹은 몬스터와의 싸움을 시킴)에서 쓰는 놈들―들의 먹
이… 로 주게 되어 있사옵니다."

아리아의 말에 정말 본론만 전하는 그자의 입에서 나온 말에 난 굳어
버렸다.

‘뭐라고?’

그자는 내 표정이 굳어진 걸 못 봤는지, 아니면 설명해야 한다는 사명감이 투철해서인지 계속 말을 이었다.

“죄가 있는데 평안히 장례를 치를 수 없기 때문이고, 투기장의 몬스터들은 사람 고기의 맛을 알아야 사람과 잘 싸우게 되는데 아무나 죽어 먹이로 쓸 수 없으니까…….”

“그만! 충분히 알았다!”

더 듣고 싶지 않다. 절대로!

그자의 말을 중간에 끊어버리고 손으로 감아버린 눈을 덮었다.

아까 아리아가 굳이 저 사람을 데려온 이유와 당황한 이유를 알겠군. 자신이 나한테 직접 이런 말을 할 수가 없었던 거야.

다시 눈을 뜨고 그자를 보았다.

“한마디로 그대는 내 어머니라 어떻게 해야 할지 묻는 것인가, 아니면 나에게 그걸 가르쳐 주려고 왔는가?”

정말이지, 오늘은 고운 말이 안 나오는구나.

‘난 어떻게 해야 하나?’

내 목소리에 약간의 노기가 있었는지 그자는 이제 납죽 엎드려 버렸다. 그러면서도 말은 해야겠는지 더듬거리며 입을 놀렸다.

“이, 이런 일은 옛날에도 사례가 있었지만―그 죽은 사람이 황제 친족인 경우 말인가?―다 규정대로 했사옵니다. 그리고 이 규정에 예외는 없사옵니다.”

처음으로 사람을 죽이고 싶다는 감정이 어떤 건지 알게 된 것 같다.

내 앞에서 입을 놀리고 있는 저놈이 당장 사라졌으면 하는 생각이 들었다.

하지만 그건 내 생각이고 규정을 말했다고 죽어 버릴 수도 없고, 또 그래서도 안 되겠지.

'일단은 황제라는 이름을 가졌으니……'

이 나라는 '법'이라는 것에 예민하다.

난 입술을 깨물었다.

"내 허락이 필요하다는 건?"

내가 으르렁거리며 묻자 굳어 있는 그자를 대신해 아리아가 대답했다.

"황제의 친족을 허락도 없이 장례… 치를 수는 없어서입니다."

아리아의 목소리가 살짝 떨리고 있었기에 차마 화낼 수가 없었다.

'그런 규정을 만든 건 저들이 아니지. 그래, 화내봤자겠지.'

나 자신을 달래며 고개를 끄덕였다.

"그래야 한다면 그래야겠지. 하지만……"

"최소한의 예를 갖추겠습니다."

내가 하고 싶던 말을 아리아가 해준다.

하, 허락할 수밖에 없겠지.

제국의 규정―법규―은 황족도 피해갈 수 없는 것이니까. 황제라면 더욱 지켜야 하는 것이니까.

"그렇다면 허가하지."

내 허가가 떨어지자 아리아와 그자는 살며시 인사하고 나갔다.

하지만 난 그 자리에 그대로 앉아 있었다.

왜 앉아 있는지도 모르고 그렇게 앉아 있다 보니 어느새 창밖은 해가 기울고 있었다.

"폐하."

일어나면서 약간 비틀거리자 제노시아가 다가왔다. 하지만 그게 싫어 뿌리치고 그냥 걸어서 내 침실로 향했다.

"그러고 보니 세레나가 알면 안 되는데."

이제야 그 생각이 든다.

이미 늦어버렸지만. 그리고 어쩌면 세레나도 알고 있을지도 모르지. 나보다 더 어머니에게 애정이 없었던 세레나가 그렇게 그 죽음에 울고 화냈었으니까.

"하하하."

혼자 중얼거리고 혼자 웃었다.

저녁때가 되었지만 아리아는 아직 그곳에 있는지 오지 않았고 난 내려가기가 구찮아 침실에서 저녁을 먹고 창가 의자에 앉았다.

"제노시아……."

내가 들어도 힘없는 목소리였다.

다른 말은 하지 않았지만 제노시아는 내 생각을 다 아는 듯 별말없이 시녀들을 물리고 자신도 나갔다.

이제 완전히 붉게 물든 하늘 한쪽은 보라색으로 변하고 있었다.

멍하니 앉아서 창밖을 보고 있으려니 옛일이 생각났다.

어머니는 그 피의 노래를 부르기 전까지는 나에게 정말 다정하게 대해 주셨는데.

정신이 온전하셨을 적에는 가끔씩 내가 노는 것을 보고 웃으셨다. 그리고 나에게 아름다운 노래를 불러가며 다정하게 가르쳐 주곤 하셨다.

그때를 떠올리다가 갑자기 그 노래 중 하나가 생각나서 작게 흥얼거렸다.

언젠지 모를 어릴 적에 어머니에게 배운…

누가 부르기 시작했는지도 모르는 곱디고운 연가(戀歌)를…….

울지 말아요, 제발 울지 말아요, 무엇보다 소중한 눈동자여.

내 손으로 흐려 버린 가장 사랑했던 그 미소를 지어줄래요.
증발하듯 사라져 버린 시간은 너무나도 빨리 달아나
설령 신일지라도 결코 이제는 되돌려줄 수 없어.

그대, 그렇게 눈을 감지 말아요.
당신이 지금 서 있는 그 대지는 너무나도 찬란해.
당신이 지금 서 있는 그 대지는 너무나도 온화해.
당신이 지금 서 있는 그 대지는 너무나도 포근해.
그러니까 이제 그 눈을 떠 부질없는 눈물은 남김없이 말려 버려요.

언제까지나 곁에 있고 싶지만 이젠 괜찮아요.
언제까지나 곁에 있어달라던 당신이었지만 이젠 괜찮을 거예요.
그러니까 이제 그 눈을 떠 쓸모없는 잔상은 남김없이 지워 버려요.

이제 당신은 잊어도 괜찮아.
모래시계의 작은 구멍 아래로 떨어져 내리는 모래알처럼 나와의 추억은 잊
어버려요.
그러면 내가 창공에 흩뿌려진 그 추억들을 두 손에 주워 모을게.
그렇게 주워 모은 추억은 이미 새하얀 눈의 파편들.
두 손 가득한 추억들이 녹아 사라질 때면 나도 잊혀질 거야.

울지 말아요. 제발 울지 말아요, 무엇보다 소중한 눈동자여.
비가 개인 하늘보다 더, 밤새 내린 이슬보다 더 순수했던 그때로 돌아가 줘요.

나를 알기 전의 당신으로 되돌아가는 거예요.

어느새 나도 모르게 내 볼을 타고 눈물이 흘러내리고 있었다.
역시… 난 어머니를 … 많이 사랑했던가 보다.

어머니의 장례 아닌 장례를 치른 지 3일이 지났다.

그동안 난 엄청 피곤했다.

세레나는 그날 이후 날 찾아오지 않는 건 물론이고 내가 찾아가더라도 황제와 황족 이상의 관계가 아닌 것마냥 딱딱한 예만 보여주었다.

화가 나도 단단히 난 모양이었다.

'정말 피곤하구나.'

그날 이후로 조금씩 피로가 쌓이고 쌓여서 이제 폭발할 지경이었다.

"으아아!"

따분하기도 하고…….

괴성을 지르면서 책을 덮자 옆에 있던 제노시아가 피식 웃는다.

"제노시아~"

"예?"

"나 심심해."

매일 같이 놀던 동생도 안 오고 장례 이후 아리아와 디트레이도 놀러 오는 일이 거의 없다.

자신들이 그런 일—어머니의 장례 아닌 장례—을 감독(?)했기 때문에 날 볼 면목이 없다고 여기는 건지 데이트하느라 바쁜 건지 그동안 공적인 일이 아니면 얼굴을 볼 수가 없었다.

덕분에 스트레스는 둘째 치고 심심해 죽을 지경.

"좋은 날씨입니다."

"그렇지? 나가고 싶어."

"안 됩니다."

"나갈래."

아까부터 똑같은 짓을 반복하고 있는 나였다.

어린애처럼 투정 부리자 드물게 제노시아도 한숨을 내쉰다.

"정말 나가고 싶으십니까?"

"응."

난 지금 기분 전환이 필히 필요하단 말야.

어린애처럼 열심히 고개를 끄덕이는 날 한심하다는 눈빛으로 보던 제노시아는 날… 외면해 버렸다.

이럴 수가!!

너무해!

충격받아 부들부들 떨고 있는데 밖에서 예의 바른 소리가 들린다.

"폐하, 레일레나 신전에서 대신관님이 오셔서 소회의실에서 기다리십니다."

아, 그러고 보니 오늘 그놈 만나기로 했었지.

놀러 나갔으면 큰일 날 뻔했어.

소회의실은 단출했다.

보통 귀족가의 응접실 같은 곳인데 중앙에 회의용 탁자가 있어서 한 십여 명 정도가 회의할 수 있도록 꾸며져 있었다. 보통은 밀담을 하거나 친구들을 만나서 이야기하는 장소로 사용되었다. 어째서 상반된 이유냐 하면 밀담할 때 눈치 채지 못하게 하기 위해서라나?

그런데 문제는 주로 성에서 일하는 연인들의 밀회 장소로 이용된다는 점이었다. 한심하여라.

그리고 보면 여기서 원래 만들어진 용도와 똑같이 쓰이는 곳은 정무 회의를 하는 회의실과 감옥뿐인가?

내가 집무실로 쓰는 곳도 원래 지어질 당시에는 학자들이 모여 학문을 토론하기 위해 만들어진 곳이었다니까.

문을 열자 대신관치고는 무척 젊은 사람이 싱긋이 웃으며 일어나 나를 반긴다.

"제국의 영광이신 황제 폐하를 뵙습니다."

"오랜만에 뵙습니다, 노턴 대신관님."

추정 나이는 30대 중반?

1년 전에 레일레나 교황청에서 이곳으로 온 사람으로 평범하기 그지없어 보이는 외모이나 결코 방심할 수 없는 사람이다.

인사를 나눈 후 자리에 앉아 시녀가 준 차를 마시며 일상적인 이야기를 했다.

"대신관이라, 웬일로 날 그렇게 부르지?"

"시끄러, 엉터리 신관."

난 그러면 안 된단 소리라도 있나?

내가 편안하게 대하는 사람 중의 한 명이기도 하다.

"그렇게 예쁜 얼굴로 그런 말을 하는 게 아니지."

그리고 성격 파탄자!!

이런 놈에게 대신관에까지 오를 신성력을 내려주신 레일레나님은 정말 자애롭고 특이하신 분이라는 생각이 든다.

손가락을 살랑이며 말하는 폼이 아주 기분 나쁘다(다르게 말하면 느끼하다).

"너 같은 놈이 신관인 게 정말 이상해."

으윽, 저런 놈 밑에 세레나가 들어간다니!!

"오, 개성이지. 그리고 이 개성이 여신님의 사랑을 받아 신관이 된 거 아니겠어?. 그것도 모르나, My lover?"

"뒤의 말 때."

벌써 결혼도 한 놈이 누구한테 무슨 말을 하는 거야?

그런 말은 부인에게나 하라고.

"하하하! 부끄러워할 것 없다네."

"부끄러워하는 거랑 화내는 거랑 구분도 못해?"

씩씩거리며 소리쳐 댔다.

정말이지, 이 가짜 신관과 있으면 내 페이스를 유지할 수가 없다니까.

노턴은 투덜대는 날 보며 슬며시 미소 지었다.

"오호, 이제 기분이 좀 나아졌나?"

"뭐?"

"들어올 때 뭔가 잔뜩 쌓인 것 같아서 말야."

눈치 하난 정말 빠르다.

굳이 설명해 줄 필요는 없겠지, 이미 다 알고 있을 테니.

"최근 여러 가지로 일이 많아서."

'앗, 뜨것!'

신경질적으로 찻잔을 든 것까지는 좋았는데 한 모금 입에 담았다가 죽을 뻔했다.

왜 이렇게 뜨거운 거야? 원래 좀 식혀서 내는 거 아냐?

애꿎은 데 화풀이하듯 쫑알거리고 있는데 노턴은 느긋하게 다른 곳을 보며 입을 열었다.

"세레나 황녀님과 어머니 때문인가?"

일하는 시녀들의 근무 태만에 화내고 있는 나와 달리 여전히 여유가 흘러넘치는 목소리였다.

"잘 아는군."

못마땅하기 그지없다는 듯한 내 말에 그는 슬쩍 웃었다.

실없이 잘도 웃는 놈이다.

"밖의, 그러니까 제국민들의 평가는 거의 최상이야. 그걸로 위안을 삼든지."

정말 턱도 없는 소리를 하고 있다. 저놈은 역시 신관이 아니었다.

"어머니를 몬스터들의 밥으로 던져 줬는데 평가가 좋다고? 그게 이상한 거 아냐?"

평온함을 가장하고 말하다가 나도 모르게 언성이 올라가서 쓴웃음을 지었다.

노턴은 나와 알게 된 이후 처음으로 신관다운 자애로운 표정을 하고는 슬며시 미소 지었다.

"본래 제국은 규범에 철저하지. 혈연일지라도 예외는 없는 법이니까. 게다가 최근 리스튼 황제의 집권 무렵부터 황족들이 법을 잘 지키지 않는 경향이 있었는데 황제인 네가 법대로 실천했으니 사람들의 평가가 올라가는 거지."

그래, 지독한 곳이야.

어째서 인류을 거스르는 일이나 다름없는 일을 한 건데 모두 좋아하는 거지?

혈연데 좀 호소하면 어때서.

하긴 그렇게 되면 더 문제가 커지겠지만.

가슴이 아려왔다.

다시 기분이 하향하면서 이 방의 분위기도 하향하자 노턴은 제노시아에게 엄청 눈총을 받았다.

"됐어. 내가 널 좀 보자고 한 건 말야……."

"그래, 무슨 이유야?"

제노시아의 날카로운 눈빛에 움츠리던 노턴은 내 말이 구세주인 양 바로 매달리듯 반응한다.

쯧, 하는 짓은 꼭 열 살 먹은 어린애 같단 말야.

"다른 게 아니고 세레나 때문이야. 신관이 되고 싶다고 해서."

"신관?"

저 맹한 표정 하고는.

"그래, 그것도 레일레나의 신관이 되고 싶다고 하더군."

그 생일 날 밤에 당당한 눈으로 나에게 주장하던 내 여동생.

한참 그때를 회상하고 있는데 갑자기 분위기 깨는 소리가 들렸다.

"그런데 그게 왜?"

저거 대신관 맞아?

내가 여기까지 말하면 척하고 알아야 되는 거잖아.

"황족이 신관이 되려면 뭐가 필요하더라?"

난 관자놀이를 누르며 천천히 말했다.

"응? 거야 황제의 허락이 필요… 아, 그렇군."

"멍청이."

"너무 그러지 마. 그럴 수도 있는 거야."

됐다, 됐어.

상대를 말아야지.

“이거 허가장이야.”

난 어제 미리 작성해 둔 서류를 건네주었다.

세레나의 이름과 생년월일, 그리고 황제의 이름과 세레나의 의지로 ‘황위 계승권을 포기하므로 신관이 되어도 좋다’ 는 말이 좀 우아하게—라기보다 빙빙 돌려서. 공식 문서는 왜 이렇게 작성해야 하나 몰라—적혀 있는 종이였다.

“꽤 속이 쓰렸겠군?”

그 서류를 받고 한번 훑어본 뒤 품에 갈무리하며 한 소리가 저거다.

“그래, 레일레나 신관이 된다고 해서 더하다.”

“엇, 우리 여신님이 어때서?”

꼭 어린애가 우리 엄마가 어때서 그러냐는 것 같군.

신관이 할 말이 아닌 것 같은데.

“그래, 이렇게 사는 너한테까지 신성력을 허락해 주시는 걸 보면 아주 위대하고 자애로우신 분인 건 맞지.”

“하하하, 너도 우리 여신님의 위대함을 아는구나. 그런데 뭔가 좀 이상한데?”

뭐가 좀 이상하냐? 많이 이상하지.

자기를 놀리는 줄 아는 건지, 아니면 모른 척하는 건지.

“세레나 황녀가 신관이 되면 레일레나 신전에 기부할 거냐?”

무슨 신관이 저리 돈을 밝히누.

“헛소리. 요즘 같은 시기에 더 혼란스럽게 만들 일 있어?”

세튼이 요 1주일 사이에 점점 조짐—물론 반란의 조짐이지—을 보이고 있다.

특별히 이유도 없는데 그저 ‘감’ 이라는 걸로 무작정 때려잡을 수는 없어서 주시하고 있을 뿐이지만.

일단은 시작할 만한 '예상 지역'을 감시하면서 그곳에 거주하는 사람들은 대피시켜 두었고 진압 준비도 하고 있다.

"뭐가?"

다 알면서 묻는 심보는 뭐냐?

그래서 일부러 쏘아주었다.

"신관은 알 거 없어."

"너무해, 너와 나 사이에."

"우리가 무슨 사이길래?"

이 녀석 만나고 나니까 그래도 기분이 많이 좋아진다.

마구 쏘아주면서 틱틱거렸더니 쌓여 있던 뭔가가 날아가는 느낌이다.

좋은 느낌.

"우리 사이? 그걸 부끄러워서 어떻게 말해."

정정(訂正).

절대 싫은 기분이다.

뺨에 손을 대고 소위 '어머, 부끄러워요'라는 포즈를 하고 있는 저놈은 정말 징그럽다.

"너 말이야……."

"폐하-."

놈의 엽기적인 행동에 뭐라 말하려는 찰나 디트레이가 노크도 없이 들어왔다.

"무슨 일이지?"

말하는 데 방해받은 데다가 멋대로 들어와서 짜증이 묻어 나오는 내 반응에 디트레이는 머뭇거리면서 어느새 차분한 신관인 척하고 있는 노턴―헐, 빠르군―을 보더니 이내 내게 가까이 와서 외부인이라고 할 수 있는 노턴이 못 듣도록—이런다고 못 들을 노턴이 아니다. 저 귀 쫑긋 세우는 모습을 봐라—작은 소리로 말했다.

"세튼에서 군대를 일으켜 티아나 관—속국을 감시(우선은 정치 참관이라고 우기고 있다)하기 위해 만들어둔 곳. 기본적으로는 대사관과 비슷—을 공격했습니다."

헐, 시작인 거냐?

"알겠다. 나가 있도록."

디트레이가 나가고 노턴을 노려봤다.

가증스럽게 못 들은 척하고 있는 놈을.

"들었지?"

"응? 뭘?"

"시치미 떼지 말고, 그런고로 난 가봐야겠다."

"바쁘겠구만. 수고하라고."

나 놀리냐?

그렇잖아도 짜증나서 죽겠는데.

인상을 팍 쓰며 일어나자 노턴도 따라 일어났다.

"전쟁에 신관들이 필요하면 말하라고. 난 어디까지나 전쟁의 여신을 모시는 신관이니까 적당히 도와줄 수 있어."

"어이구, 고맙구나."

비꼬아주자 노턴은 허허 웃을 뿐이었다.

늘 회의하던 장소로 가니 이미 모두 모여 있다.

전부 빠르군.

하긴 내가 오기 전에 모두 와 있어야 할 테니 날 부르기 전에 모였을 거다.

"긴급 회의를 시작하겠습니다."

뭐가 긴급 회의인지.

내가 들어서자 레비스가 인사한 후 보고했다.

"현재 서튼이 공격한 티아나 관—대사관과 비슷한 곳—은 우리 제국에서 가끔 파견하는 감사들과 의사 전달을 위해 보내는 사람들이 머무는 곳이라는 것을 잘 알고 계실 겁니다. 세튼에서 티아나 관을 공격하기는 했지만 미리 사람들을 워프(Warp:공간 이동 마법)시킨 뒤여서 인명 피해는 없습니다. 다만 공격 사실을 확인만 했기에 건물이 어떻게 되었는지는 알 수 없다는 문제가 있기는 합니다만 어차피 다시 지어야 할 테니 상관없을 겁니다."

어떻게 들으면 굉장히 황당한 소리로군.

사람들이 하나도 없는 건물을 공격한 세튼도 불쌍하고.

"역시 대비해 두길 잘했군요."

"세튼은 이런 쪽으로는 속이기가 쉽군."

"마법이 발달하지 않은 나라니까 생각을 못했겠죠."

대신들은 이 사태가 마음에 드는지 껄껄거리며 잘도 말하고 있었다.

세튼도 이런 방법을 써서 사람들이 이동해 버렸을 거라는 생각은 못했겠지. 나름대로 감시하면서 준비했는데 허탈했을 거야.

"그래서?"

내가 차갑게 입을 열자 일단은 모두 조용해진다.

레비스만은 아무 신경 쓰지 않고 씨익 웃으며 당연하다는 듯,

"이상은 세튼의 선전 포고였습니다. 이제부터는 전쟁입니다."

그렇겠지.

세튼이 그 건물을 공격함과 동시에 선전 포고가 된 거고 그러니 전쟁이 시작된 거지.

하지만 전쟁이라는 말은 별로 듣기 좋은 말이 아니다.

전쟁이란 살육과 공포 같은 안 좋은 것들의 다른 이름이니 당연하겠지만.

그 전쟁이 다른 나라에서 일어나는 것도 그렇지만 내가 다스려야 할 나라에서 일어난 전쟁은 더 더욱 반갑지 않다.

"세튼의 공격은 그것뿐이었나?"

"첩자들의 보고에 따르면 건물에 사람들이 없다는 걸 알고 잠시 당황하다가 곧 국경 쪽으로 군대를 돌렸다고 합니다."

제국에서 진압하려는 군대가 오는 것을 막기 위해서였겠군.

주 군대는 평소 수도 근처의 요새에서 훈련하고 있으니 그 국경 근처로 진군할 때까지 대충 근방을 점령해서 순간적인 틈을 이용해 독립하려는 생각인가 본데.

너무 단순해. 쿡, 하긴 이게 정석이니 당연한 것이겠지만.

"단순하군."

미소와 함께 말하자 대신들도 슬며시 웃는다.

아까 차갑게 말해서 기분이 나쁜 건가 싶어 조심스러웠으리라.

"그러게 말입니다."

"이미 군은 국경 지대에 도착해 있다는 걸 모르니까 정석을 따르려는 모양이지요."

회의 분위기가 화기애애해진다.

"얼마나 보냈지?"

군의 총사령관인 치하트에게 눈길을 주자 그는 미리 준비한 듯 일어나 종이에 쓰인 것을 읽었다.

"총 군대의 반이 못 되는 거의 1/3 정도의 수입니다. 나머지는 혹시 세튼의 첩자들이 제국 내부에서 문제를 일으킬 때를 대비하게 했습니다."

"그런가?"

전쟁이라 해도 사실상 내가 할 일은 없는 거나 다름없다.

내가 무능한 게 아니고 이게 다 미리미리 준비한 덕분이지. 하지만……

"나도 거기 갈 생각인데……"

술렁.

내 말은 확실히 들었는지 파문이 인다.

"왜, 왜 가시려고?"

말을 더듬는 대신.

"그냥."

짧은 대답에 대신들은 굳어버렸다.

잠시 기다렸지만 아무 반응이 없길래 그냥 일어나려고 했다.

"그렇게 알아두게."

"안 됩니다!"

목소리 한번 크네. 누구야?

고개를 돌려보니 치하트 프 켈벤 백작, 군 총사령관이었다.

안 돼? 아무 말도 않길래 찬성인 줄 알았더니.

"왜?"

"그, 그야… 위험합니다."

사실 다른 전쟁보다 별로 위험하지도 않잖아. 궁에서 암살자들 만나는 것보다 덜 위험할 거라는 걸 다 아는데. 자기도 저 말 하면서 찔려서 더듬으면서.

"위험? 정말?"

회의실은 이제 진지함은 날아가고 장난만 남았다.

내가 '난 아무것도 몰라요~♡' 하는 듯한 순진한 척하는 표정으로 묻자 치하트 사령관은 아무 말도 못한다.

아마 내가 이럴 때마다 다 알면서 순진한 척, 모르는 척하는 거라는 걸—그것도 상대를 놀리기 위해서—정말 잘 알고 있기 때문인지도.

가장 많이 당한 게 치하트니까. 후후.

"그게 아니라 왜 갑자기 가고 싶어하시는 겁니까?"

이번엔 진지하게 나오는군.

난 다시 자리에 앉았다.

오래 걸릴 이야기는 아니지만 앉는 게 낫다고 생각되니까.

"말했잖아. 그. 냥."

솔직히 말하면 여기 있기 싫어서 가는 거지만.

"아무리 예상했던 것이고 쉬울 거라고는 하나 전쟁입니다. 가벼운 마음으로 가보실 만한 것이 아닐 뿐더러 혹여 폐하께 무슨 안 좋은 일이 있을지도 모릅니다."

쿡, 설마 내가 정말 아무 생각 없이 가는 건 줄 아는 걸까?

저렇게 걱정해 주는 건 고맙다. 하지만 난 저들이 생각하는 것처럼 이 전쟁을 간단한 게임으로 생각해서 가벼운 마음으로 슬며시 가보겠다는 것도 아니고 '난 절대 안 다칠 거다' 라는 안이한 생각으로 가겠다는 것도 아니다.

다만 지금 여기 있기가 싫을 뿐이다.

안이한 생각이 아니라고 해서 괜찮은 건 아니지만 전쟁이라는 소리를 듣자 그 전쟁이라는 말이 내게 '도피처' 로 들리는 걸 어떻게 하겠는가.

전쟁터에 나가 지금까지 못했던 것들을 생각해 볼 셈이었다. 그것 때문에 설혹 내가 다쳐도 상관없다고 느낄 정도로 이곳을 나가고 싶은 거다.

마음대로 못 나가서 여러 가지가 쌓인 중에 전쟁은 그 좋은 구실에 불과하다고나 할까?

하지만 이걸 저 딱딱한 대신들이 납득해 줄 리 없지.

4년간 갈고닦아 온 필살기를 써야지.

"내가 정말 아무 생각도 없이 가는 거라고 생각하나?"

웃으면서 말하자 주변이 다시 조용해진다.

난 아직 성년도 되지 못한 어린아이라고 하나 황제를 4년간이나 했다. 그만큼 저들에게 지배력도 있고 또 그 4년간 나에 대해 충분히 겪은 저들은 내가 하는 말을 알 수 있으리라.

뭐, 이번에는 말하기 불순한—…이라고 할까?—이유라서 대충 넘어가기 위해 이러는 거지만 평소에는 이런 식으로 한 적은 없다. 정말이다(그래, 안 믿어도 상관없다 뭐).

어쨌든 난 지금 대신들에게,

'이유는 절대 말 안 한다. 하지만 갈 것이다.'

라고 말하는 것이다.

"꼭 가시렵니까?"

'전쟁 나가는 애인 붙잡고 애원하는 자태 같구려.'

물론 지금 이 말을 했다간 저 순진한 치하트는 심장 마비로 죽을지도 모른다. 전장에서는 무서운 사람이라고 들었지만 평상시의 이런 생활에는 아직 순진한 청년 같은 사람이니까.

"가겠다!"

확고한 말에 대신들이 머리 싸고 고민을 시작한다.

고민의 요점은 이것.

"폐하께서 가신다니 군대를 좀 더 보내 안전을 도모하는 것이 어떻습니까?"

하는 것이다.

당연히 다들 찬성하며 얼마나 더 보내야 최대한 꼴사납지 않게―작은 나라에 큰 나라가 전 군대를 보낸다는 건 꼴불견 아닌가―최대한 내 안전을 지킬 수 있는지에 대해서 토론 중이다.

그럴 필요는 없는데.

게다가 그렇게 되면 가는 데 시간이 오래 걸릴 것이고 난 제대로 움직이지도 못할 거다.

나는 빨리 여기서 벗어나고 싶다.

"모두 조용히 하라."

낮게 말했지만 다들 들은 듯 모두 입을 다물어 조용해졌다.

"내 친위기사단만을 데리고 갈 것이다."

"폐하!"

"위험하옵니다!"

내가 선언하자 모두 반대하며 소리친다.

내가 그렇게 위험해 보이나?

난 똑같은 말을 하기도 싫고 해서 흥분한 대신들을 진정시킬 목적으로 제노시아에게 살짝 눈짓을 주었다.

쾅!

그에 따라 제노시아는 검집째 벽을 세게 쳤고 당연히 그에 따른 큰 소리와 함께 모두 입을 닫았다.

많이 겪은 일이라서 이젠 별로 당황하지도 않는군.

처음에는 우왕좌왕하면서 소란을 피우더니.

잠시 옛 반응과 비교하며 감상한 뒤,

"너무 입들을 잘 움직이는 것 같군."

씩 웃으면서 한마디 하자 더 조용해진다.

음, 그걸 또 한 번 해봐?

"지금 하는 말에는 토 달지 마라."

가끔 해봤듯이 운 띄우고, 그리고 나서 단호하게 협박이다.

"우선 난 이틀 뒤에 출발한다. 말했듯이 내 호위로 친위기사들만 데리고 가겠다. 실력없는 놈들도 아니고 거기에도 군대는 충분히 있으니―벌써 첩자가 알아낸 세튼 군의 전력과 차이가 꽤 난다. 그 이상이면 국경 수비가 아니라 그냥 우리가 세튼 구박하러 가는 거다―쓸데없이 따라오지 말도록, 신관들과 같이 갈 테니."

어차피 얼마 정도의 인원은 움직여야 한다.

원래 군에서 말한 기초적인 계획은 그들이 국경에 오기 전까지는 제국군이 거기서 이미 대기 중인 걸 몰라야 한다. 그래서 눈속임으로 어느 정도의 군대를 움직일 생각인데 그 인원은 많을 필요가 없다. 그냥 적당한 인원이면 되니까.

신관들을 이때 전쟁터로 가게 한다는 계획이다. 그렇게 하면 인원이 더 많아 보이는 효과도 가져오니까 지금 군이 움직이는 것 같다는 착각이 들게 할 수도 있다는 생각에서였다.

거기에 내가 끼어서 가는 것뿐이라는 것이다.

그리고 내가 말하는 대로 이틀 뒤에 출발하면 급하게 선발 부대만 가는 거라서 수가 적다고 착각할 수도 있을 테니까 좋은 방법이다.

잠시 뜸을 들이고 다시 말을 이었다.

이번에는 내 부재(不在)에 관해서.

"또 내가 이곳을 비우게 되는데 아직 황비가 없는 고로 레비스 재상이 자신의 권한 하에서 궁을 책임진다(이렇게 왕궁 살림 맡길 사람이 없다니, 쯧). 말려도 간다. 그러니 그냥 보내는 게 정신 건강상 여러모로 나을 거라 생각하는데? 자, 이제 할 말 있거든 잡소리는 안 받아주니 요점만 말하도록."

　보통은 이런 경우—비가 없거나 무능한 여인일 경우—황태후에게 맡겨야 하지만 황태후의 어디를 보고 맡기란 말인가? 내가 돌아오기 전에 자신의 아들을 황제로 등극시켜 놓고 나에게 칼을 겨누지 않으면 이상한 일일 텐데.

　그렇다고 세레나에게 맡기자니 세레나는 황궁 일은 거의 모르고 있으니 할 수 없다.

　줄줄 읊듯이 말하자 레비스가 잠시 생각을 정리하더니 말한다.

　레비스는 빠지는 법이 없어요, 하여간.

　"어디 신전에 요청하실 생각이십니까? 그렇게 빠른 시간 내 움직이시려면 신관들이 준비할 시간이 없어 움직이려 하지 않을 수도 있습니다."

　움직일 수 있는 곳이 있지.

　머리가 둔해졌군, 레비스. 아니면 그저 날 말리려는 생각일 뿐인가?

　아니면 말 그대로의 의미이거나.

　"언제나 준비된 곳이 있지 않나? 레일레나 신전의 노턴 대신관에게 말할 생각이다. 그러면 이틀 만에 출발할 수 있겠지. 그리고 어차피 치유술사로서 신관이 필요한 거니 어떤 신전의 신관이라도 상관없지 않은가?"

　전쟁의 여신을 받드는 신관들은 언제 어디서든 싸울 수 있도록 준비하니까 이틀 동안 준비시켜서 데려갈 수 있을 거다.

　물론 표면적으로 나온 정당한 이유이고 다른 이유도 있지.

　혼자 가면 심심하니까 노턴 녀석을 끌고 가려는 게 진짜 의도랄까?

　이렇게 말하면 난리날 테니 참고 있지만 그래도 이거 말하면 레비스의 표정 참 볼 만하게 변할 텐데 좀 아깝군.

　"그럼 언제 신관들을……?"

　"아아, 내가 노턴 대신관에게 말하도록 하지."

　꼬셔서 가자고 해야지. 할 말도 많으니까.

매일 신전이 따분하다고 놀러 오는 놈이니 따라오겠지?

"알겠습니다."

"그럼 회의 끝이다. 난 갈 테니 나머지는 알아서들 해."

레비스의 말이 끝나기가 무섭게 일어나서 회의실을 빠져나왔다.

'이제 노턴만 설득해서 끌고 가면 끝인가?'

갑작스럽게 내가 참전한다고 해서 소란스러운 회의장은 싹 무시하고 날 따라왔던 시녀에게 노턴을 부르라 명하고는 내 서재로 향했다.

다행인지 불행인지 그 '긴급'이라는 말이 붙은 목적 불명의 회의가 얼마 걸리지 않아 노턴은 아직 세이셔스—왕궁—를 나서기 전이었다.

그런데 아무리 회의가 빨리 끝났다지만 왜 아직 돌아가지 않고 있었는지는 모르겠다. 부인을 만나러 갔었나?

아니지, 분명히 녀석의 부인인 외무대신인 도리스는 회의에 참석했었는데 대체 뭘 하느라 아직 안 가고 있었지?

시녀를 통해 내가 부른다는 소리를 듣고 이유를 어렴풋이 짐작하고 있던 노턴은 내 설명을 차분히 들었다.

"…그러니까 이틀 뒤에 군대가 더 출발할 거야. 그때 신관들도 같이 가는 거고."

"신관의 출전이 그렇게 쉬운 줄 아는 거야? 몬스터 토벌도 아니고 국가 간의 전쟁이라면 교황청에 허락도 받아야 되고 할 일이 많아. 적어도 5일은 필요해."

대충 설명이 끝나자 난처한 기색을 보인다.

어? 이건 의외인데?

"안 되는 거야?"

"안 된다기보다 너무 급한데."

흠, 일부러 저러는 것 같군.

그럼 나도 무시해 볼까?

"알았어. 그럼 나와 군만 가야겠군."

일부러 순순히 물러나자 노턴은 당황하기 시작했다.

"어이어이, 신관은 필요없어?"

"뭐, 간단한 전투고 위생병들도 있고 마법사도 있으니 어떻게든 되겠지."

"그렇게 안이한 생각을 하고 가도 되는 거야? 게다가 황제인 네가 간다며?"

모르는 척.

"어쩔 수 없잖아, 안 된다는데."

안타깝다는 듯한 어조로 말하자 노턴은 끙 하고 신음 소리를 냈다.

"음, 일단 네가 왜 이 전쟁에 나가고 싶어하는지 좀 알자."

"이유없어."

이건 또 왜 묻는 거야?

"뭐?"

"이유없다고."

나도 모르게 저절로 미간이 찌푸려지면서 말이 퉁명스럽게 튀어나왔다.

그런 내 반응에 노턴은 난처한 표정이었다.

"이봐!"

"알 거 없잖아!"

퉁명스럽게 말했다.

하하, 그런데 이건 어린애가 어른한테 떼쓰는 거잖아?

"그런 표정으로 그런 말을 하면 '물어봐 줘' 라고 하는 거야, 꼬마 황제."

그 말에 무의식 중에 내 표정이 어떤지 알기 위해 손으로 뺨을 만졌다.

녀석의 말 그대로 삐친 꼬마가 아니라고 우기다가 어른들의 말에 결국 자신은 아이라는 걸 알고 부루퉁한 표정으로 시위하는 것 같은 느낌이다.

어째 이 녀석 앞에서는 늘 어린애가 되는 것 같다니까.

"누가 꼬마라고?"

이렇게 되면 괜히 신경질이 난단 말야.

내 신경질에 노턴은 느긋한 표정으로 당연하다는 듯 이야기한다.

"넌 정서적으로나 정신적으로 아직 많이 어리다. 특히 정서적으로."

꼭 나이가 많은 현자처럼 말했다.

그런데 그 말은 내가 완전 어린애란 소리잖아?

'…하지만 맞는 말이기도 하지.'

난 결국 쓴웃음을 지으며 입을 열었다.

"별 이유 아냐. 그저 잠시 생각하고 싶은 일도 있고 해서."

이 녀석에게는 결국 다 말하게 되는구나.

"그래? 하긴 힘들면 잠시 도망치는 것도 좋겠지. 평소에는 볼 수 없는 다른 것들도 볼 수 있을 테니까. 본분만 잊지 않고 금방 돌아온다면 그 방황은 성숙의 아픔일 뿐이겠지만 네가 본분을 잊고 정말 도망치려 한다면 유례없는 참극이 생길지도 모르지."

끝이 좀 미묘한 말이었지만 왠지 좀 신관다운 면이 있구나 하는 생각이 들게 하는 말이었다.

그래도 그냥 넘어가기는 억울해서 불만스럽게 중얼거렸다.

"어차피 나는 오래 도망칠 수도 없어. 시한부 방황인걸."

나름대로의 기분 전환을 위한 방황이라고 할까? 하지만 여기서는 그

런 최소한의 방황도 할 수 없으니까 잠시 떠나 여러 가지 생각을 하려는
거다. 떠난다고 해봤자 종전(終戰)과 동시에 돌아와야 하는 시한부 방황
이니까…….

'이 정도는 괜찮겠지.'

나를 조이는 끈을 그 시간 동안은 약간이나마 풀 수 있을 것이다.

그리고 난 그 정도에 만족해야 할 것이고.

최근 들어서는 이 길을 선택한 걸 가끔 후회하고 있을지도 모른다는
생각이 들곤 한다.

"음, 신전 놈들에게 출전이라고 말하지."

"그래? 인원 추려서 치하트에게 보내줘."

"음, 그 총사령관 말인가? 그자도 이번에 출전하나?"

"아아, 요새 전쟁이 없어서 실력이 녹슬 것 같다고 가겠다더군."

우리는 칙칙한 이야기는 집어던지고 이번 전쟁에 관해서―전쟁 얘기만
으로도 충분히 칙칙하지만―잠시 이야기하고 헤어졌다.

시작은 늘 그렇듯 순조로운 법이다.

어떤 책이든 어떤 여행이든 처음에는 당연히 크게 예상에서 벗어나는
일들이 없으므로 순조롭다.

그런 규칙성에 따라 우리도 순조롭게 출발해서―아무리 내가 떼를 썼다
지만 정말 이틀 만에 출전이 가능할 줄은 몰랐다. 가공할 제국의 힘이여(별 상
관 없는 소리지만)―나는 지금 마차 안에 느긋하게 앉아 있다.

지금 내가 타고 가는 마차는 내가 원래 타고 다니던 황제 전용(?) 마차
가 아니라 그냥 보통의 마차다.

보통이라고 해도 안은 꽤 넓어서 지금처럼 4, 5명이 타고 있어도 전혀
불편함이 없고 마법도 걸려 있어서 흔들림도 느껴지지 않을 정도의, 한

마디로 꽤 좋은 마차다. 다른 말로 하면 꽤 비싼 마차고.

왜 이런 걸 타고 가냐 하면 내 원래의 생각은 기사들과 같이 말을 타고 간다는 것이었는데 다들 만류하는 바람에—내가 그렇게 불안해 보이나?—포기했다.

또 원래 내가 쓰는 마차는 너무 눈에 띄기 때문에—흰색 실크 천이 휘장으로 내려온 마차인데 안에서 3명 정도는 누워 뒹굴 수 있을 정도의 마차다—세튼에서 되도록 내 출전을 늦게 알게 하기 위해서 그걸 타고 가지 못하게 되어서 마련된 나름대로의 위장인 셈이다. 그 '화려하면서도 수수하고 아름다운—수식어가 이상하게 많다—황제의 마차를 타고 가라고 했으면 세튼에서 난리가 났을 거다. 제국의 황제는 전쟁터로 놀러 온다고.

참고로 말하자면 그 황제의 마차는 내 취향이 아니다. 건국왕 시절부터 써온 거니까.

마차를 타고 가지 않겠다고 했다가 대신들이 이구동성으로 '자신들도 양보했으니 그냥 들어달라'는 말에 넘어간 거다. 그렇게 내가 전쟁터에 나가는 게 싫은 건지 원.

어차피 마차는 한두 대 필요하니까—주로 체력이 약한 마법사들이 탄다—그들과 같이 가기로 합의한 것이다.

지금 너가 탄 마차에는 나를 포함해서 네 명이 타고 있다.

노턴 '대' 신관. 원래는 자신이 직접 오지 않아도 되는 일인데 내가 간다는 바람에 따라나섰단다.

스스로 따라 나왔으면서 이상하게 불만이 많기에 한번 쏘아주었더니 자신의 아내와 한동안 헤어져 있어야 하기 때문에 정말 가기 싫다고 중얼거렸다. 아리아와 디트레이 못지 않은 징그러운 커플이다. 그래서 따라오지 말라고 했더니 내가 무슨 사고를 칠지 모르기 때문에 가서 보호해 줘야 한다나? 어쨌든 기분 안 좋은 소리 많이 들었다.

그리고 나를 따라가게 된 아리아―내 시녀인데다가 본인의 강력한 희망(디트레이와 가고 싶어서겠지)에 의해 날 따라오게 되었다―와 제노시아.

그런데 이렇게 마차를 타고 이동하니까 여행하는 것 같은 느낌이 든단 말야.

빨리 이동하기 위해 함께 가는 녀석들도 얼마 없다 보니, 더 그런지도 모르겠다.

출발 뒤부터 할 일이 전혀 없는 난 그저 이 순조로운 상황이 오래가기만을 바랄 뿐이다.

그렇지만 그게 그럴 리 없지.

"응?"

아침부터 하늘이 흐리더니 결국 물방울이 떨어지기 시작했다.

"왜 그러세요?"

"비가 오는군."

늘 중간에, 혹은 거의 다 되어갈 때 무슨 일이 생기게 된다는 불변의 법칙대로 이제 세튼과의 접전이 벌어질 것으로 예상되는 장소까지 5일만 더 쉬지 않고 가면 될 정도의 거리에 도착했을 저녁 무렵 비가 조금씩 내리기 시작한 것이다.

"아아, 그러네요. 마을에 도착하기 전까지는 많이 안 왔으면 좋겠는데."

아리아가 걱정스럽게 말하면서도 하늘을 보면서 중얼거리는… 게 아니라 저기 밖에 보이는 디트레이를 보며 말하고 있었다.

그걸 보고 또 심사가 뒤틀리려 하는데 치하트 백작이 마차에 가까이 와서 창을 통해 내게 보고를 한다.

"폐하, 비가 많이 오기 전에 마을로 들어서야 하니 좀 빨리 움직이겠습니다."

나야 마차에 타고 있으니 상관없지만, 그런데 이런 거 일일이 보고해야 하나?

분명 출발 전에 출발 후부터는 전장이나 마찬가지이니 군을 움직이는 명령의 권한은 사령관인 치하트를 우선한다고 말했는데?

"난 상관없다. 그러도록 해."

어쨌든 허락하자 치하트는 인사를 하고 마차에서 떨어지더니 큰 소리로 명령을 내렸고 곧 속도가 약간 빨라진 느낌이 들었다.

작은 흔들림도 없을 정도로 좋은 마차인데 움직임이 느껴질 정도이니 꽤 빨리 움직이는 것이 틀림없었다.

그렇게 달린 보람이 있어서인지 비가 세차게 내릴 무렵 시골의 작은 영지에 도착했다.

여관이 딱 하나뿐인 작은 영지인데다가 비까지 오고 있어서 노숙을 피하기 위해 1개의 기사단—2개의 기사단만 왔다. 내 친위기사단까지 포함하면 3개—은 여관으로 보내고 나머지는 영주에게 신세를 지게 되었다.

어느 기사단이 여관에 갔는지 모르겠지만 무척 억울할 거다. 불쌍한지고…….

그리고 그 나머지에 해당하는…

"비가 많이 오네."

난 창가에 멍하니 서 있을 뿐이었다.

하하, 영주와 마주쳤을 때 그 순박해 보이는 시골 영주의 표정 한번 볼만하더구만. 꼭 저승사자나 신을 만난 것마냥 멍해져서는. 킥킥.

그런 영주인데 내가 마음대로 돌아다니면 더 불편해할 것 같아 심심하기는 하지만 방 안에 얌전히 있기로 했다.

"이렇게 비가 오면 행군이 힘들지 않나?"

"힘들기는 하겠지만 못 움직일 정도는 아닐 겁니다. 하지만 내일도 계속 온다면 움직이지 못하겠지요."

"그래?"

제노시아와 멍하니 창을 보며 한 시간 동안 나눈 대화는 이게 전부다.

아리아도 식사 준비니 뭐니 해서 동원되어 가버리고, 노턴은 자신의 아내인 도리스에게 연락한다며 어디론가 가버렸고, 치하트는 바쁘고, 제노시아는 원래 말이 많은 성격이 아니다 보니 내 말에 대답만 할 뿐이었다. 그러다 보니 대화가 이어질 수가 없었다.

덕분에 너무 심심했다.

똑똑.

그렇게 멍하니 있는데 노크 소리가 들렸다.

"누구지?"

혼자 중얼거리며 제노시아에게 눈짓을 보내 문을 열게 했더니 조그만 꼬마 아이 둘과 영주, 그 부인처럼 보이는 사람이 들어왔다.

인사하러 온 모양이군.

"무슨 일인가?"

"아, 그것이… 저……."

대답을 못한다.

당황해서 머뭇거리는 영주를 대신해서 그 부인으로 보이는 사람이 나섰다.

"황제 폐하께서 저희 영지에 머무르시게 되어 영광이옵니다."

역시 제국의 여성들은 당당하고 현명하다니까.

"신세를 지게 되어 미안하군."

"아닙니다. 그런 생각 마시옵소서. 제국민으로서 마땅히 영광으로 받아들일 일입니다."

"고맙군."

“그럼 저희는 물러가겠습니다.”

내가 별말이 없자 그들은 조심스럽게 문을 닫고 나갔다.

어쩌면 저 여인이 영주일 수도 있겠군.

도리스가 외무대신이라는 직책을 맡을 수 있는 것처럼 우리 나라는 다른 나라보다 여성의 지위가 훨씬 높다. 한때는 남성들에게 집안의 계승권이 없었을 정도이니까.

그 이유는 이 제국을 건국한 초대 황제가 여성이었기 때문이라고 학자들은 분석하고 있는데 그 건국왕 이후로도 계속 여성이 왕위를 계승하다가 5대—난 14대다—여왕인가, 어쨌든 그분이 딸을 낳지 못해서 왕자에게 왕위를 물려주었던 걸 계기로 남성에게도 집안의 계승권이 생겼다.

한때는 여인들의 나라가 아니냐는 소리가 있었을 정도로…….

이게 아니고 비가 그쳐야 될 텐데 말야.

끝없이 이어질 것 같은 쓸데없는 생각을 끊고 의자에 앉았다.

정말 쓸데없는 생각만 계속하게 될 정도로 할 일이 없다.

따분한걸?

하아, 그러고 보니 며칠 전에 노턴이 이 전쟁 때문에 어쩌면 신관 시험이 연기될지도 모르겠다 했는데 그렇게 되면 세레나가 실망이 크겠지?

이 전쟁이 우리에게 쉬운 전쟁이라고 해도 적어도 3개월은 걸릴 테니 그 전후로는 여러 가지로 힘들어 어쩔 수 없겠지만 화낼지도. 음.

일이 잘 풀리길 빌어야겠군.

“제노시아가 보기에는 전쟁이 언제 끝날 거 같아?”

내가 테이블에 머리를 얹어놓고 뒹굴거리면서 말하자 그는 심히 보기 흉하다는 눈짓을 팍팍 주면서—너무해. 심심하단 말야(흉해요). 힝—근엄하게 입을 열었다.

“아마 길어도 4개월은 넘지 않을 겁니다.”

그러면서 탁자에서 내 머리를 들어다가 바로 앉혔다.

힝~

"요새 많이 매정해졌어."

하지만 제노시아는 꿍얼거리는 소리를 못 들은 척 외면해 버린다. 으윽!

할 일은 없고 시간은 안 간다.

끼익.

시간이 빨리 가기만을 바라며 멍하니 있는데 갑자기 문이 열렸다.

"어라?"

들어온 사람은, 아니, 아이는 한 팔구 세 정도 되어 보이는 빨강 머리에 주근깨가 가득한 얼굴의 꼬마였다. 첫인상만 봐도 말썽꾸러기 같은 녀석이었다.

"누구지?"

일단 내 따분한 시간을 즐겁게 해줄 반가운 손님이었기에 살짝 웃으면서 묻자 꼬마는 고개를 갸웃거리더니,

"여기는 원래 사람 없는데?"

란다.

꼬마야, 사람이 안 쓰는 방에는 손님이 들어올 수도 있는 거야.

하지만 장난기가 동했다.

"내가 있잖아?"

"어? 하지만 어제까지만 해도 없었어."

"지금은 어제가 아냐."

말장난에 지친 그 꼬마가 먼저 이름을 밝혔다.

"난 리츠라고 해. 형은?"

"리츠? 여자 이름 같잖아. 난 앨리언이라고 한다."

"나 여자-아냐. 저쪽 형은?"

여자 이름이라고 한 게 마음에 안 드는지 볼을 부풀리면서 제노시아를 가리켰다.

"응? 아아, 글쎄. 그런데 여긴 왜 들어왔지?"

"여기는 원래 아무도 안 쓰는 방이거든. 전에 영주님 언니가 돌아가신 후로 비어 있는 방이야."

역시 그 여자가 영주였구나.

그런데 죽은 사람이 쓰던 방이라고? 왠지 기분이 묘하네.

"그런데?"

"형, 몰라서 물어? 당연히 사람이 없는 방이니까 일하기 싫을 때 도망 오는 곳이라는 거지."

그 꼬마, 아니, 리츠는 날 한심하다는 듯 쳐다보며 아주 당당하게 일 안 하려고 도망 왔다는 말을 한다.

상대가 저렇게 당당하니 오히려 내가 당황하게 된다.

"그, 그래?"

"응, 지금 귀한 손님이 왔대. 그래서 너무 바빠. 할 일도 많고."

그러면서 리츠는 내 앞의 의자에 폴짝 뛰어올라 앉았다.

손님이라, 내 탓이란 소리잖아?

"그럼 넌?"

"나? 헉! 형은 지금 소년을 착취해 먹겠다는 거야?"

저런 말을 어디서 배웠는지 심히 궁금하다.

"그런 말 누가 가르쳐 주던?"

"응? 흥, 세상에는 비밀도 있는 거야. 너무 알려고 하지 마."

꼬마가 말하는 거 하고는…….

이 녀석이랑 있으면 아무래도 심심하지는 않겠는걸?

“그래그래, 놀다 가라.”

“진작 그래야지. 어? 그런데 형도 손님이지?”

그제야 눈치 챈 듯.

“그래.”

리츠가 어떤 반응을 보일지 궁금했다.

“나, 여기서 놀았다는 거 비밀이야. 알았지?”

의외로 침착한 반응이다.

지금까지의 리츠를 보면 이상한 말을 할 줄 알았는데.

“알았어. 그런데 나 심심하거든?”

어쨌든 놀이 상대를 놓치기는 싫으니까 그냥 넘어가지 뭐.

“놀아달라고?”

“그런 셈이지.”

“치사하게 어른이 어린애를 상대로 거래를 하다니.”

“난 네 나이 때 그렇게 살았어.”

장난스럽게 말하고 나자 왠지 착잡해진다.

유폐의 탑, 세레나, 그리고 어머니…….

“무슨 생각 해?”

헉, 놀라라.

갑자기 내 얼굴 앞으로 자신의 얼굴을 쑥 내민 리츠 때문에 깜짝 놀랐
다.

“그냥 이것저것.”

리츠의 얼굴을 밀면서 쓴웃음을 짓자 리츠는 고개를 갸웃하더니 인생
다 산 사람 같은 표정을 하고 날 봤다.

“형, 뭔진 모르겠지만 말야, 울 할아버지 말씀이 살다 보면 어쩔 수 없
이 행해야 되는 일이 있대. 그런데 그걸 계속 가슴에 쌓아두고 가만히 있

으면 그게 언젠가 어둠이 되어 자신을 삼켜 버린댔어. 그러니까 팍 신나게 살아야 된다고, 자신이 잘못한 일이라면 반성하고 죗값을 받아야 하지만 끝난 일이라면 더 이상 생각 않고 즐겁게 살면 된다고, 인간은 얼마 못 사니까 그렇게 살아야 된댔어.”

어린애가 할 말이 아닌데…….

저 꼬마, 그저 할아버지라는 사람의 말을 옮기는 것뿐이 아니라 뭔가 있는 것 같다. 마치 경험담을 이야기하는 것 같은 느낌이 들게 만들 정도니까.

“좋은 말이네.”

“응, 난 할아버지가 젤 좋아.”

“그래…….”

저 꼬마도 꽤 험하게 살았는지도 모르겠다.

“형은 이상해. 눈이 많이 슬퍼 보여. 할아버지가 그런 사람은 이 세상이 아니라 명계(冥界)를 사는 사람이라고 했는데.”

명계를 사는 사람이라……. 한마디로 죽은 자와 같은 눈이라는 소리 아냐?

난 다시 쓴웃음을 지을 수밖에 없었다.

“헤헤, 난 무슨 소린지 모르겠지만 하여간 그렇대.”

내가 침울해 보였는지 리츠는 다시 웃으면서 재미있는 이야기를 시작했다.

대부분 자신이 사고 친 이야기였다.

“…그래서 그 요리사 아저씨는 화가 단단히 나서 그날 하루 종일 날 찾아다녔지. 물론 난 안 잡혔고 말야.”

첫인상 그대로 정말 말썽꾸러기였군.

처음부터 끝까지 문제 일으킨 이야기밖에 없다.

“혼날 짓 했네. 한 번쯤 혼나야 했는데.”

“내가 그 요리 좀 먹은 게 어때서? 나중에 다시 만들어놨는데.”

그게 말이 되니? 네가 만든 거랑 요리사가 만든 게 같겠어? 게다가 영주에게 내놓을 요리였는데 전부 먹어버리고는 네가 만들었다는 건 다 태웠다면서.

그렇게 말해 주고 싶기는 했지만 그냥 웃고 있는데 갑자기 리츠가 의자에서 팔짝 뛰어내렸다.

“왜 그래?”

“응, 가보려고. 좀 있으면 영주가 형네들 저녁 식사 하라고 부를 거야. 그러니까 들키기 전에 가야지.”

“그래? 그냥 여기서 나랑 같이 저녁 먹으면 안 돼?”

조금 아쉬워서 한 말에 리츠는 그 나이의 아이답지 않게 씁쓸한 표정을 지었다.

“쯧, 생각이라고는 하나도 안 하는 사람 같으니라고. 손님이랑 내가 같이 먹는다는 걸 영주님이 아셔봐. 화내실걸?”

그런가? 하지만…….

“내 방에서 숨어 있다가 같이 먹으면… 안 되나?”

내가 슬쩍 눈치를 보자 리츠는 이상하다는 표정이다.

“그야 상관없지만 손님이 안 내려가면 영주님 화내지 않아?”

내가 누군데 나한테 화를 내? 날 꽤 어려워하던데 오히려 나 없으면 좋아할 거다.

“괜찮아.”

“그래? 그럼…….”

똑똑.

리츠가 대답하기 전에 밖에서 노크 소리가 들렸다.

이런, 영주면 안 되는데.

'최소한 치하트나 노턴이기를.'

말이 통하는 상대인 게 좋겠지.

"들어오라."

리츠가 쌩 하니 침대 밑으로 숨는 걸 확인한 다음 밖을 향해 말했다.

들어온 사람은 다행인지 불행인지 아리아였다.

"아리아, 바빴나 보네?"

편한 사람인 걸 확인하고 싱글거리면서 내 놀이 상대가 되어주지 않은 걸 말하자 아리아는 살포시 웃는다.

"좀 바빴죠. 아무리 수가 얼마 안 된다지만 기사단 식사 준비가 장난이 아니니까요."

쳇. 그래, 나는 놀았다.

노숙도 아니니까 제대로 된 식사를 만드느라 힘들었나 보다.

하긴 우리가 들고 가는 보급 식량이 줄어드는 건 아니니까 상관없겠지.

"앨리언님, 식사하시러……."

"아, 는 여기서 먹으면 안 될까?"

내가 토라진 듯하자 살며시 웃으며 식사하러 나오라는 말을 하려는 아리아의 말을 잘라먹고 당당히 말했더니 그녀의 눈빛이 기묘하게 변한다.

뭐야, 그 눈빛은?

"왜, 왜?"

음, 기백에 밀려 버렸다.

"방 안에서 혼자 궁상 떠시려고요?"

헉, 말을 해도 어떻게 그런 말을 해서 내 여린―웃지 마라―가슴에 상처를 준단 말인가!

하지만 그게 아니란 말야!

"혼자 아냐."

아리아라면 괜찮겠지?

"즐거운 대화 상대가 생겨서 말야. 같이 놀려고."

이 말에 눈치 빠른 리츠가 슬금슬금 나와서 아리아의 눈치를 봤다.

"리츠래."

내 간단한 소개에 리츠를 유심히 보던 아리아는 난처한 표정이었다.

"하지만 영주와 다른 사람들에게는……."

"본래 뭐 먹을 땐 마음 편한 게 최고야. 그렇지만 내가 같이 있으면 굉장히 불편해할 텐데? 특히 그 영주 가족."

"그래도……."

"안 돼?"

당연히 되겠지.

나도 참 약삭빠르게 묻는다.

"알겠습니다. 제노시아님도 여기서 드실 거지요?"

"그렇소."

"아참. 아리아, 리츠가 여기서 저녁 먹는 거 비밀이야."

"네, 네."

싹싹한 말과는 다르게 리츠를 한번 날카롭게 보고 난 후 날 빤히 보다가 나갔다.

하하, 왠지 식은땀나는걸?

아리아가 나가고 나서 내 옷소매를 당기는 사람이 있었다.

"어? 왜?"

리츠가 내 소매를 당기며 눈을 초롱초롱 빛내고 있었다.

"형 굉장히 높은 사람이구나. 아까 부엌에서 저 사람 봤는데 주방장님께 막 뭐라 그래도 주방장님 아무 말도 못하고 시키는 대로 하던데, 형은 그런 사람한테 막 명령 내리잖아."

난 '굉장하다'는 뜻을 가득히 담은 그 녀석의 눈빛에 이러지도 저러지도 못하고 난처하게 웃을 뿐이었다.

"하하, 좀 그런 편이지."

뭐, 이런 순수한 존경의 눈빛을 받는 것도 기분 나쁘지 않네. 오히려 즐거워.

평소에는 신분 때문에 짜증났었는데.

처음 만났지만 리츠는 왠지 동생같이 편안했다.

이렇게 즐거운 대화 상대를 만나게 되어서 왠지 즐거운걸?

그런데 뭔가 좀 이상해졌다.

저녁을 먹은 뒤 제노시아는 정보원—내 직속 정보 조직인 '그림자' 요원—을 잠시 만나러 나갔고 대신 아리아가 내 옆을 지켰다.

"음… 저… 누나… 라고 불러도 되죠?"

리츠는 아리아를 좀 어려워하는 것 같다.

"그래."

아리아드 이상하게 차갑고.

이 대화를 끝으로 한동안 또 침묵이 이어진다.

대체 뭐 하는 짓들인지.

"아리아."

"예."

대답은 하지만 여전히 리츠를 날카롭게 노려보면서 고개도 돌리지 않는다.

"리츠와 아는 사이야?"

“아닙니다.”

딱 부러지는 대답.

같은 질문을 하려고 고개를 돌려 리츠와 눈을 마주치니 내 의도를 눈치 채고 고개를 저었다.

“나도……—여기서 아리아의 눈빛이 달라졌다—아니, 저도 처음 봐요.”

그런데 왜 저래? 마치 원수를 보는 것처럼 말야.

결국 침묵에 질린 나는 이 상황이 끝나지 않으리라는 판단이 들어서 정리하기로 했다.

“리츠, 할 일 있지 않아?”

리츠가 더 있어봤자 분위기는 더 싸늘해질 거고 말 꺼내기 더 힘들어질 것 같아서 보낼 생각으로 운을 띄웠더니,

“응, 있어. 가야 돼.”

역시나 눈치 빠른 리츠는 바로 대답하며 고개를 끄덕이고 나에게 고맙다는 눈빛을 보내고는 나가 버렸다.

그리고 난 리츠가 나가고 나서 바로 아리아를 추궁하기 시작했다.

“아리아, 왜 그래?”

“제가 뭘요?”

뿌루퉁한 표정.

“뭐긴 뭐야, 저 어린 꼬마한테 왜 그러냐는 거지.”

“제가 어쨌길래……?”

“몰라서 물어?”

아리아는 샐쭉하니 입을 내밀었다.

“앨리언님은 모르시겠네요. 하긴 저도 저녁 준비 하면서 주방장한테 물어보고 알았으니까요.”

“뭐?”

리츠에 대한 건가?

"그 애는 원래 하인이었던 게 아니라 처음엔 귀족가의 자식이었던 모양이에요. 4년 전쯤, 그러니까 그 애가 4살 무렵 그 집안의 모든 사람들이 작위를 박탈당하고 쫓겨났다고 하더군요."

4년 전기면… 설마?

"내 즉위 때겠군.

"예."

"그래드 아리아가 그러는 건 이해가 안 되는데."

리츠가 날 싫어한다면 모를까, 아니, 이건 내 신분을 아직 모르니까 무린가?

"앨리언님의… 아니에요."

발끈하며 소리치던 아리아는 시무룩해하며 입을 닫았다.

수상한데……. 그러고 보면 아리아가 아무 이유 없이 그런 행동을 할 사람이 아니다.

"얘기해 봐요."

"말씀 못 드립니다."

저게… 날 놀리는 것도 아니고!!

말하려다가 그만두는 이유가 뭐냐고?

"아리아, 지금 나 놀려?"

"그런 건 아니고요……."

짜증이 난다. 왜 말을 시작했냐?!

"아리아?"

"으… 전 말 못해요."

"뭐야? 궁금하게 만들어놓고……."

묵묵부답.

으… 리츠에게 물어봐야 하려나? 하지만 그 녀석이 어디 있는 줄 알고 어떻게 불러? 또 다 알고 있다는 보장도 없는데.

결론은 역시 앞에 있는 아리아를 추궁하는 방법밖에……. 어떻게 해야 입을 열까?

"아리아, 내가 못 미더워?"

"무슨 말씀이세요!"

"그렇잖아, 말도 안 하고. 그것도 아리아 개인적인 일도 아니고 내 일인 것 같은데 본인이 모른다는 게 말이 돼?"

이게 먹혀들려나?

최대한 진지한 어조로 말하고 있지만 속으로는 초조해 죽을 지경이었다.

그런데 아리아는 고개를 숙인 채 말이 없고 난 더 할 말이 없고……. 미칠 노릇이었다.

"알겠습니다."

"뭐, 그렇다면… 뭐?"

말 안 한다는 소린 줄 알고 '어쩔 수 없다' 고 하려는데 아리아가 순순히 이야기해 주겠다고 한다.

좀 이상한 기분이 들기는 하지만 뭐 상관없겠지?

"앨리언님이 듣고 싶어하시고, 또 스스로 마음을 정리하시리라 믿고 말씀드리겠습니다. 감출 일만은 아니니까요."

알았어, 알았다고. 빨리 말해.

드디어 진지하게 이야기하는 아리아를 눈빛으로 재촉했다.

그러나 별로 듣고 싶지 않은 말을 듣게 되었다.

"그 리츠라는 아이는 원래 백작가의 아이라고 하더군요. 토어크 백작가의……. 앨리언님은 당시 어려서 모르셨겠지만 앨리언님의 어머님이신 유니님께서 누명을 쓰게 된 그 사건을 일으켰던 게 그 토어크 백작의 여동생입니다. 토어크 백작은 후궁에서 그런 문제를 일으킨 동생을 감싸며 황태후와 공모해서 자신의 동생 대신 별 이렇다 할 후원자 없는 유니님을 범인으로 몰아넣었던 거죠."

잠시 내 눈치를 살피고 계속 말을 이었다.

"리튼 공작님께서 앨리언님을 황제로 추대할 당시 앨리언님께서 황제가 되시면 그 사건 때문에 죽음을 면치 못하리라 지레 짐작했는지 선황제를 지지하며 좀 문제를 일으켰고, 레비스님께서는 선대의 지지자들을 정리하면서 그 토어크 백작도 작위를 회수—이런 작위는 도로 받아서 다른 자에게 내린다—하려고 하셨어요. 그러다가 유니님에 대한 사건을 아시고 후에 문제가 없도록, 그리고 나중에 앨리언님께서 신경 쓰지 않도록 작위를 낮추는 데 그치지 않고 아예 평민으로 낮추어 이곳으로 보낸 거예요. 이 영주도 듣고 보니 사촌 간이라고 하더군요. 그래도 이미 오래전에 자신의 가문과 인연을 끊었다는 점 덕분에 작위를 낮추고 변방으로 쫓아낸 걸로 그쳤다고 합니다. 그래도 혈연인지라 저 아이의 감시를 맡게 했다고 해요."

역시 4년 전과 관련된 일이었구나. 특히 나와.

그럼 그 영주의 남편이 날 보고 그렇게 놀란 게 이해가 되는데.

"그 영주는 날 별로 안 좋아하겠군."

"그건 아니래요. 어차피 영주는 이곳과 별 차이 없는 영지를 가지고 있었다고 하던데요? 작위를 박탈하지 않은 것만으로도 감사히 여기고 있지요. 그런데 이쪽으로 오면서 이상하게 좋은 일이 연달아 생겨서 오히려 좋아한다나 봐요."

하하, 그래?

그런데 난 이런 소리를 듣고 나에 대한 것만 걱정하는군. 큭큭.

그럼 리츠는 나 때문에 여기서 지냈단 소리로군. 하지만 왜…….

"왜 나에게 의논도 없이 토어크를—지금은 작위가 없으니 '백작'이라고 붙여줄 필요가 없다—평민으로 낮추고 쫓아낸 거지?"

"그럼 감히 여쭈어보건대 저 리츠라는 꼬마를 만나지 않았어도 그렇게 물으셨겠습니까?"

대답할 말이 없군.

확실히 난 신경 쓰지 않았을 거다. 아예 일족을 멸하였다고 해도 말이다.

그리고 이제야 생각났지만 황제가 되었을 때 어머니가 쫓겨나는 계기가 된 사건에 대해 레비스에게 물은 적이 있었다.

그때 그는 그 여인이 있는 가문을 벌했다고 했었지 아마? 그러고 보면 아예 나에게 말하지 않았던 것도 아니었군 그래. 다만 내가 관심이 없었던 거지.

"그런가……?"

자조 섞인 어조에 아리아가 걱정스러운 얼굴을 한다.

난 그녀에게 걱정 말라는 뜻으로 손을 한번 흔들어 보인 다음 생각에 잠겼다.

그러고 보면 내가 등극할 때 엄청난 피의 바다였었다. 뭐, 혁명이라는 이름의 탈을 쓴 숙청이 다 그런 것이니까.

아, 정말 피바다였던 건 아니다. 다만 그 일이 끝난 후 죽은 사람과 토어크처럼 쫓겨나고 신분 박탈당한 놈들이 많았다는 거지.

게다가 따지고 보면 여타 다른 혁명이나 반란 때보다 죽거나 벌받은 사람도 훨씬 적었다. 그냥 그 상황에 대한 은유적인 비유지.

그들을 제압하고 제노시아의 호위로 알현실의 황제 자리에 가서 앉자 레비스는 내가 황제가 되었음을 선포했었지. 레비스가 개혁을 한답시고 날 찾아온 지 단 5일 만의 일이었다. 그만큼 선황이자 나의 아버지… 라고 할 수 있는 사람은 썩어 있었다.

정치적인 실책도 많았던 만큼 그 지지자도 얼마 없어서 그런 혁명 중에

흘린 피도 거의 없었다. 그런 보고를 들으면서 리스튼 황제—아버지—도 나름대로 불쌍한 사람이라고 생각했었으니까.

난 그렇게 황제가 되었다. 내 의지로 움직인 결과였고 단지 벗어나고 싶다는 이유로 원래 여기에 서 있어야 할 자들을 밟으면서 그렇게 황제가 되었는데 후회한다고? 내가?

황제로 등극할 당시를 떠올리며 지금 상황을 비교하며 생각했다.

진지하게 생각해 본 결과 나에 대한 평가는 이렇다.

배.불.렀.구.만!!

젠장, 옛날에는 그 탑에서 나가는 것만을 생각하면서 그렇게 발버둥 쳤으면서 이제는 후회해? 내가 왜? 절대 아니다.

무엇 때문에 내가 후회를 해야 된단 말인가?

어머니의 죽음? 하, 웃기네. 내가 황제가 되어 의사를 보냈기에 더 오래 사시고 평안히 돌아가실 수 있었다.

세레나가 화난 거? 미친 소리. 동생이 좀 삐쳐 있다고 그걸 이해 못할 정도로 생각이 없는 것도 아니고 그런 데 일일이 심각하게 반응하다 보면 앞으로 1년도 못 살 거다. 이번이 좀 심하다 싶지만 일 년에 서너 번은 그렇게 삐쳐 있으니까.

어머니의 장례? 규정이 그랬다. 내가 황제가 아니었대도 규정이었기에 당연히 그렇게 했을 것이다. 다만 황제임에도 그렇게 해야만 했던 게 힘들었을 뿐.

동시에 일어나는 바람에 내가 갈피를 못 잡았던 모양이다.

"제길……."

"언어 순화."

나도 모르게 욕을 입 밖에 내자 아리아가 다른 곳을 보는 척하면서 지적한다.

컥! 좀 넘어가 주면 안 되나?

어쨌거나 어려운 일이 있었다고 낑낑대기만 할 수는 없지. 아까 리츠의 말대로 그 일이 지나갔으면 이제 또 신나게 살아야지. 앞으로 나아가는 거야.

"후… 열심히 머리 굴렸더니 배고프네."

어떤 의미를 담아서 중얼거리자 앞에 앉아 있는 내 시중을 들어줄 의무가 있는 여인은 창밖으로 눈을 돌리면서 날 외면했다.

너무해.

다음날은 해가 멋지게 떴고 덕분에 더 이상 이 시골 영지에 있을 필요가 없어졌다.

출발하기 위해 분주하게 움직이는 치하트와 기사들을 멍하니 내려다보고 있는데 아리아가 리츠를 데리고 왔다.

"데려왔습니다."

좀 불만 어린 목소리다. 나중에 기분 좀 풀어줘야겠구나 하는 생각이 든다.

내 신세는 정말이지…….

"그래. 안녕, 리츠."

"어, 형도 안녕."

리츠는 좀 어리둥절한 모양이다.

"내가 부른 이유가 궁금하니?"

"응, 그렇기는 하지만……."

리츠는 정말 귀엽다. 동생 삼고 싶을 정도로. 하지만 그건 헛소리겠지?

리츠는 토어크 가의 아이니까.

“인사하려고. 이제 떠나거든.”

“그건… 알아.”

좀 어눌하게 대답하면서 고개를 팍 숙인다.

웅, 괜히 불렀나? 하지만 인사 안 하고 가는 것보단 낫겠지.

“그래? 그럼 잘 있어. 알았지?”

음, 정작 인사하려니 할 말이 없어서 이것밖에 안 나온다. 내 능력 부족이로다.

내 모자란 능력을 한탄하면서 그렇게 인사하니 아리아가 날 황당하다는 눈으로 보는 게 느껴진다.

‘그러지 말라구. 나도 이런 말밖에 생각이 안 날 줄은 몰랐단 말야.’

‘이런 인사나 하려고 가뜩이나 바쁜 사람 시켜서 애를 데려오게 하다니……’

‘아리아, 좀 봐줘.’

음, 이젠 눈빛으로도 통한다… 인가?

“형, 그럼 이제 여기 안 올 거지?”

“어? 더… 아마 올 일 없지 싶다.”

“응.”

난 녀석의 머리를 쓰다듬어 주었다.

“잘 지내.”

어쨌거나 내가 우울증―그런데 그게 우울증이었나?―에서 벗어나게 만들어준 거나 다름없는 녀석이니까 왠지 정이 갔다고 할까?

“당연히 잘 지낼 거야. 그리고 언젠가 아버지가 버리신 그 이름을 찾을 거고. 그러면 형도 다시 볼 수 있겠지.”

“뭐?”

앗, 당황스러워라. 무슨 소리래?

"제국의 황제를 형이라고 마음대로 불러본 걸 보면 난 운이 좋은 편일 테니까 가능하지 않을까?"

이노무 꼬맹이, 다 알고 있었단 말이지? 하긴 모르는 게 이상한가? 황제가 왔다고 난리였을 텐데 말이다.

어째서 내가 거기까지 생각을 못했을까?

그럼 다 알고 이 방으로 날 찾아온 거겠군.

저 녀석의 천연덕스러움이 감탄스러울 지경이다.

"설마 내 이름 모르는 거야?"

내가 대답을 하지 않고 또 표정 변화도 없이 있자 리츠가 당황한다. 하하, 내가 다 알 거라는 생각까지 한 모양이군.

"알아. 하지만 힘들 텐데."

"뭐, 힘들다는 건 가능할 수도 있다는 거잖아. 꿈은 크게. 몰라?"

"그래그래, 알았다."

끝까지 명랑한 꼬마 녀석이다.

녀석은 씩 웃더니 아리아와 제노시아에게도 인사하고 나갔다.

리츠의 말대로 다음에 혹시 만날 수 있게 된다면 즐거울 것 같다는 생각이 든다. 그게 가능할지는 리츠의 능력에 달린 거겠지만.

마차를 타고 그 시골 영지를 벗어나면서 제노시아는 어젯밤에 나에게 얘기한 정보를 다른 사람들에게도 말해 주었다.

물론 마차에 탄 사람들만이 아니라 치하트에게도.

" '그림자' 요원의 말에 따르면 세튼에서 폐하께서 이번 전장에 나오시는 걸 알아낸 모양입니다. 어쩌면 이 근처에 첩자가 있을지도 모르겠지요."

"그렇군. 너무 빨리 알았어."

이게 제노시아의 말에 치하트가 한 반응이다.

빨리 안 게 아니라 너무 늦게 안 거 아닌가? 내가 황궁에 있는지 없는
지만 봐도 금방 알 텐데 말야.

차마 이 말은 못하고 입을 닫았다.

"첩자라…, 일단 경계해야겠군요."

아리아가 걱정을 가득 담아서 말한다.

"흠, 기사나 신관 중에는 없을 테니 그나마 좀 낫지 않나?"

태평하기 그지없는 노턴.

이제 전쟁터도 가까워오고 좀 위험해질지도.

비가 왔던 일 이후의 일정은 순조로운 편이어서 10일 만에 본진―이라고 하는 게 좋겠지?―과 합류하게 되었다.

나름대로 침착하게 대응하는 모습에 특이하다는 생각을 했더니 내가 출발할 무렵에는 마법사들의 통신으로 내가 온다는 소리를 듣고 펄쩍펄쩍 뛰고 난리도 그런 난리가 없었단다.

뭐, 몇 가지 대표적으로 말하자면 갑자기 염색약을 대량으로 구입해서 물들이고, 싸움이 없어서 안 그래도 번쩍이는 갑옷이랑 칼 닦는다고 버리게 된 천만 해도 기사단 전원의 막사를 지을 수 있을 정도의 양이었단다. 헐.

갑옷이랑 칼 닦는 건 좀 과하게 해도 그렇다 치자, 일단 깔끔하게 보여야 하니까 그랬다고 봐줄 수도 있다고 생각하자(절대 봐줄 만한 건 아니지만 그렇게라도 생각해야겠다). 그런데 염색약은 뭐냐?

게다가 나 줄 선물 구한답시고 엄청 난리를 피웠다고 한다.

처음으로 '괜히 왔다' 는 생각을 하게 만들어주는 놈들이었다.

"그런고로 돌아다니지 말고 얌전히 여기 계세요."

그 상황을 보고해 주며 아리아가 던진 말이다. 슬퍼라…….

'여기' 라는 건 내 막사—아니, 천막—이다. 좀 넓고 침대를 엄청나게 잘 만들어 푹신푹신하기 그지없다. 전쟁터라는 느낌이 안 들어.

"난 여기 박혀 있으려고 온 게 아닌데……."

일단 반항을 시도해 봤다.

"그럼 전쟁터에 나가려고 오셨어요?"

본전도 못 찾았다. 씨~

"여긴 전쟁터입니다."

치하트까지 나에게 경고 섞인 말을 한다.

너무해. 난 갇혀 있으려고 온 게 아니란 말야… 라고 항의하고 싶기는 하지만 그건 마음뿐이다.

그래, 나 마법도 못 쓰고 검술도 보통 기사 수준밖에 안 된다. 제길~

아리아는 다른 사람들에게는 비밀에 가깝지만 미수사—어둠의 마법사. 암흑 마법을 쓰는 사람—에다가 격투기도 수준급. 제노시아는 말할 것도 없고 디트레이도 기사 중의 기사라는 황실 친위기사단의 기사이니 실력 좋지. 들은 바로는 소드 마스터 초입이라고 하던가?

그래, 나만 바보다. 흥.

치하트가 내 반응을 보고 더 있으면 난리 칠 거라고 생각했는지 잽싸게 나가 버리고, 아리아는 사악하게 웃으면서 내 앞을 지키고 있었다.

으… 계속 이렇게 지내야 한단 말이지?

"아리아?"

다시 한 번 반론을 시도하기 위해 입을 열자 아리아는 다 알고 있다는 듯 술술 말한다.

“나가시더라도 저나 제노시아와 같이 가야 합니다.”

아예 못 나가게 하지는 않네. 하긴 아예 못 나가게 하면 내가 무슨 짓을 저지를지 알 수 없어서 그러는 거겠지만.

“그래? 그런데 말야.”

“왜요?”

“여기 갇혀 있기만 할 거라면 내가 성을 나온 보람이 없잖아.”

있는 힘을 다해 항의했다.

안 되면 온종일 이 좁은 곳에 갇혀 있어야 하니까 필사적이었지만 불행하게도 아리아가 나한테 질 리가 없었다.

“어머, 그럼 어떻게 하시려고요? 자, 제가 만약의 경우에 관해 예를 들어보죠.”

아리아는 일일이 손까지 꼽으며 여러 가지 경우에 대해 설명을 시작했다.

“첫째, 앨리언님께서 홀로 이곳저곳 돌아다니시다가 잘못해서 세튼에 납치당한다. 그럼 이번 전쟁은 시작도 하기 전에 완전히 저희의 패배죠. 세튼이 뭘 요구하든지 우선적으로 폐하를 구해야 하니까요(쳇, 미안하다 힘없어서. 성에 돌아가면 검을 배우든지 마법을 배우든지 해야지 원). 둘째, 전쟁터에 멍하니―이걸 강조했다―나가셨다가 화살이나 마법에 맞고 돌아가셨다. 아아, 끔찍하군요. 일이 이렇게 되면 황제 폐하를 죽인 세튼이 멸망할 때까지 싸워야 해요. 그게 대륙과 우리 제국에 통용되는 ‘피의 법’이니까요. 그리고 그렇게 된다면 다음 대 황제는 그 사이나 황태후의 아들인 아스티안이나 딸인 시에라가 되겠죠? 그걸 보고 싶으세요(글쎄다, 어차피 나 죽고 나면 보이지도 않을 텐데……. 아냐, 아무 말 안 했어. 계속 얘기해)? 셋째, 길치기가 다분하신 앨리언님께서 길을 잃으신다(미안하다, 길치라서). 전쟁보다 이쪽이 더 비상이 된다는 거 아시죠?”

"그만. 그걸로 됐어. 충분해."

"왜요? 아직 더 남았는데."

듣고 싶지 않아.

아마 아리아는 내가 말리지 않으면 끝도 없이 이유를 열거하며 날 못 살게 만들 거다. 그쯤 하고 그만둬 줘, 제발.

제노시아는 저~기서 열심히 웃음을 참기 위해 힘쓰고 있고, 아리아는 가증스럽기도 왜 그러는지 전혀 모르겠다는 듯한 표정을 지었다.

그래, 내가 졌다.

"폐하, 간단한 회의가 있을 거라는데 나가서야죠?"

아리아는 상큼—나한테는 끔찍하기 그지없다—한 미소를 지었다.

도착하자 지휘관급 사람들이 그간의 상황을 보고한다고 했었다.

그래서 회의 참석은 하게 되었는데 이건 안 오는 게 훨 나았을 거라는 생각이 든다.

따분해.

"…그러니까 세튼은 저쪽에 있는 목조 요새를 쓸 것으로 예상됩니다."

그런 쓸데없는 예상 하나 때문에 거의 50분에 걸친 연설을 하냐?

"상대가 요새라고 해서 불리한 건 아닙니다만 '최소의 희생으로 더 반발하지 못하게 한다'는 원래 계획은 좀 무리가 될 것 같습니다."

최대한 안 죽이고 우리에게 복종시킨다는 게 어긋났다는 소리.

하지만 원래 전쟁이란 그런 것이니까 거기에 대해선 별말 안 하련다. 세튼도 어느 정도 희생은 각오하고 있는 상황일 것이고 우리도 마찬가지 니까.

"전면전이 벌어진 건 아니니 아직 모르지."

"지금 저 요새를 없애 버리는 건 어떨까요?"

우리와 같이 온 아직 젊은 기사의 의견이다.

그건 안 될걸?

"안 되네. 그렇게 하면 자칫 우리가 먼저 공격했다는 빌미를 제공할 수도 있어."

그렇지. 역시 치하트는 생각을 좀 하는군.

"하지만 저들이 이미 티아나 관을 공격하지 않았습니까?"

아직 젊은 그 녀석이 항변한다. 역시 어려서인지 별 생각이 없군.

"티아나 관에 대한 건 지명 수배자를 잡다가 일어난 사고라고 하던데?"

마법 병단의 이번 책임자―대장인 사이라 후작은 사소한 싸움에 끼기 싫다며 안 왔다―인 블로드가 그 기사를 비웃듯이 말했다.

세튼에서는 티아나 관을 습격했던 그 사건을 그렇게 꾸며두었다. 우리가 먼저 공격하지 못하도록 말이다.

우리는 어차피 이미 대피하여 인명 피해가 없었기 때문에 그 사건으로 전쟁이니 뭐니 하며 뭐라고 할 수 있는 처지는 아니었고.

국내의 사건은 조금만 움직이면 얼마든지 조작이 가능하다. 그런 것도 생각 못할 정도로 머리가 굳었나?

모두 합심해서―나까지―한심하다는 뜻으로 그 기사를 보자 그자는 얼굴이 새빨갛게 변했다.

훗, 순진하군.

지금까지 말한 건의 요점만 말하면 세튼이 아직 공격할 준비가 덜 되었고 우리는 먼저 공격할 수가 없다는 거다.

그런데 이러다가 세튼이 영원히 공격하지 않으면 어떻게 되지(물론 이럴 가능성은 전혀 없다)?

"그럼 계속 기다려야 한다는 소리?"

“예, 아마도…….”

블로드가 자신없게 대답해 준다.

“그래? 그럼 지금 왜 모인 건데?”

살짝 비웃음을 담아서 말하자,

“폐하께서 오셨으니 그간 상황도 보고할 겸 사람들도 모일 겸…….”

횡설수설한다. 나름대로 귀여운 반응이지만.

“여기 상황에 대한 건 오면서도 계속 들었네만?”

“아니, 그러니까…….”

이번 회의를 하자고 한 게 블로드인지 당황하며 이 상황을 떠넘길 상대를 찾기 시작한다.

“됐어. 지휘관들 얼굴이나 확인한 셈 치지, 블로드 자작.”

화들짝.

내 말에 안심하던 블로드는 자신의 이름을 부르자 심장 마비에 걸릴 정도로 놀랐다.

헐, 내가 자신들의 이름도 모르는 한심한 놈일 거라고 생각했던가? 그래서 이런 식으로 나온 거로군?

“치하트 사령관, 난 이만 나간다.”

“예.”

기운이 쫙 빠진 치하트가 조금 불쌍하다고 느끼면서 내 전용 감옥―그건 절대 감옥이다―으로 갔다.

나머지는 치하트 몫이니까.

*   *   *

황제가 나가자 회의용 막사는 조용했다.

"생각보다 어려 보이는 분이시군요."

한참 만에 블로드 자작이 입을 열었다.

"아직 16세이시니까."

치하트는 기운없이 자리에 앉았다.

자신이 모시는 황제께서 지금 무슨 생각을 하고 계실지 걱정되었다. 혹여 이번 일로 불쾌감을 느끼시지나 않았을지도 걱정이었다.

황제께서는 정말… 무서운 분이시니까.

"예? 정말 16세이십니까?"

황제의 겉모습보다 행동하는 모습이 기억나 순간 블로드는 황제의 나이를 잊고 중얼거려 버렸다.

"넌 네가 사는 나라의 황제 폐하 나이도 몰라?!"

블로드가 당황하는 바람에 순간 화가 나서 버럭 소리쳤다. 덕분에 존칭이 나오다 말았고.

"아, 알죠."

"왜 지금 회의한다고 설친 거지?"

"저희들이 그냥 있는 게 아니라는, 놀고 있는 게 아니라는 걸 말씀드리려고……."

대표에 해당하는 블로드가 변명을 늘어놓았다.

"시끄릿. 혹여 폐하께서 화내실지도 모른다는 생각은 안 했나?"

"그, 그것이……."

모여 있던 이들은 별말이 없었다.

치하트는 한 명 한 명 씹어 먹고 싶다는 눈빛으로―그만큼 화가 나 있었다―노려보며 조용히 입을 열었고, 모여 있던 이들에게는 이게 소리치며 화낼 때보다 더 두려웠다. 원래 조용한 분노가 더 격렬한 법이니까.

"폐하께서 오신다 하면 그저 그렇게 알고 열심히 자기 소임이나 다 하며 전쟁 준비나 제대로 할 것이지 염색약은 뭐 하러 그렇게 샀나?"

그들은 그걸 알고 있으리라 생각하지 않았기 때문에 얼굴이 새파랗게 변했다.

"또 주변 산짐승들을 사냥해다가 그 가죽으로 자기 막사 장식이나 해? 그대들, 진정 싸우러 온 것인가, 아니면 놀러 온 것인가?!"

"그, 그걸……."

한 사람이 헛숨을 들이켰다.

치하트가 그렇게 자세히 알고 있으리라고는 상상조차 하지 않았기 때문이다.

"어떻게 알았냐고? 폐하께서 며칠 전에 말씀해 주시더군. 전쟁터에서 그러고 있노라고. 원래 그러는 것이냐고. 그 뜻이 무엇이겠는가?!"

이제 조용히 고개 숙이고 있는 그들을 슥 훑어보던 치하트는 조용히 일어났다.

"반성해라."

라는 말을 던지고 막사를 나갔다.

남은 이들은 말없이 고개 숙이고 있었다.

막사를 나온 치하트는 속으로 쾌재를 불렀다.

'후훗, 폐하께 특강받은 수법은 정말 쓸 만한걸. 이제 헛바람 좀 빠지겠지?

그랬다. 치하트가 막사에서 한 말과 행동은 전.부. 앨리언이 짜준 대본이요, 각본이었다.

여기서 그렇게 전쟁보다 다른 데 신경을 쓰고 있다는―염색약 같은 것들―정보에 앨리언은 정말 아무것도 모르고 치하트에게 그 말을 그대로 전해주었다.

그런데 그 말에 그가 길길이 날뛰자 이상한 일이라는 걸 깨닫고―앨리언은 모든 걸 자신의 기준으로 생각했다. 자신은 그럴 수도 있는 놈이라는 것—치하트를 진정시키며 나중에 이렇게 말하라고 각본을 짜준 것이다.

원래는 치하트가 그 각본을 연기하기 위해 따로 그들을 부를 생각이었지만 블로드가 제 스스로 찔려서 회의를 소집해 준 덕에 앨리언이 적당히 분위기를 잡고 나가줘 더 쉽게 풀린 것이다(치하트는 앨리언이 일부러 냉정하게 반응했다는 걸 몰랐지만).

생각하건대 이들은 조직 사기단을 만들어도 잘살 수 있을 거다.

*   *   *

난 여기 온 지 하루 만에 내 본색을 드러내 버렸다.

"빨리 방금 숨긴 거 꺼내."

씨익 웃으며 말하는 내 앞에서 어떤 병사가 고개를 숙인 채 서 있었다.

"너무하십니다."

"시끄러."

병사는 할 수 없다는 듯 비통한 표정으로 카드를 내밀었다.

"흐음, 포커 하고 있었냐?"

"네에."

"그래, 군법에 따르면 처벌감이지?"

큰 처벌은 아니지만 제국에서는 처벌받는다는 거 자체가 안 좋은 일이다.

"헉."

여기 있던 병사들 거의 다 포커를 했는지 헛바람을 들이킨다. 불쌍한 것들.

아마 내가 그대로 벌을 내리거나 사령관에게 주의를 줄 거라 생각하고 있겠지. 하지만 난 지금 무지무지 심심하단 말야.

"좋아, 치하트 녀석에게 안 이를 테니 나도 하자."

"예?"

"싫으면 벌을 받든가."

"아닙니다."

녀석들은 굳어버린 채로 대답했다.

이런 류의 협박은 물론이었고.

하지만 그들은 곧 석화(石貨)를 풀고 열심히 카드를 돌렸다.

"3실버 더 걸겠습니다."

그 소리에 나머지 두 사람은 떨어져 나가고 나와 그 병사만 남았다.

"좋았어. 자."

난 동전을 던졌다. 그리고 운명의 시간이다.

"카드 펴."

"훗, 풀 하우스입니다."

그 병사는 자신이 이겼다고 자신하며 카드를 내려놓았다. 9쓰리 카드에 2원 페어. 하지만.

"잠깐 기다려 보시지."

난 성급하게 돈을 가져가려는 병사 앞으로 카드를 내려놓으며 음흉하게 웃었다.

"후후후……."

카드 패를 보고 상대는 말을 잃었고 다른 병사들은 환호하기 시작했다.

"엇, 저것!"

"우오! 스트레이트 플러쉬야!"

"오옷!"

나와 같이 앉아 있던 병사의 얼굴이 비참하게 변했다.

"돈 내놔."

난 깔끔하게 말했다.

없는 자들의 돈을 갈취해서,

"우히히… 벌써 5골드 벌었다."

기본적인 판돈 1실버씩 해서 이만큼 버는 사람은 없을 거야. 우하하!
내 돈을 불렸다.

"폐하, 완전 선수이시네요."

"오오… 자, 돈 내놔."

직접 포커판에 뛰어들지 않은 병사들은 누가 이길지 돈을 걸고 있었
다.

"폐하, 한 판 더 합시다."

저놈, 눈이 충혈됐다.

"이제 그만 포기하지?"

"시끄러. 꼭 이긴다."

자신을 걱정하며 말리는 친구를 뿌리치고 다시 판에 매달렸다.

폐인 하나 탄생이요~

우헤헤, 유폐의 탑에서 할 일이 없어 하루 종일 이 짓만 한 날 이길 수
있을까(가끔씩 세레나도 껴서 제노시아, 아리아, 나와 같이 카드를 했었다)?

"좋다, 덤벼라."

옆에서 딜러 역할을 하는 아리아가 멋진 솜씨로 카드를 섞었다. 그리
고 사람들이 자리에 앉고 판돈을 내밀었다.

그런데 그 순간,

"뭐 하는 짓들이냐?"

판 깨는 치하트의 목소리가 들렸다.

“아리아, 카드 숨겨.”

“예.”

이것도 탑에서 많이 해봤었다.

아리아는 순식간에 카드를 숨겼고 난 도박의 흔적인 판돈을 감추었다(이때 주위의 병사들이 많이 해본 솜씨라고 중얼거리는 걸 들었다. 짜식들, 이 정도 가지고 감탄하다니……).

심증이 있어도 물증이 없으면 어떻게 할 수 없는 법.

하지만 난 한 가지를 망각하고 있었다.

“도박은 금지라고! 아니, 폐하!”

치하트가 병사들에게 소리치다가 날 보더니 입을 딱 벌렸다.

윽, 나 딱 걸렸어.

그러고 보니 나 지금 있어야 할 장소에 있는 게 아니었지? 완전 범죄는 불가능하단 말인가! 통탄할 노릇인 고로!

“왜, 왜……?”

괜히 찔려서 말을 더듬어 버렸다.

“여기서 뭘 하고 계십니까?”

역시 치하트는 내가 도박한 걸 눈치 챈 모양이다.

저 날카로운 눈빛을 보니 확실하다.

하긴 아무리 판돈을 숨겼다지만 내기 판과 다른 병사들이 누가 이길지에 대해 걸던 돈들이 저 옆에 굴러다니는데 모르면 바보지.

“뭐 하는 거 같아?”

난 일단 다시 내 전용 감옥에 갇혀 있기는 싫었으므로 모르는 척 딴청을 피기로 했다.

“…카드는 압수입니다.”

“아카데미 기숙사 사감 같은 소리네?”

내가 아카데미 같은 데 다녀본 건 아니지만 아리아에게 들어서 대충은 안다.

"폐하!!"

정말 장난이 안 먹히는군.

"아아, 카드 찾아봐, 있는가."

이때의 표정은 최대한 뻔뻔스러워야 한다.

상대가 내가 일부러 이러는 걸 읽을 수 있으면 더 즐겁고.

전쟁터에서 도박을 했으면 군법에 따라 벌을 받으니까—벌이래 봤자 도박판에 나온 돈들을 몰수하는 것뿐이다—병사들이 말할 리 없으니 잘만 하면 그냥 끝나리.

못하면? 망하는 거지 뭘 물어?

치하트는 같이 온 사람들과 포커를 하기 위해 가운데 둔 상자부터 옆에 있던 사람들까지 샅샅이 수색했다.

아리아도 몸 수색을 받기는 했지만 교묘하게 숨긴 터라 카드가 나올 리 없었다.

유폐의 탑에서 하루 종일 이것만 하고 놀았던 아리아는 이런 거 숨기는 데는 이미 도사가 된 지 오래다. 그렇게 되자 치하트는 나에게 눈을 돌렸다.

그래도 황제라고 차마 내 몸 수색을 할 수가 없어서 '카드 가지고 있죠?' 라는 의심의 눈초리만 보낼 뿐이었다.

"나? 난 없어."

사실적으로 없지만 별로 믿어주는 눈치가 아니다.

난 내 결백을 증명하기 위해 주변을 둘러보다가 노턴을 발견했다.

저 가짜 신관은 내가 막 판을 벌였을 때 끼었다가 나한테 돈을 잃고 뒤에서 개평만 뜯고 있다가 치하트가 오자 딴청을 피고 있었다.

“뭣하면 내가 카드 안 가지고 있다고 맹세라도 해?”

“예.”

바로 아주 단호히 대답한다.

헉, 저것이…….

저렇게 단호하게 말하다니.

“날 그렇게 못 믿어?”

“못 믿는다기보다 폐하의 평소 행동을 알고 있기 때문이지요.”

저 예리한…… 아니지.

사람들 눈도 많거늘… 왜 그런 말을 해?

다른 사람들도 그저 고개를 끄덕이며 동조할 뿐이라는 게 무섭다.

내가 이렇게 신용이 없다니.

“뭔 소리야?”

“그냥 말 그대로의 뜻입니다.”

그러면서 딴 곳을 보는 치하트.

그래, 눈 마주치기 겁나지?

그래도 난 빠져나갈 곳이 있다네.

“정 그러면 노턴의 신성력을 걸고 맹세하지 뭐.”

난 카드를 안 가지고 있다고 했지 포커 안 했다는 소리는 안 했어요, 레일레나님.

“야!”

노턴의 반응이 특이했다. 웃으면서 소리치는 거 의외로 무섭네.

“폐하…….”

“왜?”

내가 정말 모르겠다는 듯 행동하자 치하트는 한숨을 내쉬었다. 그러고는,

“적당히만 하십시오.”

라고 말하고는 병사들의 막사를 나갔다.

아자!!

그런데 내가 치하트를 눈으로 배웅하고 고개를 돌리자 병사들은 기묘한 표정들을 짓고 있었다.

“엥? 왜 그래?”

딱!

쓰읍, 누구야?

난 내 머리에 힘을 가한 놈을 찾았다. 노턴… 너?

“당연하지. 맹세를 하려거든 네 걸 가지고 하지 왜 날 가지고 하는 거야?”

“아아, 그것 때문이야?”

“그것 때문? 너 말야!”

노턴 저 녀석 완전 하극상일세.

“너도 전부터 하네인 부인—도리스(노턴의 아내)—에게 핑계 댈 때 자주 사용했지, 아마?”

훗, 봉쇄. 내 승리닷.

“아리아, 카드는?”

이제 치하트도 갔으니까 계속해야지.

“여기요~”

아리아가 우아한 척 말하면서 잽싸게 카드를 꺼냈다.

순간 병사들의 시선이 전부 아리아에게 쏠렸다. 그 이유는 아리아가 카드를 그… 흠, 가슴 계곡 사이에서 꺼냈기 때문이다.

“아리아, 여자 맞아?”

노턴이 황당하다는 듯 말했다.

“어머? 안 걸릴 곳에 숨겨야지요.”

당당한 아리아의 말.

확실히 맞는 말이다.

“그럼 다시 시작하죠.”

아리아의 말이 떨어지자 병사들의 도전이 시작되었다.

그리고 그 무모한 도전이 끝났을 무렵,

“흑, 피 같은 내 돈.”

“억, 10골드나 잃었어.”

난 무려 판돈 1실버로 한 포커에서 70골드를 벌어들일 수 있었다.

“역시 갤리언님은 여기서 나가도 잘사실 거예요.”

아리아의 평가가 붙었다.

“크크크… 다 어릴 때부터 쌓아온 경험이지.”

난 사악하게 웃으며 동전들을 나누었다.

어디 브자… 이게 저쪽 갈색 머리한테 딴 거고, 이건 그 옆에 흉터 있는 놈한테, 요쪽 건 바로 앞에 있는 여자 기사한테, 이건… 아아, 끝도 없구나.

“자자, 이봐들!”

손뼉을 쳐서 주의를 모았다. 그리고 모두 날 보자 난 딴 데로 분류해 놓은 동전들에서 얼마 정도를 뺀 다음 돌려주었다.

“어?”

“왓, 감사.”

모두 고맙게 받았지만… 모자라다는 건 잘 알 수 있을 거다. 불쌍한 것들.

“폐하, 좀 모자란데…….”

그 흉터 있는 놈이 용감하게 입을 열었다.

그에 따라 내 손이 가차없는 응징에 나섰다.

딱!

"윽!"

"기껏 벌어들인 거 다 돌려달라고? 그렇겐 못하지. 이건 내 신성한 노동의 대가라고."

이 말에 모두 표정이 이상해졌다. 그래도 아무 말도 안 하는 걸 보니…….

"신성한 노동은 아니었지 싶은데……."

흠, 혼잣말은 말 취급 안 해준다.

난 그 돈을 모아서 뒤에서 누가 이길지 내기하던 놈들 둘을 불렀다.

"이봐, 이걸로 술 좀 사 와라."

"예?"

"후후훗… 내가 심부름시켰다고 하면 통과된다. 그러니까 잔말 말고 사 와."

술 고프단 말야.

난 아리아에게 눈짓해서 돈을 약간 보태 모두에게 한두 잔씩은 돌아갈 정도의 술을 살 만한 돈을 건네주었다.

이 근처에 있는 도시는 군사 도시라서 주점도 많고 술도 많다고 한다. 기사들이나 병사들이 대부분 훈련이 끝나면 몰려가는 곳이 술집이니까 당연히 많은 거다.

"우와아아아!"

훗, 짜식들, 좋아하기는…….

어차피 내 돈 아닌데 인심 한번 쓰지 뭐. 후후… 그리고 다른 이유도 있고.

곧 그 두 명의 병사는 술을 사 왔고 막사에는 술판이 벌어졌다.

술판이 벌어졌다고 해도 겨우 둘이 나가서 사 온 술이다. 게다가 내가
준 돈도 일곱이나 여덟 명이 술을 마시려면 취할 정도로 마실 수 있는 꽤
많은 돈이기는 하지만 지금 이곳에는 약 100명의 병사들이 있으니 한두
잔씩 마시면 동이 날 거다.

술도 안 취하고 기분도 풀고. 좋은 일 아니겠는가. 후훗.

역시 딱 두 잔씩 마시자 술은 떨어져 버렸다. 하지만 병사들은 별 불
만 없어 보인다. 여기서 술에 취하면 안 된다는 걸 모두 아니까… 겠지?

더 앉아 있을 이유가 없어진 나는 자리에서 일어났다.

"어? 가시게요?"

"응."

자리를 털고 일어나자 앉아서 서로에게 허풍이 절반인 자신들의 무용
담을 늘어놓던 병사들이 따라 일어난다.

"다음에 또 포커 치면 불러."

"당연하지요. 이번의 설욕전을 할 겁니다."

음, 기분 좋다.

상큼하기 웃어주고 막사를 나왔다.

저들에게 난 황제라기보다 동생 같은 아이일 거다. 처음부터 내가 너
무 어려서 그런 느낌이 안 든 데다가 같이 놀았으니 당연하겠지.

"음, 제노시아?"

"예."

그냥 들어가기 싫은데…….

"아직 그렇게 위험하지는 않지?"

"그렇긴 할 겁니다만……."

내 생각을 눈치 챈 제노시아가 말끝을 흐린다.

"이 주변을 좀 산책하고 싶은데."

“디트레이와 호위기사들을 부르겠습니다.”

“그렇게 귀찮게 할 필요 있나, 그냥 조금 바람만 쐴 건데.”

애처로운—나름대로 그렇게 보이도록 노력했지만 제노시아가 고개를 돌린 걸로 봐서 별로 그래 보이진 않은 것 같다—눈빛으로 올려다보자—제노시아가 나보다 머리 하나는 더 크다—그는 낮게 한숨을 쉬고 아리아에게 눈을 돌렸다. 아마 날 말려달라는 뜻이겠지? 헤, 안타깝네요, 제노시아.

“헤헤… 그냥 가자아.”

아리아는 술 한 잔만 마셔도 취한다고요.

그래서 아까 술을 사 오라고 했지. 우하하하! 난 역시 머리가 좋아.

아리아는 술에 취해도 얼굴색은 전혀 안 변한다. 다만 행동이 조금 변할 뿐이다. 그것도 무조건 ‘놀자’는 쪽으로.

“윽! 아리아, 취했습니까?”

그제야 아리아의 상태를 눈치 챈 제노시아는 당황하기 시작한다.

둘이서 양쪽에 한 명씩 매달려 졸라대니 당황스럽기도 하겠지.

“폐하……”

나에게 구원의 눈길을 보내는 제노시아.

호호호… 제노시아, 넌 내가 얼마나 사악한지 잊었구나?

“그래, 일단 아리아가 정신을 차려야 하니까……”

여기서 제노시아는 수상하다는 표정을 지었다. 역시 날 오래 알아온 사람다운 반응이야. 응, 응.

“근처 냇가나 호수에 가서 세수를 하는 것이 어때?”

“좋아!!”

아리아가 멋진 타이밍으로 박수치며 찬성한다.

“후우……”

우리들의 반응에 제노시아는 한숨을 쉬며 할 수 없이 냇가로 안내했다.

기사들을 부른답시고 움직이면 우리끼리 가버릴 것이 틀림없고, 또 아직은 그렇게 위험하지도 않으니까 그냥 빨리 들어주고 막사로 데려가는 게 낫다고 생각한 모양이다.

이게 오랫동안 내 호위이자 그림자임을 자청해 온 제노시아의 첫 실수였다.

"아, 기분 좋다."

난 물에 손을 담그고 즐거워했다.

이게 얼마 만의 자유로운 시간이냐(아니, 태어나서 처음인가?)!

내 즐거운 기분과는 달리 제노시아는 불만이 가득한 듯 뒤에 묵묵히 서 있을 뿐이었다. 하하… 제노시아가 저러고 있으니까 좀 무섭네.

한편 아리아는…….

"앨리언님, 저 이제 술 깬 것 같은데요."

찬물에 얼굴 담그자마자—세수했다는 소리다. 오해 말도록—제정신이 들어서 빨리 막사로 돌아가자고 재촉 중이다.

이럴 줄 알았으면 돈 좀 더 써서 술을 많이 먹이는 건데.

"웅, 조금 만 더 있다 가자."

"앨리언님, 위험할지도 몰라요."

"너무 과보호야."

그렇게 말하면서도 일어나야 했다.

상황이 상황인만큼 더 조심해야 했고 여긴 깊고 깊은 황성 안이 아니니까.

아쉬움을 달래며 일어나서 뒤돌아가는데 갑자기 제노시아가 날 망토로 감쌌다.

"어?"

슝!

그리고 내 뒤에서 화살 하나가 날아와 날 스치고 나무에 박혔다.

"이런……."

옆에서 아리아가 낮게 신음 소리를 냈다.

"내가 눈치 채지 못하다니."

제노시아도 입술을 깨물며 신음 섞인 소리를 냈다.

적들의 모습이 보였다. 한 10명 정도 되는 걸 보니 세튼의 특별기동대이거나 여전히 내 뒤를 따라다니는 열혈 팬들—어쌔신—인 모양.

이 정도 거리까지 제노시아가 눈치 채지 못하게 접근한 걸 보면 굉장한 실력자들인 모양인데? 저들의 목적은… 역시 나?

"괜히 나왔군."

쓴웃음을 짓자 제노시아가 나에게 희미하게 미소 지었다.

"그럼 앞으로 이런 무모한 행동은 하지 말아주십시오."

"그러지."

허탈하게 약속했다.

이거야 원, 앞으론 절대로 못 나오게 됐군.

아리아는 어느새 앞에서 실드를 치고 화살들을 막고 있었다.

"폐하, 치하트 사령관님께 연락할 방법이 없을까요?"

급한 상황이 되니까 날 폐하라고 부르는군. 역시 난 황제인 거야.

난 잠시 쓸데없는 생각을 하고는 본진—아군의 막사가 있는 곳—을 보았다. 그렇게 멀리 떨어져 있지는 않다. 그래서 적들이 큰 소리도 내지 않고 공격하고 있는 거겠지? 그렇다면…….

"아마 폭음이나 큰 소리가 들리면 오지 않을까?"

막연한 짐작일 뿐이지만.

"폐하, 먼저 막사로 가시겠습니까?"

아리아가 실드를 친 후에는 화살이 아까운지 화살세례가 일단 멈춰 있다.

그리고 대치 상황이 이어졌는데 그렇게 되자 침착한 척하고 있지만 초조해하는 기색이 역력한 제노시아의 제의에 난 고개를 저었다.

나 혼자만 도망갈 수 없다느니 하는 그런 영웅 소설 속의 주인공 같은 이유에서가 아니다.

여기는 적들이 내가 무사히 도망가게 내버려 둘 소설 속이 아니고 난 그런 주인공들처럼 착하고 바보 같은 놈도 아니다.

이 상황에서 내가 도망가 주는 것이 훨씬 도움 된다는 걸 잘 알고 있다. 거기다가 내가 사람을 부르면 더 좋을 거고, 부르지 않아도 아리아와 제노시아 둘이라면 적들을 얼마든지 해치울 수 있을 것이다.

그러니 가는 게 좋기는 하지만 나 혼자선 도저히 공격을 피해서 막사까지 갈 자신이 없었다. 그리고 가는 도중에 내가 다친다면 제노시아와 아리아는 적들을 물리치고도 벌을 받아야 한다. 그럴 바에는 같이 있는 게 더 낫겠다는 판단에서이다.

"큭."

아리아가 더 이상 실드를 유지할 수가 없는지 약간의 신음 소리를 내면서 실드를 걷었다.

그에 맞춰 다시 화살이 날아왔다.

"이런……!!"

아리아가 다급히 다시 실드를 펼쳤다.

하지만 타이밍을 제대로 맞추지 못해 실드를 펴는 것이 좀 늦었고, 우리를 막고 앞에 섰던 아리아의 허벅지와 어깨에 화살이 꽂혔다. 하지만 아리아는 실드를 유지하기 위해 비명도 지를 수 없었다.

"아리아!"

내 외침에 아리아는 살짝 돌아보며 희미한 미소를 지을 뿐이었다.

아리아는 아직 망설이고 있었다.

자신의 힘을 쓰면 충분한데도 망설이고 있는 것이다. 마수사는 환영받지 못하는 존재이니까 당연한 행동이지만 미련한 행동이기도 하다.

비명이라도 질러야 하나? 그러면 병사들이 들을 텐데.

내가 잠시 망설이는 사이 제노시아가 앞으로 뛰어나가 순간적으로 한 명의 팔을 베었다.

"제노시아……."

난 내 무력함이 싫었다.

내 소중한 사람들이 다칠지도, 혹은 죽을지도 모르는데 보호받으며 걱정만 하고 있는 나 자신이 싫었다.

일곱 명을 상대로 힘겹게 싸우는 제노시아를 보다가 아리아에게 다가갔다.

망설이고 싶지는 않았다. 나중에 후회하는 것보다는 나을 테니까.

여기서 본진은 가깝다. 그러니 큰 소리가 들린다면 곧 몰려올 것이다.

"아리아, 알고 있는 주문 중에 조명 효과와 폭음이 가장 탁월한 마법 있어?"

"있기는 하지만 전……."

역시 아리아는 이 상황이 되어서도 망설이고 있었다.

나도 그녀에게 미안하기는 하다.

마수사라는 걸 나타내지 않으면 지금처럼 평온히 지낼 수 있을 테니.

"그럼 그걸 써."

"……."

아리아는 망설이고 있었다. 어쩔 수 없다는 건 머리로는 알지만 감정으로는 이해해 주고 싶지 않은 상황이었다.

난 아두것도 할 수 없어서라지만 아리아는 할 수 있으면서도 가만히 있는 거니까.

"큭."

어째서 검들이 부딪치는 그런 소리들 중에 그 소리가 선명하게 들렸는지 모르겠다.

고개를 돌리니 이제 5명으로 줄어든 상대에게 공격받아 팔에 검상이 난 제노시아가 보였다. 그 모습에 나도 이제야 결심하고 실드에서 뛰어나갔다.

"앨리언님!!"

아리아의 비명은 못 들은 척했지만 적들은 당연히 그 소리와 이 호기를 못 본 척하지 않았다. 자신들의 목적을 이룰 수 있는 기회니까.

제노시아가 순간 나에게 고개를 돌리는 것이 보였지만 적들은 그런 제노시아를 공격하기보다 나에게 덤벼들었다.

그래, 내가 만만하다 이거지?

하지만 나도 믿는 게 있으니 나서지 않았겠어? 단순한 것들.

난 흘끗 뒤에 서 있는 아리아를 보았다.

당혹에서 걱정스러움으로, 거기에서 결심의 표정으로 변하더니 그녀의 입에서 힘있는 말이 튀어나왔다.

"바람이여, 대기의 칼날이 되어 염(炎)의 정령과 함께 뛰놀거라. Wind Explosion!"

쾅! 콰강!

나에게 적이 가까이 오기 전에 엄청난 폭음과 함께 아리아의 마법이 터졌다.

주문으로 보건대 바람을 응축시켜 폭발시키는 건가? 내 말대로 음향이 탁월한 주문이기는 하군.

바람의 마법이라도 '어둠' 계열에 속하는 마력을 지닌 아리아가 시전해서인지 약간 어두운 색을 띤 바람이 마법의 여파로 몰아쳤다.

난 그 마법의 여파에 뒤로 밀려나 버렸지만 다행히 어디 부딪치기 전에 제노시아가 재빨리 날 잡아주었다.

"아하하, 고마워."

감사의 인사를 했지만 제노시아는 아무 말도 없이 날 응시할 뿐이었다.

흑, 제노시아의 눈빛이 너무 무섭다.

"무슨 생각으로 그런 행동을 하신 겁니까?"

그런 행동? 아아, 내가 실드 밖으로 나간 거?

"글쎄?"

당연히 난 멋쩍게 웃는 수밖에 없었다.

널 돕기 위해서라고 말하기는 좀… 부끄럽잖아. 안 그래?

그리고 아리아를 움직이게 하려는 의도도 있었고.

그 커다란 폭음은 당연하게도 치하트에게 들렸는지 내 예상대로 뒤쪽에서 병사들이 오는 소리가 들렸다.

"무슨 일이냐?!"

저 말투, 아직 내가 있는 줄 모르는 모양이군.

"아리아, 저들이 도망가지 못하게 해."

도망치면 좀 곤란하다. 그리고 치하트가 보기 전에 처리(?)하는 게 더 좋겠지.

"옛. 홀드!"

어차피 마법을 써버린 아리아는 더 망설이지 않았다.

역시 약간 어두운 색을 띤 은색 빛이 아리아에게서 쏘아져 나가 그들을 붙잡았다. 그리고 그 순간 치하트가 도착했다.

“어두운 마력? 마수사?”

눈치 챘구나.

치하트가 도착하기 전에 전부 끝내려고 했는데 이렇게 되면 좀 골치 아파지겠어.

아리아는 그녀답지 않게 죄인처럼―어쩌면 맞는 말일지도 모른다. 마수 사라는 것 자체가 죄가 될 수 있으니까―고개를 숙인 채 얌전히 있었고, 치 하트를 따라온 디트레이는 눈앞의 상황에 안절부절못하고 있었다.

아리아의 문제는 나중에 해결하기로 하고.

“치흐-트, 저들을 데리고 가.”

일을 빨리 수습해야겠지?

“예.”

다행히 치하트는 분위기 파악을 못하는 바보 놈이 아니라서 별말없이 기사들을 시켜 마법에 묶여 꼼짝도 못하는 습격자들을 끌고 갔다.

“디트레이.”

“예.”

치하트와 같이 습격자들을 끌고 가려다가 멈췄다.

“나중에 아리아와 치하트를 데리고 내 막사로 와.”

일단 치하트의 입을 막아놔야겠지. 그리고 디트레이에게 데리고 오라 고 하면 두 징그러운 연인이 서로 이야기도 할 수 있을 거고.

난 착한 일 했다고 나 스스로 칭찬하며 제노시아와 함께 내 막사로 돌 아갔다.

“제노시아, 다친 곳은 괜찮아?”

아까 검상을 입었는데… 많이 다쳤겠지?

“괜찮습니다.”

“괜찮기는 무슨……. 어이, 노턴보고 내 막사로 오라고 해.”

괜히 놀러 나갔다가 사고만 쳐서 미안하네.

뭐, 그래도 덕분에 세튼을 공격할 꼬투리를 잡았으니 괜찮지 않으려나?

안이한 생각을 하며 나 자신을 위로했지만 역시 현실은 만만치 않았다.

"무슨 생각으로 사냐?"

"윽!"

노턴 녀석, 들어와서는 제노시아의 상처를 치료해 준 것까지는 좋았는데…….

"제정신이었으면 이러지 않았을 거다. 봐라, 너 때문에 무슨 일이 났는지. 그리고 사람도 다쳤고……."

끝없이 설교 중이시다.

듣기 싫어!! 하지만… 내가 잘못한 거니까 어쩔 수 없지.

"네 마음대로만 하고 살 생각이냐? 넌 어째 그리……."

"그만, 그만! 1절만 해!"

결국 못 참고 소리쳤다.

"끌, 꼴에……."

"됐어."

제노시아는 열심히 싸우는 우리 둘을 그저 보고 있을 뿐이었다.

힝~ 좀 도와주지, 내가 밀리고 있는데.

"네가 큰소리칠 만큼 잘했어?"

"적어도 세튼과 싸울 명분은 생겼잖아. 그거면 됐지."

"너 죽고? 하, 웃기고 있네. 넌 워낙 귀하신 몸이라서 다치면 일나는 거 몰라? 싸울 명분은 고사하고 피의 대전이 펼쳐질 거다."

"아아악! 그만 해! 내가 잘못했다니까!"

잘못한 건 맞다.

아무리 내 맘대로 돌아다니다가 다쳤어도 옆에 있던 제노시아는 날 제대로 지키지 못한 데 대해 책임을 물어 벌을 받을 거다.

그걸 잘 아는 저 노턴이라는 사기 신관 녀석은 안 그래도 미안해하는 내 마음을 칼로 헤집고 있지만 그래도 내가 안 다치고 무사히 끝났으니 큰 벌은 아닐 거라는 게 위안이다.

그나저나… 노턴의 잔소리는 언제 끝나지?

"넌 도대체가 생각이 없어. 여기 올 때 보니까 너 때문에 네 호위랍시고 따라오게 된 그 친위기사단 녀석들 지금 단체 기합 중이야. 기사 중의 기사라는 자긍심 높은 황제 친위기사단이, 그 자존심 강한 놈들이 용병들이랑 병사들이 다 보는 앞에서 벌받고 있다. 너, 그 녀석들한테 미안하지도 않아?"

정말 끝이 없구나. 구구절절 옳은 소리라서 항의할 수도 없고… 말 돌릴 데 없나?

난 최대한 불쌍해 보이는 눈빛으로 제노시아를 빤히 쳐다보았다. 물론 노턴이 눈치 못 채게.

'제발 이 지옥에서 벗어나게 해줘.'

제노시아는 내 모습이 처량해 보였는지, 아니면 이제 충분히 당했다고―은근히 제노시아도 무섭다―생각해서인지 슬쩍 노턴의 어깨를 잡아 말을 멈추게 해주었다.

"노턴 대신관님."

"…불쌍하게도… 아, 제노시아님, 왜 그러십니까?"

쳇, 노턴은 제노시아에게는 존칭을 쓴단 말야.

아니, 그리고 보니 나와 자신의 부인인 도리스에게만 존칭을 안 쓰는 건가? 이럴 수가!!

“디트레이가 아까부터 밖에서 기다리고 있습니다만……”

슬프다.

제노시아가 노턴을 말린 이유가 내가 불쌍해서라거나―이 이유라도 큰 일이지만―날 도와주려고 한 게 아니라 디트레이가 밖에서 기다리고 있어서라니.

“응? 아아… 들어오라고 하지 그러셨습니까?”

니가 황제냐? 여기가 니 막사야? 왜 내가 아니라 네가 허락하는 건데?

겉으로 항의하기에는 지은 죄가 있고 또 끝도 없는 설교를 시작할까 봐 속으로만 투덜거리고 날 보며 허락을 구하는 제노시아에게 허락의 의미로 고개를 끄덕였다.

제노시아는 내가 슬쩍 도와달라는 눈빛을 보내는 걸 무시하고 막사 밖에 서 있던 이들을 안으로 들어오라고 하다가 슬며시 웃었다.

내가 도와달라는 게… 그렇게 웃겨?

충격을 받아 부들부들 떨고 있는데―노턴이 그런 날 한심하다는 듯 쳐다봤다―치하트가 들어와서 내 앞에 부복했다.

“폐하를 뵙습니다.”

치하트가 대표로 한 인사에 따라 모두 깍듯이 인사했다.

제국의 뭐라는 낯간지러운 인사가 아니라는 걸 다행으로 여기고.

“다들 알아서 아무 데나 앉아.”

내 말에 제노시아는 아까 앉아 있던 자리에 앉았지만 다른 사람들은 바위 기둥마냥 그대로 서 있었다.

“왜 그래?”

“너라면 앉겠냐?”

아무것도 모른다는 내 행동에 저들을 동정하는 빛을 띠는 노턴.

나라면? 앉아야지… 가 아니라……

난 그제야 눈치 챘다. 한마디로 보고할 것도 있는 데다가 잘못한 거, 정확히는 내 잘못이었지만 그 문제 때문에 저러고 있는 것이다.

"치하트, 그 습격자들은 어쨌지?"

"제7기사단 단장인 루드라가 심문 중입니다."

루드라 형?

그럼 심문을 가장한 구타 중이겠지. 루드라 형 성격에 웬 심문?

루드라는 평민 출신의 기사로서 내 즉위 때 기사단장으로 승진한 나보다 다섯 살 많은 사람이다.

날 꽤 아껴주는 사람이라 나도 좋아하는 사람인데 단점은 한번 머리가 돌면―화가 나면이란 소리다(내가 쓰는 욕 같은 것들은 전부 이 형이 가르쳐 주었다)―폭주한다는 것이다.

이게 정말 무섭다. 생각해 보라.

소드 마스터에 가까운 사람이 광기에 어려―눈에도 광기를 띤다―사람 패는 것을. 난 딱 한 번 봤는데 그 이후로 루드라 형이 화 안 나게 조심하고 있다.

"그럼 그 습격자들은 아직 살아 있어? 아니면……."

"제가 여기 올 때까지는 살아 있었습니다."

치하트도 루드라의 성격을 잘 아는지 확실한 대답을 해주었다.

아직은 죽지 않았다는 소리… 인가?

습격자들이 불쌍하게 느껴지기 시작한다.

"치하트도, 디트레이도, 아리아도 그냥 앉아. 이렇게 이야기하면 내가 불편하다."

"예."

"……."

아리아는 묵묵히 근처에 앉았다.

하하, 내게 화가 난 걸까? 자신이 가장 감추고 싶어하는 걸 드러냈다고 화가… 난 걸까?

"치하트, 무게 잡지 말고 현 상황이나 말해."

지금 아리아에게 계속 신경 쓴다고 해결될 일이 아니니 일단 먼저 해결할 수 있는 일에 달라붙었다.

"일단 폐하를 습격한 그자들은 세튼의 정예로 생각하고 있습니다. 그래서 정식으로 세튼에 선전 포고를 한 상황입니다. 그리고 세튼의 본 군대가 그 아크네 요새에 진을 쳤고, 저희도 정식으로 싸울 준비를 하고 있습니다. 아마 내일 정오부터 전면전에 들어가게 될 것 같습니다."

전쟁이 시작되었다.

"알았어. 노턴, 신관들은 내일부터 움직일 수 있나?"

나는 노턴에게 질문을 돌렸다.

"당연히 가능해. 단 신관들의 전투 참가는 거의 없을 거다. 한 부대에 몇 명이 따라다니고 나머지는 다친 사람들을 치료하기 위해 본진인 이곳에 대기할 거야."

노턴은 미간을 찌푸리면서도 시원스럽게 대답해 주었다.

그렇단 말이지? 그럼 전쟁에는 별 무리가 없겠군.

'그런데 난 여기서 기쁨조―쿨럭, 병사 격려―만 하면 되나?

그리고 보니 좀 허전하군.

"디트레이."

"예."

노턴이 분명…….

"너, 친위기사단 녀석들 기합 줬다며?"

"저도 같이 했습니다."

책임감이 무섭게 강한 놈.

대장들은 시키고 감시만 할 뿐 같이 안 하는데 같이 하다니.

특이한 건지 책임감이 강한 건지.

디트레이, 미안하면서도 고마워.

"힘들어?"

"별로 힘들지 않습니다."

나한테 딱 걸려줘서.

"그럼 내가 시키는 일 할 수 있겠네?"

"예, 물론……. 예?"

내가 수상하게 씩 웃으며 하는 말에 당황하는 디트레이.

쯧, 걱정 마. 이상한 일 아냐.

어쩌면 이상한 일일 수도 있겠지만.

"지금 기사들이 한 20명 정도인가?"

"예, 정확히는 37명입니다."

그렇단 말이지?

그럼 이 순간 그놈들의 사용처는 정해졌다.

"밥 좀 해오라고 해라."

"예?"

다들 잘못 들은 걸로 하고 싶다는 눈빛들이었다.

"배고파, 저녁을 안 먹어서."

포커 치느라 저녁을 굶었더니 죽겠다.

노턴의 설교까지 다 듣고 앉아 있었더니 정말 배고파. 배가 등에 달라
붙는다는 말이 실감날 정도로 배고파.

"아, 몰래 만들어 오라고 해."

황당한 눈빛으로 보는 걸 싹 무시했다.

어쩌리. 나도 먹어야 산단 말이다.

서로 눈빛으로 대화하며 애원과…

'미안, 정말 배고파. 내가 굶어 죽어도 좋아?'

'그 정도로는 아무도 안 죽습니다.'

'흑, 너무해. 그래도 황제라는 사람이 굶고 있는데 이런 타박이나 하고.'

협박을 비롯해서 여러 가지 수를 쓴 결과…

'폐하, 그래도 어떻게 친위기사단에게……'

'부탁할 데가 거기밖에 없어. 안 하면 기합이나 한 번 더 주든가.'

'차라리 기합받겠습니다.'

'너무해. 안 해주면 내가 직접 만들어 먹겠어.'

'…해드리겠습니다.'

답을 받아냈다.

훗, 난 나 자신이 무서워.

그런데 요새는 눈빛으로도 잘 통하네.

마음이 통하나 봐(기, 기분 나빠)~♡

맘 약한 디트레이는 차마 내가 그런 행동을 하는 건 못 본다고 생각하는 모양이다. 아리아나 제노시아라면 그래 보라고 할 텐데.

"그리고 아리아랑 나는 진솔하게 대화 좀 해."

"식사한다고 하지 않으셨어요?"

"다 먹고 나서 부를게."

아리아가 결국 피식 웃게 만드는 데 성공한 나는 그녀를 향해 싱긋 웃어줬다.

그리고 디트레이는 힘없이 막사를 나갔고, 아리아가 그를 따라갔다.

자, 저 둘이 나갔으니까.

"치하트, 아리아에 대한 일은?"

"저와 같이 갔던 블로드가 봤습니다. 그냥 무마하기는 힘들 것 같습니다만."

치하트가 얼굴에 걱정스런 빛을 띤다.

"뭘? 아리아가 왜?"

그러고 보니 노턴은 아직 모르지.

"아리아가 마수사거든."

"그래?"

노턴은 좀 놀란 것 같다. 하지만 별다른 소리는 하지 않았다.

어차피 신학의 관점에서 보면 마수사라는 건 자신들이 신의 선택을 받아 사제가 되는 것과 똑같이 마신이라고 불리는 디엔크의 사제나 다름없는 존재라고 본다. 그래서 그들과 반목하며 싸우기보다 그들 마수사를 어둠과 빛의 균형을 맞추는 사람들로 보고 있으니까(실제로 거의 대부분의 마수사는 중앙 대륙에 있는 안식의 신전에서 그렇게 살아간다. 아리아가 특별한 경우다).

다만 일탄 사람들이 어둠의 힘을 지녔다고 꺼리는 거다.

실제로는 정말 웃기는 일이지. 신관들도 어둠이라고 생각하지 않는데 자신들 멋대로 마족과 계약을 했니 마녀니 하며 떠들어대니까.

하지만 마수사는 원래 사제나 신관이 아니다. 쉽게 설명하자면 정령사들이 정령과의 친화력을 타고 태어나는 것과 비슷하다고 할까?

그런데 디엔크를 모시며 살아가는 자가 많은 이유는 일반 사람들과 살 수가 없기 때문이다. 주변 사람들이 자신을 몬스터 대하듯 슬슬 피하고 아무 이유도 없이 박해하고 있는데 같이 살 수가 있겠는가.

한마디로 하자면 중앙 대륙의 디엔크님을 모시는 어둠의 신전에 사는 사람들은 조용히 살기 위해 중앙 대륙에 피난 가서 그렇게 살아가는 거다.

"블로드라면 자주 군 예산 빼돌리는 놈?"

난 왜 이렇게밖에 기억이 안 될까?

"그렇긴 합니다만……."

"어차피 꼬리 잡아서 쫓아낼 놈이잖아. 그 녀석의 세력이 커?"

세력도 별로 없는 바보라고 알고 있는데, 아닌가?

"그렇진 않습니다만 아무래도 그 녀석이 여기저기 이야기하면 혼란이……."

"소문 내는 놈들 싸그리 감옥에 보내."

솔직히 시인한다.

그래, 나 말 안 되는 소리 했다. 그런데 그런다고,

"예."

이렇게 대답하는 놈은 뭐냐?

치하트 녀석이 평소답지 않게 구니까 황당하다.

날 이상한 눈으로 볼 거라고 생각했는데 저렇게 나오다니, 새로 만든 수법인가?

"치하트, 진심이야?"

"그럴 리가 있겠습니까. 전시(戰時)라서 한 사람의 힘이라도 더 필요할 이때에."

역시 저 녀석, 많이 능청스러워졌다.

다시 진지하게 토론을.

"역시 사람들의 무지가 우리의 길을 막는 거야."

내가 세상의 무지를 한탄했지만,

"노턴님, 무슨 방법 없는지요?"

"글쎄요……."

모두 내 말을 무시했다.

아무리 헛소리했다고 해도 너무하잖아?

"신전에서 사람들을 가르치는 게 어떻습니까?"

"그게 잘 받아들여질까요?"

"차라리 간단하게 블로드를 처리하는 것이……."

뒤의 말은 제노시아다.

제노시아가 저런 소리를 할 정도로 타락하다니……. 흑흑.

노턴과 치하트의 특이한 의미를 담은 시선에도 본인은 왜 그러는지 모르겠다는 반응이다.

"험, 제노시아님, 너무 앨리언과 붙어 지내셨군요."

노턴, 그거 무슨 뜻이야? 그리고 치하트는 왜 공감하며 고개를 끄덕이는 건데?

"노턴, 쓸데없는 소리 말고."

"쓸데없는 소리? 진실을 은폐하는 타락한 정치인이 되고 싶은 거야?"

시끄러. 지금 그 소리 하는 게 아니잖아.

비교할 테가 없어서 그런 데 비교를 하냐, 기분 나쁘게?

"병사들도 꽤 봤으니 없던 일로 하는 건 무리겠지?"

"예."

문제는 이거다.

블로드만 봤으면 그자만 입 닫게—죽인단 소리 아니다—하면 간단하지만 목격자가 너무 많다. 그냥 넘어갈 수 없으리라.

그렇다고 치하트의 말처럼 '가르친다'는 것, 그거 한 10년 가르치고 나야 효과가 있을 거다. 선입관이라는 건 무서운 거라서 거의 평생을 머리에서 벗어나지 않는 거니까.

아, 그러고 보니 아카데미 같은 데서 제대로 교육하게 하면 10년쯤 뒤에는 이런 일로 머리 아플 일 없겠네. 돌아가서 시행해야지.

"하지만 목격자들은 따로 모아뒀습니다."

오, 치하트! 굉장해!

행동 빠르네. 이렇게 되면 처리가 그나마 간단하군.

"일단은 아리아에 관한 건 전쟁이 끝난 뒤에 황도로 돌아가서 처리할 테니 그때까지는 아무 일 없었던 듯 행동하라고 해. 그래도 떠드는 녀석 들은 알아서 처리하고."

황도로 돌아가서도 처리할 생각 없지만.

"알겠습니다."

"그리고 그 습격자들을 보러 가고 싶은데……."

"저녁 드시고 가시죠."

…괜히 식사 가져오라고 떼썼나?

"지금 아리아와 디트레이가 가져온 모양입니다."

내 생각이 얼굴에 드러났는지 제노시아가 웃음을 참으며 말한다.

그나저나 아리아는 빠르기도 하군. 다행이야. 빨리 먹고 가야지.

"저희는 이만 나가야 되겠죠?"

당연한 걸 뭘 물어?

"치하트, 일단 루드라가 살인내지 않게 말려줘. 금방 갈 테니."

"노력은 해보겠습니다."

대답 후 치하트와 노턴이 나가고 마치 교대하듯 디트레이와 아리아가 들어왔다.

"병사들이 먹는 식사를 가져왔습니다만 괜찮으실지?"

디트레이가 조심스럽게 물어온다.

"괜찮아."

"거봐, 상관없다니까."

아리아가 이걸 가져가자고 했나 보군.

거보라는 듯 당당하게 말하는 아리아를 보니까 편들어주고 싶지가 않다.

난 아리아에게 눈총 주다가 더 매서운 눈길을 받은 덕에 아무 말도 못하고 마구마구 스튜를 입에 집어넣었다.

'쳇, 분명 아직 자신이 마수사라는 걸 사람들이 알게 했다고 삐친 걸 거야. 치사하게 이렇게 먹는 걸로 나오냐? 너무하잖아. 그런데 왜 내 밥보다 제노시아가 먹고 있는 게 좋아 보이는 걸까? 원래 아리아가 그렇게 가져온 건가, 아니면 내가 삐뚤어져서 그렇게 보이는 건가?

속으로 투덜거리다 보니 어느새 다 먹었다.

"어머, 빨리 드시네요. 입에 맞으신가 본데 매일 이걸로 드릴게요."

여자가 화내면 무섭다는 걸 온몸으로 체험하게 되었다.

서글픈 내 신세여…….

"아니, 이럴 게 아니라 그 자객들 보러 가야 하는데."

일단 작게 말을 꺼냈다.

"오호호호호, 허락하신 걸로 알겠어요. 다행이네요. 매일 앨리언님 식사 만들려면 정말 신경 쓰이곤 했는데. 호호호."

가, 가증스러운…….

"어, 어쨌거나 나 갈게."

더 있으면 좋은 일 없을 거라는 느낌이 강하게 들어서 재빨리 일어나서 그 포로용 막사로 가는데 아리아와 디트레이가 따라온다.

혹시… 설마… 아니겠지……. 그래도…….

"저기, 지금 나 따라오는 거야?"

윽, 아리아 눈빛이 무섭다. 다시 고개 돌려야지.

"예."

"뭐?"

나도 모르게 다시 아리아에게 고개를 돌렸다. 그리고 바로 후회했다.

웃으면서 화낸다는 고난이도의 기술로 날 보고 있는 아리아와 정면으로 눈이 마주쳐 버린 것이다.

"왜요?"

"응? 아, 아냐."

내가 이렇게 겁먹고 있을 때 제노시아는 디트레이와 저기로—라고 해 봤자 대여섯 걸음 떨어져서 따라오고 있다—피난 가서 즐거운 대화 중이었다.

내 신세가 왜 이리 되었을꼬.

무서운 존재—이제 인간이 아냐—가 뒤에 붙어 있어서 너무 빨리 걸었는지, 아니면 무서워서인지 치하트와 루드라가 기다리고 있는 막사에 도착했을 때는 벌써 지쳐 있었다.

"기다렸지?"

"왜 이리 땀을……. 아닙니다."

치하트가 내 상태를 걱정하다가 뒤에 있는 아리아를 보고 모든 일을 짐작하고 입을 다물었다.

아리아와 루드라를 밖에 내버려 두고—둘 다 너무 무섭다—막사 안으로 들어가서 습격자들을 보니 참 새로운 느낌이 든다.

"저 녀석들, 살아 있는 거야?"

맨 처음엔 사람이 아닌 줄 알았을 정도로 망가져 있었다.

"예, 루드라가 죽으면 안 된다고 죽지 않을 정도만 했다고 하긴 했지만."

너도 안 믿기지?

저건 사람 아냐!! 절대로!! 아니면 시체거나!

"어이, 이봐! 살아 있어?"

“…….”

당연히 대답을 못하는구나.

꿈틀거리지도 못하고 가만히 눈을 뒤집은 채 누워 있다.

“그런데 왜 이들을 보려 하십니까?”

“세튼에서 공격한 게 맞나 싶어서.”

“그거야 당연한 거 아니겠습니까?”

치하트는 전쟁에 관한 건 잘 알고 검은 속셈도 잘 파악하면서 이상하게도 정치적인 분야는 느리단 말야.

첫째로 세튼이 우리 군이 있는 곳을 알았다면 많은 수로 야습을 했지 왜 한 10명만 데리고 나만 공격했냐는 거지. 나도 사태가 좀 진정된 다음에 생각난 문제지만.

다음은 정찰이 목적이었다면 그 정도의 정예가 올 리 없잖아?

그리고 난 잘 모르지만 움직이기 편하도록 대여섯 명씩 움직이는 게 정석이고 혹시 적을 만나도 피하는 거라고 알고 있는데.

내 생각에는 혹시 또 시에라나 황태후가 ‘기회다’ 싶어서 일을 벌인 거 아닌가 하는 생각이 팍팍 들고 있었다. 그리고 이 생각이 사실이라면, 또 증거가 있으면 이제 드디어 시에라나 황태후를 쫓아내고 내 생명의 안전이 찾아오는 건데…….

저 녀석들에게 알아내기는 글렀군.

“그럼 그냥 세튼이 한 일로 해야겠군.”

좀 아쉽다.

오랫동안 질질 끌어오던 일이 끝날 기회였는데.

“루드라가 뭔가 알아냈을지도 모르겠습니다만……”

맞다. 루드라가 심문했으니 알고 있을 수도 있겠구나.

저 시체나 다름없는 놈들 보고 있어봤자 저것들이 벌떡 일어나서 ‘배후는 누구누구입니다' 라고 가르쳐 줄 리도 없으니 나는 곧 막사를 나왔다.

그런데 나오는 순간 심장이 입으로 튀어나올 뻔했다.

바로 앞에서 아리아과 루드라가 눈싸움 중이었던 것이다.

'무서운 사람들끼리 하니까 너무 무섭다.'

일단 말을 꺼내야지.

"루드라, 물어볼 게 있는데……."

"예."

그제야 내가 나온 걸 눈치 챈 둘은 고개를 돌렸다.

"저 녀석들에 대한 건데……."

한참 동안 이것저것 물어본 결과 루드라도 알고 있는 게 없다는 걸 깨달았다.

저 습격자들을 좋게 심문한 게 아니라 폭주해서 패고 있었을 텐데 알리가 없지. 그래, 일이 그렇게 쉽게 풀릴 리 없지.

난 작게 한숨을 내쉬었다.

다음날 그 습격자들이 시체로 발견됐기 때문에 결국 그들에게 알아낸 건 아무것도 없었다. 다만 전쟁이 본격적으로 시작된 것뿐이랄까?

그런데 루드라에게 맞은 데 대한 휴우증 때문에 죽은 걸까, 아니면 여느 자객들처럼 자살한 걸까?

거참, 오묘한 문제네.

아침이다.

"그러니까 아크네 요새—세 녀석들이 쓰고 있는 목조 요새와 가장 가까운 도시가 아크네라서 그냥 그렇게 부른다—공격에는 군을 셋으로 나눠 공격한다. 그리고 우리가 공격하고 있을 때 요새와 도시 안에 있는 우리 첩자들이 여기저기에 방화를 할 것이다. 그렇게 되면 따로 둔 별동대가 아크네 요새의 측면을 치는데 ……."

지금은 작전 회의 중이다.

"…별동대는 수가 많을 필요는 없으나 연계가 잘 되어야 하니……."

따분하다.

치하트가 뭐라고 열심히 설명… 이 아니라 작전을 세우고 있는 중이지만 난 멍하니 있었다.

그렇다고 내가 군에 대해 아무것도 몰라서―잘 모르긴 하지만 아주 모르진 않는다―무슨 뜻인지 몰라 끼어들지 않는 게 아니다.

지금 치하트가 말하는 '작전' 이라는 건 요새나 도시를 공략할 때 쓰는 작전들 중 기본 중의 기본에 해당한다.

고로 나도 잘 아는 작전인 셈이다.

이런 작전은 기본 중의 기본이라 누구나 알고 있기는 하지만 지금처럼 아군의 병력―단순히 숫자만 많은 게 아니라 무기도 차이가 난다―이 많을 때 사용하면 꽤 잘 먹혀든다. 기본이라는 건 그만큼 잘 쓰이고 잘 먹혀드는 거니까.

지금 따분한 또 한 가지 이유를 말하자면 어제 습격자들 만나고 나서 내 막사에서 치하트가 한 번 말했기 때문이다.

들은 거 또 들어봐라, 얼마나 따분한가.

"루드라가 이끄는 기사단이 별동대를 맡도록."

한참 만에 치하트가 말을 맺었다.

이제 끝인가?

"알겠습니다."

그런데 아까부터 신경에 거슬리는 게 있다.

"이번 작전은 쉽고 모두가 알고 있을 정도로 널리 쓰이는 작전이지만 그만큼 조심해야 하는 작전이기도 하다.”

저쪽에 박혀 있는 블로드의 눈빛이 이상하단 말야.

혹시 어제 아리아 문제로 불러서 그런가?

신경 쓰이는데…….

“폐하, 어떻게 생각하십니까?”

작전 다 세워놓고 물어보냐? 대체 왜 물어보는 거야?

라고 말해 주고 싶기는 하지만 그랬다간 앞으로 이 작전 회의도 빠지지 않고 참석해야겠지. 그러긴 싫으니까 넘어가지 뭐.

일단 목소리 잡고 진지한 어조로(회의니까).

“치하트 사령관, 난 여기 올 때 전장에서의 모든 권한은 사령관에게 우선한다고 했다. 굳이 나에게 말할 필요가 없는 일이라면 사령관이 마음대로 해도 상관하지 않겠다는 의미였던 것 같은데.”

“예.”

치하트는 늘 있는 일이라 무덤덤했지만 여기 있던 다른 사람들이 치하트를 불쌍하다는 눈으로 본다.

왜 그러는 건데?

문신들과 회의할 때보다 가벼운 어조로 말했는데도 반응들이 영…….

흠, 이건 내 주특기다.

분위기 잡고 목소리 쫙 깔아서 입술은 비웃듯이 끝만 살짝 올려 희미하게 웃으면서 조금은 차가운 어조로 말하는 거.

후후후… 어렸을 때 레비스에게 한번 쓴 뒤 반응이 재미있어서 계속 중요 사안 결정할 때 써먹었더랬지. 지금은 그렇게까지 하는 일은 거의 없지만 오랜만에 하니 새롭다.

이게 아니어도 정치적인 문제에는 나도 모르게 좀 차가워지는데 최근 정무 회의 때 좀 부드러워져 달라고 한 레비스의 말에 악의없이 그저 버롯이라고 했다가 한동안 날 묘한 눈초리로 보는 대신들에게 시달렸었다.

　흠흠, 저렇게 보니까 좀 부담스럽네.

　아, 그러고 보니… 말 안 한 게 있지?

　"아, 난 이후로……."

＊　　　＊　　　＊

　아크네 요새.

　"그래? 아직 우리를 너무 얕보고 있군."

　"그러니 지금이 기회가 아니겠습니까?"

　"그렇지."

　다행이라 여기면서도 한편으로는 좀 씁쓸한 웃음을 지었다.

　'정면으로는 불가능하니까.'

　작전 회의실.

　지금은 아린드와 마찬가지로 가운데 커다란 탁자를 둘러싸고 서서 세튼의 지휘관들이 이번 작전을 토론 중이었다.

　'아무리 우리가 마법에 취약하다고는 하나 이 정도라면 이길 수는 없어도 독립을 인정하게 할 수는 있겠지.'

　이게 세튼의 현 사령관 생각이다.

　제국에 이길 생각은 아니었다. 그리고 그건 가능한 일도 아니었다.

　하지간 전쟁의 틈을 봐 확실한 독립 선언을 한다면 다른 속국들도 조금씩 움직일 테고 그렇게 되면 속국에서 벗어나는 것이 꿈만은 아닐 것.

　"그자는 뭐라고 하던가?"

　"대략적인 작전을 가르쳐 주더군요. 그런데 믿을 만할까요?"

　그 이유 중 하나는 자신들에게 정보를 가르쳐 주고 있는 자가 있기 때문이기도 하다.

약간의 정보료로 요새에 잠입해 있는 첩자들도 이미 다 파악한 상태
이다.

"믿어야지, 이용할 수 있을 때까지만."

아린드에서 정보를 흘리는 척하고 있을지도 모른다. 하지만… 어쩔
수 없지.

불안하긴 하지만 어쩔 수 없다.

어차피 모험없이는 불가능하다.

사투(死鬪) & 유희(遊戲)… 남은 건?

소란스럽다.

"폐하, 이쪽으로 좀 와주시겠습니까?"

"알았어."

내가 지금 뭐 하고 있냐면…….

"이 사람……."

어떤 여신관이 부른 곳으로 가보니 한 놈이 끙끙대며 누워 있었다.

"이 녀석은 전에 나랑 포커 치던 놈일세?"

"그런 말 하고 있을 때가 아닙니다."

부상병들 치료 중이다.

할 일도 없고, 그렇다고 전쟁터 한가운데서 칼 들고 설칠 능력도 안 되기 때문에 자진해서 여기 처박혀 있다.

비웃지 마라. 단지 안전을 도모하는 것뿐이다.

내가 다치거나 하면 문제가 커진단 말이다.

"어디 보자, 부러졌네?"

팔이 신기한―절대로 불가능한―방향으로 돌아가 있었다.

"예, 이 상태로 회복 마법을 쓸 수가 없어서……."

한마디로 나보고 뼈 맞춰달라는 건가? 신관들은 너무 곱게 자랐는지 이런 일에 약하단 말야.

"알았어. 기다려 봐."

난 약초에 관한 건 웬만한 의사나 치료사들보다 훨씬 잘 안다.

잘 알게 된 이유는… 뭐, 사람은 필요에 따라서 뭐든지 배울 수 있고 또 배우고 익히는 게 달라진다고 할까?

탑에서 워낙에 여러 가지 일들이 있었던 데다가 황제란 자리에는 독약에 관계된 선물―내가 독을 곱게 마셔주길 바라는 자들이 좀 있나 보다―이 원체 많아서 스스로 공부 좀 했다.

그리고 이런 식의 것도 잘한다.

"어이, 거기."

내가 지적한 놈이 주변을 돌아보며 다른 사람을 찾다가 날 보며 자신을 가리킨다.

"그래, 너. 이 녀석 좀 잡고 있어라. 그리고 입에 물릴 만한 거 없냐?"

내 말에 여신관이 어디서 구했는지 모를 수건을 입에 물려준다.

그 상태에서 내가 슬슬 다가가자 녀석은 겁을 먹었다.

"으으읍, 읍."

아주 발악을 하는구나.

"누가 죽인대? 가만히 있어."

꿈틀거리며 도망가려고 하는 놈의 부러진 팔을 잡고 맞춰주었다.

"으으으읍……."

원래 이게 좀 아프다.

“엄살이 심하군. 자, 다 됐다.”

남은 건 신관이 알아서 하겠지.

난 그 자리를 벗어나서 저쪽에서 다리에 상처 입은 놈을 돌봐주고 있는 아리아에게 갔다.

“아프지? 아플 거야.”

어쩐지 즐거워하는 것 같은 아리아의 목소리.

“으아아악!”

“이 정도도 못 참아? 너, 군인 맞아?”

내가 여기 있는 덕분에 같이 있게 되었지만 아리아는 나름대로 즐기고 있는 모양이다. 저 병사는 죽을 것 같은 모양이지만.

“아리아, 대충 끝났어?”

“예.”

세월의 흐름이란 정말 빠르다.

벌써 전쟁이 시작된 지 3개월이 흘렀다.

애초에 우리는 압도적으로 승리하리라 생각했었다. 그런데 이상하게도 치하트가 처음에 세웠던 그 교과서적인 작전이 보기 좋게 실패로 돌아간 후 전쟁을 질질 끌게 된 것이다.

이렇게 되자 수도에서 나보고 돌아오라고 소리쳐 댔지만 싹 거절하고 아직 남아 있다.

그때 왔던 문서는 공식적인 것과 레비스 개인이 보낸 게 있었는데 공식적인 거야 뻔한 내용으로 정중하기 그지없는, 빙빙 돌려 돌아오라고 말한 내용이었다. 하지만 레비스가 개인적으로 따로 보낸 편지를 보고 여기 남기로 결정했다.

거기서 방해 말고 그냥 대충 돌아오시지 왜 계속 거기서 사람들 힘들게

라니!!

절대 전쟁 끝날 때까지 있기로 결심하게 만드는 말이었다.

하여튼 이 전쟁이 이렇게 질질 끌게 된 원인이자 첫 작전 실패의 원인은 압축하면 한 가지고 분리하면 세 가지 정도 된다.

우리 첩자가 대체 누구였는지 몰라도 그 바보 같은 놈이 적의, 세튼의 군대 숫자를 제대로 파악해 주지 않았던 것. 누군지는 몰라도 걸리면 죽도록 패주고 싶을 정도로 우리가 들었던 숫자와는 달랐다. 지금 와 있는 우리 군과 맞먹을 정도의 수가 있었던 것이다. 그런데 이건 우리들도 문제가 참 크다. 그 정도로 차이가 나는데 눈치 못 채고 그저 서류상의 보고만 믿고 있었다니.

다음은 우리가 아크네 요새와 세튼에 심어놨던 첩자들에 대한 문제인데, 이상하게 그때 군대의 충돌과 동시에 모두 죽었다. 한마디로 이미 탄로나 있었다는 소리.

그리고 가장 중요한 건 우리 쪽의 내통자.

한마디로 줄이자면 그 내통자가 정보를 조작하고, 세튼에 우리의 첩자에 대한 걸 알려주고, 작전도 술술 알려준 덕에 지금 이 고생 중이라는 말이다.

다시 생각하니까 또 은근히 화나네, 그 자식.

3개월 전.

전쟁 때는 부상자가 많기 마련이다. 덕분에 아주 바쁜 시간을 보내고 있는데 더 바빠질 이야기를 하러 온 사람이 있었다.

노턴과 함께 부상병 치료용 막사에서 열심히 일하고 있는데 루드라가 찾아왔다.

"뭐라고?"

치하트가 루드라를 통해서 나에게 전한 말에 정말 기절할 듯 놀랐다.

"노턴, 나 잠깐 나간다."

"응? 알았어."

심상치 않은 분위기에 노턴이 멍하니 고개를 끄덕였고 내 표정을 본 루드라는 죄 지은 사람마냥 재빨리 달아났다.

나는 아리아, 제노시아와 함께 막사로 돌아가서 환자들을 돌보면서 겉에 입었던 피 묻은 하얀 옷을 벗어 던지고 아리아에게 치하트를 불러 오라고 시켰다.

나와 같이 루드라의 말을 들었던 아리아는 바로 나가서 치하트를 불러 왔다.

기다리고 있었던 듯 얼마 지나지 않아 바로 온 치하트에게 부드러운(?) 미소와 함께 물었다.

"어떻게 되었다고 했더라?"

최대한 부드럽게 물었지만 치하트는 쉽게 대답하지 못했다.

"그것이……."

쾅!

아무래도 난 열받으면 힘이 좋아지는 모양이다.

내 앞에 있는 과일 담은 접시가 있던 테이블이 그대로 박살났다.

"제. 대. 로. 말. 해!"

"세튼에서 저희 공격을 미리 알고 대비하고 있었던 데다가 이번 공격이 시작되기 전에 갑자기 세튼이 우리가 심어놓았던 첩자들을 색출해 내 공개 화형을……."

테이블이 박살나는 소리에 움찔한 치하트가 무표정을 가장하고는 입을 열었다. 하지만 기분 나쁜 소리뿐이었다.

"한마디로 줄이면… 우리 내에 내통자가 있다는 소리로군?"

살풋 웃으면서 묻자 치하트는 결국 고개를 떨구었다.

"예, 그렇습니다."

"누군지 알아냈나?"

"그것이……."

아직 모른다는 말이렷다? 그렇다면…….

"아리아."

이런 일에는 치하트보다 아리아가 적격이지.

"예."

"내일 아침까지 누군지 알아내 주실래요?"

"알겠습니다."

생긋 웃으면서도 눈에는 '오늘 잠은 다 잤다'는 기분을 나타내고 있기는 했지만 어쨌든 시원스럽게 대답해 주었다.

그리고 난 치하트를 보았다.

"치하트, 피해가 어느 정도인지는 모르겠지만, 그리고 나라는 자는 전쟁에 대해 잘 모르지만 내가 있는 이상 절대 지진 않는다. 알겠나?"

세튼이 묘하게 내 기분을 자극했다.

"알고 있습니다."

"그럼 나가봐."

예전에도 그랬다.

레비스가 인형이 필요해서 나에게 왔을 때 나서지 않고 인형 노릇만 하면 편했을 것을 이상하게 자극되어서는 강하게 나가 버리고 말았다.

묘한 심리.

난 성격이 정말 이상하다는 생각이 든다.

그래도 이렇게 된 이상 무슨 수를 쓰든 세튼을 확실히 잡지 않으면 기분이 풀릴 것 같지가 않았다.

'일단 아리아가 잘해야 일이 쉽게 풀리겠지만.'

아리아가 조사를 위해 나가고 나서 치하트가 두고 간 이번 전쟁에 관한 보고 서류를 집어 들었다.

＊　　　＊　　　＊

아리아는 앨리언이 시킨 일을 하기 위해 일단 준비 작업에 들어갔다.

괜히 혼자 돌아다니다가 이상한 오해받고 싶지 않아서, 그리고 자신이 그 '조사'를 하는 동안 자신을 지켜줄 사람이 필요해서 디트레이를 불렀다.

"디토, 괜찮지?"

아리아는 일의 개요를 대충 설명해 주고 생긋 웃으면서 같이 가자고 요구하고 있는 사랑스러움을 가장한 자신의 애인을 무섭다는 눈으로 보는 디트레기를 무시하고 손을 잡아끌며 냇가로 갔다.

이곳은 전에 습격받은 장소이기도 하다.

그리고 좀 조용한 장소이기도 하니까 아리아가 지금 시도할 일을 하기에 적당한 장소.

"위험하지 않아?"

걱정스런 애인의 목소리는 그대로 못 들은 척 무시하고는 주변을 돌아보았다.

"인기척도 드물고, 딱 좋아. 응."

"이봐, 좀 들은 척이라도 하면 안 돼?"

그 말에 그제야 디트레이를 살짝 돌아본 아리아는 예쁘게 웃어주었다.

그 모습에 디트레이의 얼굴이 빨개지자 입을 다물게 한다는 목적을 달성한 아리아는 다시 만족스럽게 웃고는 자리 잡고 앉았다.

"내가 집중할 동안 아무도 날 건드리지 못하게 해줘. 알고 있지?"

살짝 지은 미소와 함께 단호한 말이 나왔다.

"알아."

디트레이는 속으로 한숨을 쉬면서 어쩔 수 없다는 듯 허락했다.

아리아가 이런 일을 하는 건 새삼스러운 일이 아니었다.

가끔씩 문제가 생기면 조사를 위해 하곤 했으니까 '조사'할 때 무방비 상태가 되는 그녀를 지켜주는 일은 디트레이에게도 익숙한 일이기는 하지만 여기서 한다는 게 마음에 걸렸다.

저번에 습격받은 적이 있는 장소인데다가 자주는 아니라지만 사람들이 오가는 곳이다. 게다가 지금은 전시이자 이곳은 언제 전쟁터가 될지 모르는 곳인데 여기서.

"젠장."

디트레이가 작게 중얼거릴 무렵에는 아리아의 의식이 이미 다른 곳으로 가버린 뒤였다.

아리아는 자신의 의식을 공중으로 날렸다.

약간은 미안해서 한숨 쉬고 있는 디트레이를 한번 돌아보고 그대로 의식을 날려 근저의 작은 호수로 갔다.

'여기가 제일 좋겠지? 정령들도 많고, 그리고 몰래 교섭하기도 좋은 장소니까.'

결정을 한 아리아는 의식만 온 자신을 신기한 듯 보고 있는 정령들에게 웃으며 인사했다.

「안녕?」

「안녕, 넌 인간 아냐?」

「인간이야, 인간이야.」

「응, 난 인간이야. 너희에게 물어보고 싶은 게 있어서 만나러 왔어.」

놀기 좋아하는 존재들이라서인지 어느새 그녀의 주변으로 모여들었다.

「꺄하하, 이런 일을 할 수 있는 사람이 있다는 소리는 들었지만 보는 건 처음이야.」

「그래? 난 너희랑 놀려고 자주 오는데.」

「아냐, 아냐. 처음 봐, 처음 봐.」

한참을 정령들과 이야기했다.

수다스러운 바람의 정령들은 아리아가 알고 싶어하는 걸 말해 줄 듯하면서도 꺄르르 웃고 관심없는 척 새초롬한 반응을 보이며 제대로 말해 주려 하지 않았지만 결국 이 중에서 그나마 침착하고 조용한 이 호수의 정령이 3일 전쯤 호수에서 있었던 일들을 보여주었다.

'역시인가? 쉽게 알아낸 건 좋지만……'

확실히 조사에는 이런 방법을 쓰면 알아내기는 쉽지만 알아낸 사실을 당사자가 시인하지 않으면 아무 소용이 없다.

도와준―이라기보다 수다 떠느라 바쁜―정령들에게 고맙다는 인사를 하고 자신의 몸으로 의식을 돌렸다.

"후……."

늘 이 방법을 쓰고 나면 어지럽고 힘들었다.

"아리아, 괜찮아?"

지금 그녀의 옆에서 걱정해 주는 디트레이마저 귀찮게 느껴질 정도로 기분이 나빠지곤 한다. 하지만 아리아는 그에게 괜찮다는 의미로 힘겹게 웃어 보였다.

그렇게 한참을 고개 숙인 채 가쁜 숨을 몰아쉬고 나서 간신히 진정되자 하늘을 보았다.

캄캄한 비단에 은빛 다이아가 박힌 듯 아름답게 빛을 내고 있었다.

"한밤중이구나."

아리아는 허탈하게 중얼거렸다.

머리가 아파서 가만히 있어서이기도 하겠지만 그 수다스럽고 놀기 좋아하는 정령들의 이야기를 들어주다 보면 시간이 금세 훌쩍 가버린다.

"그래, 아마 자정 무렵일 거야."

디트레이가 옆에서 부드럽게 웃어주었다.

"으아, 그렇게 시간이 지났단 말야?"

분명 이 조사를 시작한 시간은 이른 오후, 저녁 먹기 전이었다.

갑자기 허둥대는 아리아를 한심함을 담아서 보던 디트레이는 작게 한숨을 내쉬었다.

"배 안 고파?"

"어? 음… 배고픈 거 같아, 아마도."

멍청한 대답에 디트레이는 미간을 찌푸렸다.

"정말이지……."

"거기까지 하고 그만 잡으러 가자."

"뭐?"

"빨리 그놈을 잡아야 일이 끝나지. 내일 아침까지 자백시켜서 끌고 가야 된단 말야."

아리아는 힘차게 일어나서 먼저 홱하니 가버렸다.

"아리아."

디트레이는 그저 힘없이 그런 아리아를 따라갈 뿐이었다.

그리고 아리아는 좀 피곤하니 빨리 끝내고 싶다는 이유로 바로 당사자를 잡아 협박해서 입을 열게 만들었다.

*   *   *

아침어 날 찾아온 아리아는 어제 밤새 '조사'를 했는지 좀 피곤한 모습으로 디트레이와 함께 그 녀석을 잡고 있었다.

"역시인가?"

치하트가 입술을 깨물며 중얼거린다.

저 녀석은 처음부터 미심쩍었다.

그런데도 미리 대비해 놓지 못했다니 기분이 가라앉는다.

"어리석구나, 블로드."

내 말에 그자는 담담한 표정이었다.

비굴하지 않은 점은 마음에 들지만 다른 점은 절대 마음에 안 드는 놈이다. 애초에 언젠가 꼬투리를 잡아서 군 예산 빼돌린 것까지 합쳐서 혼낼 생각이었는데 아주 큰 걸로 걸렸구나.

절대 용서란 없는 일에 말야.

"블로드는 지금까지 세 차례 정도 세튼의 사람과 접선해서 우리 작전이라든지 혹은 우리가 아크네에 심어놓은 첩자들에 대한 정보를 흘려주고 대가를 받은 것 같습니다."

아리아가 낮은 소리로 자신이 알아낸 사항을 보고했다.

자신의 정보 한 번에 사람이 몇이나 윤회의 길—죽음—에 들어서게 되었는지 아는 걸까?

게다가 보고에 보니까 적의 숫자가 지금 와 있는 군대와 비슷한데도 훨씬 적다고 속인 모양이던데. 무슨 생각으로 이런 일을 주도했을까? 꽤 직위도 높았으니 돈 때문은 아닐 텐데.

"블로드 자작, 할 말 있나?"

함축적인 의미를 담아서 말했다.

자신에 대한 변명과 자신의 생각, 그리고 이 일에 대한 사죄를 하라고.

하지만 그는 이상하게 당당했다.

"별로 할 말 없습니다. 사실이니까요."

뭘 믿고 그렇게 당당하게 나오는지 모르겠군.

"꽤 당당하군."

감탄 아닌 감탄에 블로드는 그저 무표정하게 있을 뿐이었다.

"치하트, 이런 일은 자네 소관이지?"

"예, 그렇습니다."

저 녀석 오래 상대하고 싶은 생각이 없다.

"그럼 알아서 해. 나중에 대략적인 보고만 하도록."

내 성격에 저런 놈 심문하다가는 내가 죽을지도 모른다.

난 바로바로 반응이 오는 단순한 놈들이 좋아.

치하트와 디트레이가 같이 블로드를 끌고 나간 후 잠시 침묵이 내려앉았다.

저 녀석을 어떻게 처리해야 하나.

"응?"

그런 생각을 하며 순간 고개를 들었다가 깜짝 놀랐다.

난 지금 끌려 나간 놈에 대해 생각하느라 말이 없던 거였고, 제노시아야 원래 내가 말시키지 않는 한 말을 잘 안 하니까 조용한 건 당연했다. 하지만 늘 말이 많던 아리아가 조용한 이유가 서서 졸고 있었기 때문이라는 걸 알자 황당했다.

"어라? 아리아, 일어나."

아리아를 흔들어 깨우자 그 옆에 있던 디트레이도 내 목소리에 놀라 잠에서 깨어났다.

“예? 여? 예······.”

멍하니 대답을 하나 싶더니 다시 졸기 시작한다.

정말 중증일세.

어쩔 수 없이 아리아를 저쪽 침대에 눕히고 디트레이는 의자에 박아두고 막사를 나왔다.

블로드 덕에 엄청나게 늘어나 있는 부상병 치료를 돕기 위해서… 가 아니라 아리아에게 물어볼 게 있는데 지금 시간 보낼 곳이 없어서 그리로 간 것이다.

그리고 블로드 자작이 그렇게 행동했던 이유는 내 나름대로 조사해 보았는데 정말 황당한 사람이라는 결론을 내렸다.

‘더 나은 지위를 위해서’ 라······.

장로들이 시킨 일이라는 것도 더불어서 알아냈다. 장로들이 성공하면 백작의 작위를 주겠다고 약속했다고.

장로들이 내가 실각하기를 바라고 있다는 건 알지만 뭔가 핀트가 맞지 않았다.

이 전쟁이 좀 잘못된다 해도 질 리는 없거니와 진다 하더라도 내가 어찌 되지는 않는다.

아니, 그에 더불어 다른 나라들도 속국에서 벗어난다고 움직이면 위험할지도 모르지만 기본적으로는 사령관의 잘못으로 돌아간다.

그것도 몰랐던 걸까?

어쨌든 그 사건은 장로들의 충실한 심복 하나가 없어지는 걸로 끝났다.

빨리 장로들이 이런 짓 못하게 만들어두어야 하는데 말야.

성년식을 치르기 전에 장로들을 묶을 수는 없었다. 일단 ‘어린아이’ 가 황제이니 뒤에 장로들이 필요하기 때문이라는 거라고 볼 수 있다.

일단 '성인'이 되어야 움직일 수 있으니 불편해.

하나 더, 그 뒤에 한숨 자고 일어난 아리아에게 어떤 방법으로 조사했 냐고 물어본 바로는 또 '그' 방법을 썼단다.

의식을 날려서 정령들에게 정보를 얻는 방법.

정말 무식하기는…….

그 방법은 그렇게 하지 말라고 했는데.

정상적인 방법으로도 잘만 하면서 왜 꼭 그런 식으로 하느냐고 물었더 니 '가장 빠르니까'라고 대답했다. 정말이지, 너무 생각이 없다니까.

그리고 블로드에게는 미인계를 썼다고 했지만 옆에 있던 디트레이의 묘한 표정을 볼 때 아마도 멱살 잡고 흔들어 버린 거 아닌가 하는 생각이 든다.

외모와 달리 어찌 그리 무식하게 돌진하는 걸 좋아하는지 모르겠다.

그 무식하게 돌진하는 것밖에 못하는 아리아는 지금 앞에서 즐겁게 부 상병들을 괴롭히고 있었다.

"아리아, 적당히 하지?"

한숨과 함께 말하자 즐거움이 가득히 담긴 대답이 나온다.

"싫어요. 얼마나 재미있는데."

"으아아아……."

당연하게도 아리아에게 치료받던 부상병은 비명인지 신음인지 모를 소리를 내면서 도망을 시도했다. 하지만 아리아는 슬쩍 다리를 내밀어 발을 걸고는 넘어진 그 병사를 질질 끌고 저쪽으로 가버렸다.

"오호호호호!"

산뜻하게 웃으며 가버리는 아리아를 보던 나는 머리가 지끈거리며 아 파오는 걸 느꼈다.

저걸 말려야 하나 내버려 둬야 하나 생각하고 있는데 뒤에서 노턴이 다가왔다.

"뭐 해?"

"아, 저기."

"응? 아리아 때문에? 하하하!"

녀석은 내가 가리킨 방향에서 엽기적인 행각을 벌이고 있는 아리아를 보더니 그저 웃었다.

"웃을 일이 아닌데."

"뭐, 어쨌거나 너 찾더라."

조금은 신관 같다는 느낌이 드는 미소를 입에 걸고 조용히 말했다.

"뭐? 느가?"

"루드라가 왔어. 치하트 사령관이 찾는다고."

다시 부상병들에게 눈을 돌리는 노턴에게 알았다고 대답해 주고 휘적휘적 막사 밖으로 나가니 루드라가 서 있었다.

"오래 기다렸어?"

"아닙니다. 치하트 총사령관께서 찾으십니다."

"알았어."

예의 그 문제로군.

대충 대답해 주고 보낸 뒤 일단 내 막사에 가서 피와 고름이 덕지덕지 묻은 겉옷을 벗어 던지고 나자 아리아가 들어왔다.

"어라?"

갑자기 왜 왔지?

"어머, 절 내버려 두고 가시다니 너무하셔요."

지금 제정신이 아닌 모양이다.

"무슨 소리 하는 거야?"

“호. 호. 호! 며칠 전부터 치하트 사령관과 말하던 작. 전. 때문에 토의하러 가시는 거지요? 당연히 저도 끼어야죠.”

눈치 하나는 정말 빠른 사람이다.

끼면 편하기는 하지만 꼭 낄 필요는 없는데.

“그래도……..”

“갑시다.”

무슨 말을 하려다가 난 그대로 무시당했다.

‘으윽, 싫다. 되도록 아무도 모르게 진행하려 했는데.’

투덜거리면서도 늘 같이 이야기하던 장소로 걸음을 옮겼다.

아리아라는 여인은 일단 그렇게 하겠다고 말하면 절대 설득당하지 않는 사람이니 그냥 같이 가는 게 훨씬 정신적인 면에서 편하다. 그리고 방해할 사람도 아니니까.

아니, 오히려 도움이 되는 사람이니까.

우리 진영에서 그렇게 멀리 떨어져 있지 않은 작은 호숫가.

당연히 루드라와 치하트가 미리 와서 기다리고 있었다.

“오셨습니까?”

“그래, 생각은 해봤어?”

난 실실 웃었다.

어제까지 말했던 내 ‘생각’ 을 시행할 건지 말 건지를 묻는 것이다.

어제까지 말한 생각이라는 게 단순하고도 명쾌한 방법이었다.

이제 겨울이다.

전쟁은 이미 3개월을 끌어오고 있었다.

이렇게 전쟁이 계속되고 있다지만 그렇게 오래 끈 전쟁도 아니라서 우리 나라 자체에서는 그렇게 큰 피해가 없었다. 하지만 한창 농사에 바쁘고 또 그 수확기에 일어난 전쟁이어서 농업에 신경을 못 써 이미 세튼은 거의 황폐해지다시피 되었을 터였다.

그런데다가 세튼 사람들의 불만이 이만저만이 아닐 테고, 게다가 이제 겨울이 시작되니만큼 식량 사정이 어려워지기 시작할 테니 오래 끌 수는 없을 거다.

그런고로 시간만 끌어도 괜찮기는 하겠지만 우리 나라에는 이상한 법이 있다.

바로 '티란 법'이라는 건데 황족에게만 해당하는 법이다.

황제든 뭐든 예외없이 일단 황족이라면 그걸 지키지 않으면 안 되는데 그렇게 까다로운 법은 아니라서 모두 그럭저럭 잘 지켜지고 있는 편이다.

지금 내가 생각하는 문제는 그 '티란 법'에 명시된 구절 때문이다.

신년의 첫날을 중심으로 전후 7일 동안 이어지는 신년 축제 중에서 신년의 첫날, 즉 신년 축제 중 1월 1일에는 왕국에 내리는 신들의 축복 어린 말도 들어야 하니 황족이라면 모두 그 자리에 모여 축하를 해야 하는 것이다.

이 법이 얼마나 철저하냐 지켜지는가 하면 내가 어릴 때 절대 나가지 못한다는 유폐의 탑에 있을 때도 그날만은 그 탑에서 나가 알현실에서 신관들에게 신들의 말을 전해 들었을 정도이다.

지금은 북쪽의 가이아르 산맥 아래, 아니, 산맥 근처일 뿐이지만—가이아르 산맥은 워낙 험해서 사람 살 곳이 못 된다—유목민인 히란 족들이 떠돌아다니는 그런 척박한 땅에 유배되어 있는 선황(先皇) 리스튼마저 이 날만은 황도로 돌아온다. 물론 이미 유배된 사람이므로 다음날에는 바로 워프해서 원래 있던 곳으로 돌려보내지지만.

고로 나 같은 경우는 지금부터 10일 이내에 이 전쟁이 해결되지 않을 경우 나 혼자라도 황도로 돌아가야 한다.

난 그전에 여기 일을 마무리 짓고 싶었다.

아마 일단 황도에 들어서고 나면 내 신분에 따른 일도 있고 하니 전쟁에 간다고 또 나오지는 못하니까 이왕에 나온 것 여기 있을 때 세튼의 일을 마무리 짓고 싶은 것이다.

"예, 하지만 되도록 그 방법을 쓰고 싶지 않습니다만……."

"결론만 말해."

뜸 들이는 치하트를 재촉하니 그는 침통한 표정이 된다.

"하지만 어쩔 수 없겠지요. 전쟁이라는 건 빨리 끝나야 하는 거니까. 폐하께서 말씀하신 것을 따르겠습니다."

착잡한 표정을 감추지도 않는 치하트에게는 좀 미안해졌지만 할 수 없다.

난 세튼을 갈아버려야 기분이 좋겠단 말야. 쿠쿡.

자, 이제 유희(遊戱)를 즐겨볼까? 세튼에게는 사투(死鬪)이겠지만 말야.

이제 슬슬 노을이 지는 시간이 되었다.

'내일 이 시간 정도에 움직이기 시작하면 되겠어.'

난 노을을 보면서 생각에 잠겼고 다른 사람들은 더 자세한 사항을 토론 중이었다.

아마 제대로 풀리면 3, 4일 내에 전쟁이 종료되겠지. 아니라도 난 이제 황도로 돌아가야 하니까 이번 작전이 마지막이다.

일단 지금 작전의 핵심 인물들이자 실행자들인 사람들과 모였다.

치하트와 루드라, 나, 제노시아와 아리아.

후후훗, 다섯 명밖에 안 되지만 이 정도면 충분하지 뭐.

그냥 확 뒤집어 버리고 나올 생각인 것뿐이니까.

"정말 하실 겁니까?"

"응."

아직도 망설이고 있는 치하트.

솔직히 내가 같이 간다는 게 싫은 거겠지.

혹시나 가서 다칠까 봐.

"루드라, 내일 저녁까지 대충 잠입할 수 있는 곳을 알아놔."

"예."

예전에 첩자들과 만나던 곳은 이미 발각되었으니 다른 길을 찾아야겠지.

훗, 내일은 무척 재미있겠는데?

노을이 질 시간이 되자 일찌감치 저녁을 먹고 모이던 장소로 갔다.

'흠, 이번에는 내가 제일 먼저 온 모양이군.'

근처의 바위에 걸터앉아 만족스럽게 숨을 내쉬었더니 옆에서 머뭇거리던 제노시아가 조심스럽게 입을 열었다.

"정말 꼭 같이 가셔야겠습니까?"

제노시아도 말리고 싶은 모양이다.

하지만 어쩌리. 난 꼭 가고 싶단 말야. 혼자서 멍하니 기다리는 건 심심하기도 하고, 또 한 가지 말하자면…….

"내가 남아 있으면 넌 안 갈 거지?"

"그야 당연히."

생각할 필요도 없다는 듯 바로 대답이 나온다.

"네가 빠지면 전력에 큰 손상이지. 안 그래?"

싱글싱글 웃자 그는 난처한 모양이다.

그렇겠지. 자신 때문에 간다는 소리 비슷하니까. 하지만 실제로는 그게 그럴싸한 핑계라는 것도 잘 알고 있을 거다.

"후후후후."

퍽!

내가 그렇게 음흉한 웃음을 흘리고 있는데 뒤에서 날 가격하는 손이 느껴진다.

"누구야?"

신경질 내며 뒤를 돌아보니 아리아와 치하트, 루드라가 서 있었다.

언제 온 거지?

"그렇게 음흉하게 웃고 있으니까 치하트님과 루드라님이 말을 못 붙이고 있잖아요."

"그, 그랬나?"

언제 뒤에 와 있었지?

내가 멍청하게 있자 아리아는 한숨을 한번 쉬더니 손뼉을 쳐서 분위기를 정리했다.

"자, 자, 멍하니들 있지 마시고 정리하고 움직여야지요."

우리는 멍하니 있다가 슬슬 움직였다.

루드라가 하루 종일 고생해서 알아놓은 길을 통해 움직였다.

정탐할 때 자주 쓰는 길이라고 하는데 험한 길도 아니고 잘 닦인 길도 아니었지만 조심해서 조용히 움직이다 보니 아크네 요새가 보일 무렵에는 주변이 꽤 어두워져 있었다.

"어떻게 들어갈 거야?"

우선 간단한 질문을.

요새라는 게 일단 군사적인 목적으로 쓰고 있는 거니 아무리 목조 요새에다가 오래되어 낡은 거라고는 해도 쉽게 들어갈 수는 없을 텐데.

"그것이……."

“그게?”

아리아드 궁금한지 루드라의 다음 말을 기다렸다.

“저도 방법이 없습니다. 하하하!”

“…….”

순간 저 녀석을 죽이고 싶다는 생각을 해버렸다.

마른 웃음소리를 내는 녀석의 뒤통수에 아리아의 주먹이 작렬했다.

쾅!

“으윽!”

“지금 뭐라고 하신 거예요? 지옥 구경이라도 가고 싶으세요?”

“아니, 그게…….”

열심히 심도있는 대화를 나누고 있는 둘을 무시하고 나와 치하트, 제노시아는 토의를 했다.

“어쩌실 겁니까?”

뻔한 걸 물어보는 제노시아.

“음, 적어도 전 방법이 없지만…….”

“아리아를 잘 활용하면 되겠지?”

치하트의 말을 내가 이어주었다.

대충 중요한 건 끝났으니까 이제 저 두 사람의 다정스런 대화만 끝나면 된다.

“당연히 나머지는 아리아 씨가 하실 일이라서 따로 생각 안 했다구요.”

루드라의 말에 우리가 돌아보니 목을 조르고 있는 여인과 힘없이 당하고 있는 남자가 보인다.

루드라의 생각도 역시 우리와 비슷했구나.

“흠, 적당히 넘어가지 그러나?”

결국 치하트가 말리자 아리아는 들고 있던 루드라는 내팽개치고는 우리와 바싹 붙어서 토의하기 시작했다.

"저보고 뭘 어쩌라는 건가요?"

"뻔하지 않나?"

난 아리아의 눈길을 슬쩍 피하며 딴청을 폈다.

어릴 때 가끔 몰래 밖으로 나가 놀 때 썼던 방법을 또 한 번 쓰면 간단하다.

"쳇, 역시로군요."

아리아의 원망스러워하는 어조의 목소리가 들렸지만 무시하고 다른 이들과 요새 가까이로 다가갔다.

좀 뒤편에서 투덜거리던 아리아는 우리와는 약간 다른 쪽으로 가서 마법을 썼다.

"어둠의 평안함이 이곳에 깃들기를……. 다크니스!"

아리아의 주문에 따라 일대에 짙은 어둠이 내려앉았다.

어차피 밤이라서 어두운데 이게 무슨 소용이겠냐마는 이 어둠은 마법이 관여한 거라서 그 안에는 어떤 빛도 존재할 수 없다.

한마디로 요새에서 밝힌 횃불도 소용없다는 소리다.

"뭐지?"

"갑자기 횃불이……?"

사람들이 당황하는 사이 우리는 루드라와 제노시아가 구멍 낸 곳을 통해서 잽싸게 요새 안으로 들어갔다.

"멍청이, 다시 불을 붙여."

"잘 안 돼."

보초 서던 병사들은 갑자기 내려앉은 어둠에 당황하며 다시 불을 밝히려는 쓸데없는 노력을 하고 있었다.

침입한 방법이 너무 쉬워 보이기는 하지만 실제로는 밤이라서 이렇게 잘 먹혀든 것뿐이다.

원래 이 마법은 '디스펠 매직' 한 번이면 바로 해제된다.

그런데 지금은 마법이라는 생각보다 갑자기 횃불이 꺼졌다는 생각을 하게 되니까 소란스러워진 거다. 이렇게 소동이 일어나면 걷잡을 수 없이 시끄러워질 테니 이 상태가 진정되고 마법이라는 걸 눈치 챌 때까지는 시간을 벌 수 있다.

뭐, 그렇게 되기까지는 오래 걸리지 않겠지만.

게다가 아리아가 쓴 마법이 요새 전부를 감싸지는 못하고 그 일부만 감쌌기 때문에 잠입하는 이 순간 외에는 큰 쓸모가 없기도 하다.

루드라가 앞서서 우리를 안내해 데려간 곳은 작은 집 지하였다.

"수상한 곳이네."

"여기는 사람이 안 사나 보군요?"

아리아와 나는 낮은 소리로 마구 떠들어댔다.

"그렇습니다."

치하트가 심드렁하게 대답하고 그 뒤를 루드라가 이었다.

"이 요새는 원래 저희 나라에서 건설한 거라서 아직 세튼에서는 모르고 있는 비밀 통로 서너 군데가 있습니다."

웃기는 이야기다.

"세튼에서는 군사 요새로 쓰면서 제대로 조사도 안 했나?"

황당함에 덧붙여 허무함마저 들어 묻자 루드라는 어깨를 으쓱할 뿐 별 말이 없다.

그렇게 크지도 않은 지하 창고에서 문을 찾으며 여기저기 뒤적이는 루드라와 치하트를 보고 있는데 한쪽 벽면의 일부가 약간 움직였다.

"세튼에서는 원래 이곳을 요새로 쓰기보다는 그저 국경의 관문소로 활용했으니 이런 통로에 대해 제대로 몰랐을 겁니다. 그리고 현재에는 지금까지 써 온 거라서 별 생각 없이 그대로 요새로 쓰고 있는 모양입니다.”

그 통로 안에서 사람이 한 명 나오면서 설명해 주었다.

루드라와 치하트가 별로 놀라지 않는 걸 봐서 아군이고, 이미 여기서 만나기로 얘기가 되어 있는 모양이다.

“그대는?”

일단 내가 입을 열자 그는 약식으로나마 예를 갖추어 보였다.

“전 그림자의 요원입니다. 안내해 드리지요.”

그림자라면 내 직속 정보 조직 말이군.

그자는 그렇게만 말하고 자신의 이름도 밝히지 않고 앞서서 안내하기 시작했다.

그런데 아까 루드라와 치하트는 왜 문을 바로 못 찾고 헤매고 있었나 몰라. 어디 있는지 모르면 그냥 저놈이 올 때까지 기다릴 것이지.

내가 눈을 모로 하고 보는 게 느껴졌는지 루드라가 문득 날 보더니 마른 웃음을 흘리며 걸음을 재촉했다.

“흠, 그럼 첩자들을 색출했을 때 그림자 요원들은 여기로 피한 건가?”

이상하게 죽은 자들 중에 ‘그림자’ 요원은 한 명도 없던데.

“그렇습니다. 만약 그런 일이 발생할 경우 ‘다음 지시가 전달될 때까지 알아서 살아남는 것’이 저희 임무라서 각자 도망쳤었는데 대부분 여기로 숨었더군요.”

한마디로 이곳에 대해 모르는 ‘그림자’ 요원이 아닌 놈들만 색출당해 죽은 거로군. 그런데 ‘그림자’ 요원이 아닌 자들은 왜 이곳을 모르고 있었지? 비밀이었나?

나름대로 생각하며 평가를 내리고 있는데 이리저리 얽혀 있는 길을 앞서 가면서 안내하던 사람이 멈춰 섰다.

"여기 위가 세튼 사령관이 있는 건물의 나무와 통합니다."

"나무?"

아리아의 말에 그는 그저 고개만 끄덕이고는 사라졌다.

"참, 특이한 사람이로세."

그 사람이 사라진 방향을 보며 내가 한 말에 제노시아가 설명해 주었다.

"아마 폐하를 만나뵈어 긴장해서일 겁니다."

'뭐? 그런 황당한 말을…….'

내가 돌아보자 다른 이들은 고개를 끄덕이며 인정하고 있었다.

"뭐야? 내가 어때서?"

나름대로 불만을 터뜨렸지만 그들은…….

"누가 먼저 올라가지요?"

"자, 루드라, 앞장서."

"왜 제가……?"

"시끄러! 그럼 여자를 앞장세우리? 상관이 앞장서?"

"알겠습니다."

모두 내 말을 들은 체도 않고 결정하고는 올라갔다.

그리고 투덜거리면서 올라가려는데 제노시아가 못 미덥다는 눈으로 보더니 날 가뿐하게 한쪽 팔에 마치 아이들 앉히듯이 안아 올리고는 아무렇지도 않게 올라갔다.

"젠장."

왠지 이유없이 욕이 나오려는 순간이었다.

그래도 떨어지기는 싫어서 제노시아의 어깨를 꼭 잡고 매달렸다.

그렇게 올라가니 한적하기 그지없는 장소에서 다들 기다리고 있었다.

그건 그렇고, 정말 나무랑 연결되어 있네. 가짜 나무긴 하지만… 정교하게 만드느라 고생했겠어.

"일단 사령관을 찾아야겠지요?"

아리아의 말에 모두 고개를 끄덕였다.

"부탁하겠습니다."

간단한 말을 남기고 조심하면서 뛰었다.

아리아의 역할은 시선 끌기.

뒤에서 아리아가 어디론가 뛰어가는 소리가 들린다.

'참, 아무리 시선을 끌기 위해 하는 짓이라지만 요란하게도 뛰어가는구나.'

치하트가 앞서 가면서 우리를 보고 놀란 병사의 목을 검으로 그어버리자 피가 치솟았다. 루드라는 그 옆에 있던 병사의 심장에 칼을 꽂는 식으로 최대한 조용하게 처리하며 앞으로 나갔다.

밖에서는 아리아가 무슨 일을 하는지 요란한 폭파음이 들리면서 그에 따라 사람들이 여기저기 몰려다니며 소동을 진압한답시고 소리쳐 대는 게 들렸다.

이렇게 소란스러워진 요새 안이니 몇 명 죽어가도 눈치 채는 사람이 적을 수밖에 없다.

그리고 이렇게 요란해져도 자신의 자리에서 본분을 지키는 놈들은 대부분 높은 놈들 경호원인 법이니 위치 찾기도 쉽고 좋지 않은가.

"커억!"

또 한 명이 쓰러졌다.

기습적인데다가 치하트와 루드라의 실력이 워낙 좋아서 상대는 그저 조용히 쓰러질 뿐이었다.

"쳇, 오래 걸리면 안 되는데."

시간이 코자라 초조해졌다.

아리아가 시간 끌어주는 것도 한계가 있고 빨리 우리 일이 끝나지 않으면 그녀는 붙잡히고 말 테니까 서둘러야 한다.

치하트가 갑자기 멈춰 섰다.

'응?'

왜 그러나 싶어 앞을 보니 루드라도 긴장된 표정으로 벽에 기대 숨어 한곳을 보고 있었다.

도착한 모양이다.

치하트는 뭔가를 망설이는지 입술을 깨물고 있었다.

내가 애초에 설명한 내용은 상대, 즉 '세튼의 사령관을 죽이되 요새 내의 거의 모든 사람이 그 죽음을 알도록, 또 최대한 잔인하게, 그리고 그 시체는 요새 한가운데 떨어뜨려 둘 것 이다.

뭐, 별로 볼 만한 방법도 아니고, 과히 기분 좋은 방법도 아니며, 적의 사령관에 대한 최소한의 예의도 아니기는 하지만 이렇게 하면 확실히 며칠 내에 전쟁이 끝나게 된다.

전쟁에서 전의(戰意)라는 건 아주 중요한 문제니까.

치하트는 '무인으로서' 어쩌고 하면서 싫어했지만 그냥 밀어붙여 버렸다. 단순한 내가 강하게 나간 이유는 내가 있을 때 끝내고 싶었던 이유도 있지만 실은 블로드가 정보를 알려준 일에 짜증이 나서라고 할 수 있다.

그런 일을 주도한 건 일단 상대 사령관이니까 '감히 날 갖고 놀아?' 란 생각에서 기분이 안 좋았기 때문에 별로 예의를 갖추어줄 생각이 없었다.

치하트는 마른침을 삼키더니 루드라를 향해 고개를 끄덕이고는 함께 뛰어나갔다.

갑작스런 습격에 당황하는 놈들을 비웃듯이 검을 날려 순식간에 정리하기 시작했다.

이번에는 제노시아도 나서서 움직였다.

레이피어보다는 좀 두껍지만 롱 소드보다는 가늘고 투명한 검신(劒身)이 어지럽게 검광을 뿌리며 움직여 주변에 혈화를 뿌린다.

그 검광 탓에 화려해 보이지만 실제로는 신속하게 적을 없애는 것에만 중점을 둔 검술.

실전에만 중심을 둬 별로 아름다운 검술이라 볼 수 없는 치하트나 루드라의 검과는 달리 제노시아가 검을 휘두르는 모습은 마치 춤추는 것마냥 아름답다는 생각이 든다.

다른 사람들에게 말하면 피에 굶주렸느니 하는 소리를 들을까 봐 그런 말을 한 적은 없지만 제노시아가 검을 휘두를 때면 멍하니 그 모습을 보고 있는 경우가 많았고 지금도 그러고 있다.

그러던 중 내 뒤에 누군가가 덤벼드는 게 느껴졌지만 난 그대로 있었다.

내가 움직인다고 별수가 없다는 이유도 있지만 난 그저 가만히 있어주는 게 제노시아가 날 지키기도 편하다는 걸 잘 안다.

상대가 나에게 해를 가하기 전에 제노시아가 날 당기면서 검을 내 뒤쪽으로 뻗어 그자를 단번에 죽였다.

"고마워."

내가 싱긋 웃으며 말했다.

저쪽에서 치하트가 어떤 놈의 다리를 자름과 동시에 뒤에서 루드라의 검이 가슴을 관통함으로써 정리가 끝났다.

어차피 예닐곱 명 있었을 뿐이니까 빨리 끝났다. 하지만 아무리 조용히 했다지만 바로 밖에서 이런 소동이 일어났는데 안에서 모를 리가 없었다.

문이 거칠게 열리더니 다섯 사람이 나왔다.

"무슨 소란……. 누구냐?"

우리를 보더니 눈빛이 달라지며 허리에 매어둔 검으로 손을 가져갔다.

'그나마 다행이군, 정리가 끝나고 나오다니 말야.'

물론 얼굴 알아볼 우려가 있는 나는 제노시아가 내 앞에 서서 자신의 망토로 살짝 가려주었다.

"치하트 사령관이시로군. 너무 거칠다고 생각하지 않으십니까?"

세튼의 사령관으로 보이는 자가 한 걸음 앞으로 나오며 입을 열었다. 아니, 어쩌면 사령관이 아니라 참모일 수도 있겠지.

저들은 제국에서 행사할 때 가끔 와서 날 보기 때문에 거의 확실하게 내 얼굴을 알고 있지만 난 중요 인사가 아니면 안 외우기 때문에 거의 모르니까 확신할 수 없었다.

"세튼의 사령관이신 리함님께서 워낙 시간 끌기를 좋아하셔서서 되도록 빨리 끝내기 위해서 왔다고나 할까."

역시 저 사람이 사령관이 맞는 모양이다.

저들은 이미 모두 검을 뽑아 들고 있었다. 남은 건 신호뿐인 상황이라고나 할까?

우리가 오래 끌면 아리아가 죽을 수도 있겠지.

"시작해, 빨리."

아리아의 안위도 걱정되었지만 오래 끌 생각이 없던 내가 작게 말했다.

하지만 그 작은 소리도 치하트나 루드라에게는 충분히 들렸고 둘은 화살이 쏟아지듯이 앞으로 뛰어나갔다.

챙!

검과 검이 부딪치는 소리가 난무하는 가운데 제노시아는 날 가린 그 자세에서 거의 움직이지 않고 날 보호하면서 검을 휘두르고 있었다.

이 상태라면 치하트나 루드라가 당하겠지? 게다가 저들을 도와줄 놈들이 올 수도 있고 하니까 빨리 움직여야겠군.

난 살짝 날 가린 제노시아의 어깨를 손가락으로 두드렸다. 그걸로도 충분히 내 의사를 눈치 챈 제노시아는 순간 덤벼드는 적을 향해 뛰어나가 베어버리면서 내가 나설 수 있게 해주었다.

내 뒤에서 한 사람이 제노시아의 검에 쓰러지면서 순간 소강 상태가 되었다.

난 그저 싱글싱글 웃고 있었다.

치하트와 루드라는 내가 나서리라고는 예상하지 못해서인지 놀란 표정이었다. 하지만 그 놀란 와중에서도 적들을 견제하는 걸 보니 우리 나라에서 손꼽히는 무장답다고나 할까.

"…황제께서 오실 줄은 몰랐습니다."

세튼의 사령관인 리함이 당황하다 못해 황당해하는 목소리로 중얼거리듯이 말했다.

당연히 그렇겠지.

원래 황제라는 게 가디언에게 보호받으면서 황궁에서 머리만 쓰면 되는 직업이니까.

"시간이 모자라서 내가 오게 되었지. 그런 의미에서 빨리 끝내야 하지 않겠는가?"

제노시아는 어느새 나와 그의 근처에 있던 두 놈을 없애고 내 옆에서 검을 늘어뜨리고 있었다.

"항복한다면 세튼은 무사합니까?"

내가 이렇게 나선 이상 끝났다고 생각했는지 허탈하게 말했다.

“세튼은 언제나 그래 왔던 것과 같이 지배될 것이다. 하지만 이번 전쟁을 일으킨 자들은 색출되어 벌을 받겠지.”

냉정한 목소리로 입꼬리를 살짝 올리며 말한 뒤 슬쩍 눈짓을 했다.

그 순간 치하트와 루드라가 이미 소강 상태라 방심하고 있던 자들의 목을 단칼에 긋고 가슴에 검을 꽂아 죽였다.

“무, 무슨……..”

말하는 중에 이렇게 검을 휘두를 줄 몰랐는지 무척 당황하고 있었다.

“지금은 전쟁 중이지. 특히 지금은 싸우는 중이고. 무슨 잘못이라도 있나?”

내가 뻔뻔하게 말하자 리함은 기가 막힌다는 표정이었다.

“제국의 황제가 이런 사람이라고는……..”

“날 멋대로 평가하지 말아줬으면 좋겠군.”

아마 곱게 자란 황제이니 무의식 중에 이런 일과는 인연이 없으리라 생각했던 모양이다. 하지만 난 더러운 물 좀 먹은 놈이라서 말야.

날 멋대로 평가하지 마.

난 나일 뿐. 난 나라는 인간일 뿐이지 그대들이 생각하는 위대하고 고아한 황제가 아니야.

난 비웃음을 날리며 제노시아를 돌아보았다. 그러자 그가 앞으로 걸어나가 리함의 목에 검을 대었고 리함은 씁쓸한 표정을 지으며 저항을 포기한다는 의미로 검을 바닥에 떨어뜨렸다.

각오한 듯 비장한 표정을 짓는 그 모습에 난 웃음이 나왔다.

솔직히 왕도 아닌 놈을 데리고 인질극을 연출할 생각도 없다. 그런데 놈은 자신을 죽이지 않을 거라 생각하는 모양이었다.

“어떻게 하실 겁니까?”

내가 차갑게 웃고 있자 치하트가 조심스럽게 물어왔다.

저런 리함 사령관을 보자 처음 계획을 약간 바꾸고 싶다는 충동이 들었다.

"불을 질러야겠군."

"예?"

내가 갑자기 한 말에 다들 놀란 모양이다.

"'리함 사령관은 습격이 있자 혼자 도망쳐 버리면서 자신을 습격한 자들을 따돌리기 위해 이곳에 불을 지르고 비밀 통로로 도망쳤다' 정도면 되지 않을까 생각하는데."

"무슨!!"

내 시나리오에 리함이라는 자가 소리치며 발악한다.

후후후… 지금 현재 저기 있는 리함이라는 사령관에 대한 믿음이 상당한 모양이던데 그 믿음이 뿌리부터 흔들리게 되면 어떻게 될까?

세튼 스스로 무너져 버릴 수도 있겠지만 다시 나름대로 대표를 뽑아서 덤빌 수도 있겠지.

흥미로운 게임 아닌가?

독립하든지 계속 우리 밑에 남아 있든지 둘 중 하나.

세튼의 선택에 달린 거지.

"그럼 이자의 처리는?"

"일단 기절."

일을 꾸미려면 아직은 살아 있는 게 좋겠지.

내 말에 제노시아는 잔뜩 화가 난 상대를 간단히 기절시켰다.

"철수로군요."

남은 상황을 치하트가 말끔하게 정리하면서 우리는 또 뛰었다.

루드라는 그 사령관을 업고서.

"제노시아, 아리아를 데리고 오면서 그림자 요원들에게 대략적인 걸 알려주고 사람들을 선동하라고 해. 그게 충분히 되면 오늘, 아니지, 내일 정오 무렵게는 전부 빠져나오라고 해. 아, 빠져나오면서 비밀 통로에 대한 것도 알려. 단, 이걸 만든 건 리함이다.”

“알겠습니다.”

제노시아는 아리아를 데려오기로 되어 있으니 비밀 통로 입구에서 헤어지고 우리만 먼저 탈출했다.

아마 리함은 꽤 황당하고 화가 날 거다.

아무리 전쟁 중이어도 사령관급인 사람들을 사로잡으면 그만한 대우는 해주는 것이 예의인데 황제가 나서서 음모를 꾸미고 있으니.

요새로 잠입할 때 숨어 있던 장소에서 잠시 쉬고 있으려니 팔팔하기 그지없는 두 사람이 왔다.

“으… 아리아나 제노시아는 지치지도 않았네?”

내가 헐떡이면서 말하자 아리아는 당연하다는 듯 윙크하며 미소 지었다.

“어머, 전 늘 운동을 하거든요.”

난 늘 운동 안 하고 논다는 소린가?

아리아의 말꼬리를 잡고 싶었지만 위험이 큰 이곳에 더 이상 있을 수가 없어서 처음 작전을 세우기 시작했던 호수로 이동했다.

다른 사람들보다 체력이 약해서 완전히 지쳐 버린 난 제노시아에게 안겨서 호수에 도착했다.

‘성으로 돌아가면 마법을 익히든지 검을 익히든지 해야지 원.’

속으로 투덜거리면서도 상황을 정리했다.

“대략적인 이야기는 제노시아에게 들었고요, ‘그림자’ 요원들에게도 말을 전했어요.”

입을 열기도 전에 눈치 빠른 아리아가 깔끔하게 보고했다.

"아리아, 다친 데는 없어?"

혼자 꽤 힘들었을 텐데.

내가 걱정하자 아리아는 별거 아니라는 제스처를 하면서 느긋하게 입을 열었다.

"아아, 없어요. 내가 싸운 게 아니라 환수들을 몇 마리 소환했을 뿐이거든요. 그리고 요란하기만 한 마법 두어 개 썼고요."

느긋하게 대답하긴 하지만 확실히 지치긴 한 모양인지 힘이 없었다.

"새벽이니 이제 쉬자."

"아, 이 녀석은 어떻게?"

아직 기절한 채 깨어나지 않은 리함의 처리 문제를 고민하는 루드라.

"그건 일단 루드라님이 관리하면 되지 않나요? 나중에 일을 확실히 하려면 필요한 녀석이니까 내일까지만 관리하면 되잖아요."

아리아가 웃으면서 말하자 피곤함에 지친 우린 모두 대충 찬성했다. 빨리 쉬고 싶은 마음이 앞서서 귀찮은 일을 떠맡지 않기 위한 몸부림은 처절했다. 당연히 우리와 비슷한 상태인 루드라도 누군가에게 처리를 떠넘기고 싶어했다.

그래서 우리는 루드라가 반론을 펴기도 전에 흩어졌다.

그 '납치&잠입&습격' 이 있은 지 3일째 되는 날이다.

다행히도 내 생각대로 일이 잘 풀려서 전쟁은 거의 끝난 상태다.

'그림자' 요원들이 정말 선동을 잘해준 덕에 더 빨리 끝났다. 불쌍한 리함은 루드라가 데려다 놓은 장소에 고이 있다가 밀고로 오늘 새벽에 붙잡혀서 화형당했고 세튼은 그와 동시에 항복 선언을 했다.

사람들을 선동하는 건 어렵기도 하지만 아주 쉽기도 하다.

사령관은 행방불명인데다가 우리가 소란을 피우고 와서 한참 불안해할 때 은근히 흐른 소문에 사람들의 불안이 가중되어 이런 극단적인 결과가 나은 것이다.

그리고 나머지는 루드라가 세튼에 남아 정리하기로 했다.

이 일은 리함이라는 사람에게는 불행한 일이었지만 우리 쪽에서는 잘 풀려서 다행인 일이다.

세튼은 역시 불안정한 독립보다 지금껏 그래 왔기에 안정되어 있는 '속국'이라는 길을 선택한 것.

게임은 나의 승리다.

덕분어 난 발걸음도 가벼웁게 귀환 준비 중이다.

마차 타고 하는 여행이 아니라 마법을 이용해서 바로 돌아가기로 결정난 상황이다.

다른 이들은 전쟁 뒤처리를 하고 신년 축제 전까지 돌아올 예정이고 난 그전에 처리할 일도 많으니 지금 돌아가는 것이다.

황제라는 자리에 있는 내가 벌써 4개월이 다 되도록 자리를 비웠으니 밀린 일이 엄청날 거라는 예상에 벌써 기운이 빠진다.

"으에, 가기 싫다."

서류 뭉치들에 싸일 생각을 하니까 기운이 빠진다.

분명 산처럼 쌓여 있겠지. 아마 밤새 일해야 할지도 몰라.

"노턴님도 같이 귀환하시는 거죠?"

아리아의 물음에 난 그냥 고개만 끄덕였다.

그랬다. 노턴도 신전 최고 책임자인지라 오래 비울 수 없어서 나와 같이 돌아가기로 결정한 상황이다. 이제 도리스와 드디어 만난다며 내 막사에서, 내 앞에서 어찌나 괴상한 행동들을 하던지.

"그래, 녀석은 신전으로 리콜—귀환 주문—써서 갈 거고 난 내 기사단이랑 가는 거지."

말 그대로 같은 날 귀환하는 것뿐이다.

"아아, 돌아가면 마왕 레비스가 일거리를 잔뜩 쌓아놓고 사악한 웃음을 지으며 기다리고 있겠지."

내가 다시 한탄하자 그 '마왕' 레비스를 아버지로 둔 디트레이가 쓴웃음을 지었다.

"당연히 하실 일이지 않습니까?"

제노시아까지 당연하다며 고개를 끄덕이고 있었다.

'아아, 내 편은 진정 아무도 없는 것인가?'

내가 비극의 주인공처럼 행동하고 있으니까 날 한심하다는 듯 보던 아리아는 내가 뒹구는 침대의 시트를 잡고는 세게 빼버렸다.

"으갸!"

덕분에 난 비명을 지르면서 바닥에 떨어질 뻔했다. 아마 제노시아가 얼른 잡아주지 않았다면 정말 바닥에 떨어졌을 거다.

"아리아, 너무 난폭해."

"전 바쁩니다. 옆에서 좀 도와주지는 못할망정……."

잔소리가 시작될 기미가 보인다.

"아리아가 시녀 일을 자청한 거잖아."

아리아의 끝없는 잔소리가 시작되기 전에 내가 말을 잘랐다.

"그럼 무슨 수로 궁에 들어가요?"

잔소리없이 그저 툭 내뱉은 한마디.

그 아리아의 톡 쏘는 말에 난 묘안이 생각났다.

"그래, 그렇구나. 우흐흐흐흐……."

내가 뭔가에 만족해하자 아리아는 그저 한숨만 쉬었다.

방금 떠오른 생각 덕분에 이제 별로 뒹굴고 싶은 생각이 없어져 벌떡 일어나서 재촉했다.

“빨리 가자.”

“좀 기다려 봐요.”

일단 내가 움직이자 금방 막사가 없어지고 돌아갈 준비가 되었다.

한가운데 넓은 터에 마법사들이 열심히 이동 마법진을 그리고 있었다.

“오래 걸리나?”

“아닙니다. 이제 다 그렸습니다.”

생각없이 내뱉은 말에 앞에서 열심히 일하던 마법사가 경직되어서는 다급하게 달했다.

혼자 중얼거린 것뿐인데 과민 반응은…….

가끔 저런 사람이 있다. 난 생각없이 한 말인데 과민 반응해서 날 놀라게 만드는 부류. 이런 사람들을 만날 때마다 기분이 별로 좋지 못하다.

내가 무슨 전염병자도 아니고 슬슬 피하는 게 마음에 들지 않지만 어쩌리.

‘내가 자청한 일인 것을.’

녀석의 말대로 금방 준비가 끝났다.

이제 저 마법진 가운데 서기만 하면 돌아가는 것이다.

‘음, 왠지 기분이 묘해지는데.’

아쉬움은 아니겠지만 이상한 기분이 들었다.

천천히 걸어서 마법진에 섰고 나와 같이 가는 이들도 마법진 안으로 들어오자 마법사들이 정신을 집중하기 시작했다.

그리고 빛에 휩싸인다는 느낌이 들자 난 눈을 감았다.

다시 천천히 눈을 뜨자 낯익은 곳이 보였다.

“무사히 다녀오셨습니까, 폐하.”

내 앞에서 대신들이 머리를 숙이며 인사한다.

이곳은 평소 기사단이 검술 연습을 하는 장소, 연무장이었다.

정말 순식간에 돌아오는구나. 갈 때는 무리하게 달리며 강행군을 했는데도 10일이 넘게 걸렸는데.

이래서 마법이 발달하면 편한 거군.

"그래, 레비스 재상. 오랜만에 보는군."

인사를 하며 앞으로 걸어가자 잔상처럼 남아 있던 마법진의 흔적이 스르륵 사라졌다.

연무장에서 바로 내 서재로 가보니 서류가 쌓여 있었다.

역시 쌓여 있었어.

"일이나 해야겠군."

한숨처럼 말하는데 뒤에서 레비스가 입을 열었다.

"그것보다 급한 일이 있습니다."

음, 솔직히 뒤에서 갑자기 말해서 좀 놀랐다.

"놀랐잖아. 무슨 일?"

"아리아 헤스던 양에 대한 문제입니다만……."

그러면서 아리아의 눈치를 슬쩍 보고는,

"전쟁에 관한 일은 계속 듣고 있던 걸 알고 계실 겁니다."

라며 말을 덧붙였다.

아리아가 미수사라는 건 레비스도 알고 있던 사실이지만,

"대신들이 아리아의 추방을 요구해 왔습니다."

대신들은 아직 모르고 있었다. 그리고 황제의 근처에 있다는 것도 싫었을 테고.

아리아의 얼굴이 조금 하얗게 변하는 게 보인다.

'걱정 마. 절대 괜찮을 거다.'

제국에서, 이 나라에서 황제의 권력은 절대적이다.

난 슬며시 웃으면서 명령을 내렸다.

“조금 뒤에… 회의를 소집하게.”

“알겠습니다.”

레비스가 인사하고 나가며 걱정 말라는 듯 아리아의 어깨를 두드려 주고 나갔다.

잠시 뒤면 나의 전쟁이 시작되겠군. 뭐, 자주 일어나는 일이지만 이런 식의 교섭은 묘하게 사람을 흥분시킨단 말야.

마치 전쟁 때 기사나 전사들이 자신의 적을 꺾을 때와 비슷한 기분이라고 할까? 상황도, 처지도 많이 다르지만 말야.

어차피 이건 나만의 전쟁인 셈이니까 상관없겠지.

“자자, 그럼 회의 때까지 서류들이나 훑어볼까?”

생각보다 서류가 얼마 없음에 레비스에게 고마워하며 자리에 앉아보니 신년 축제에 관한 문서들이었다.

보통은 신년 축제 전에 내년에 필요한 예산도 결정해야 하니 매일 평소 두 배에 가까운 양을 정말 죽도록 처리해야 했는데 자리를 비웠음에도 불구하고 하루에 처리할 정도의 분량인 걸로 봐서 그동안 레비스가 여러모로 꽤 고생한 모양이었다.

내 허락이 꼭 필요한 것들만 올라와 있다는 기쁨에 겨워 열심히 일해서 거의 정리될 무렵 시녀들이 들어왔다.

“폐하, 레비스 재상께서 회의를 소집하셨다고…….”

“알았다. 나가 있도록.”

뭐라고 길게 보고하려는 걸 중간에 잘라 버리고 내보냈다.

자, 그럼.

“아리아, 가야지?”

씩 웃으며 말하자 좀 불안한 기색이던 아리아는 의아한 표정이었다.

“저요? 왜?”

보통 내 가디언 급의 기사가 아니라면 같이 회의실에 들어가지 못한
다. 물론 아리아도 그런 이유에서 한 번도 날 따라 회의에 간 적이 없다.

하지만 이번에는 다르다.

"주인공이잖아?"

웃으면서 모두를 끌고 회의실로 향했다.

늘 생각하지만 회의실로 들어가는 육중해 보이는 나무 문은 기분을 가
라앉게 만든다.

옆에 서 있던 기사들이 문을 열자 난 나의 전쟁터로 발을 내디뎠다.

"…진실과 무관하게 '어둠' 을 상징한다 여기고 있습니다. 그런데 그
런 마수사가 궁에 있다는 사실을 사람들이 어떻게 받아들일지는 모두 모
르시지는 않을 터, 그러므로 아리아 헤스던 양을 추방할 것을 간곡히 부
탁드리는 바입니다."

처음에 아리아와 같이 들어온 것에 놀라던 대신들은 내가 평소처럼 아
무렇지도 않게 행동하자 곧 조용해져서 그냥 넘어갔다. 그리고 거의 10분
에 걸쳐서 말한 내용의 결론이 저거다.

대신들 편을 들 수도 없고 아리아의 손을 들어줄 수도 없는 레비스는
중립이라는 듯 처음부터 객관적인 것 외에 한마디도 하지 않았고 아리아
는 처벌을 기다리는 죄수마냥 얼굴이 하얗게 질려서 작게 떨고 있었다.

마음에 안 드는 상황이다.

저런 모습의 아리아는 너무 낯설어서 보고 싶지 않았다.

나에게는 누나 같은 사람인데.

"할 말은 다 끝났나?"

"예? 예. 부디 정에 휩싸이지 마시고 현명한 판단을 내리시길 바랍니
다."

기분이 확실히 가라앉는군.

"진심이겠지. 그대들은 진심으로 하는 말들이겠지."

나는 엷은 웃음을 지었다.

그냥 갑자기 웃음이 나왔다.

"웃기는군. 아리아가 왜 이 나라를 떠나야 하지?"

"하지만… 폐하……."

누군가가 내 말에 토를 단다.

"닥쳐!"

깔끔하게 입을 다물게 해준 뒤 대신들을 둘러보았다.

"너희들 말대로 정에 대한 부분을 제외하고 말하도록 하지. 아리아는 날 지키기 위해 사람들이 자신을 꺼릴 것이라는 것을 알면서도 마법을 사용하였다. 그런 이유에서 난 그녀를 보호할 책임이 생겼다고 할 수 있지. 그렇지 않은가? 역대의 다른 황제들도 그렇게 했었지. 자신을 보호했었다는 이유로 네크로맨서에게 작위를 내리고 평생 자유를 보장해 주었지 않나?"

지금 한 말은 예전에 읽어본, 얼마 전에 기억난 기록이다. 그리고 이 상황에 써먹을 수 있을 만한 기록이기에 더 자세히 알아뒀었다.

"그것과 지금은……."

"무엇이 다르지? 헛소리들하지 마라. 황제가 되어서 누군가에게 신세를 지고도 그자를 해할 수는 없는 일, 그리고 난 아직 그녀를 보호해 주겠다고 말한 적 없다. 책임이 있다 말했지. 그러나 그대들이 말한 대로 내가 계속 그녀를 시녀로 두고 있을 수도 없고 더욱이 보호할 수는 없을 터."

대신들은 자신들의 말이 받아들여지는 줄 알고 슬며시 웃었다.

하지만 그런 이들을 무시하고 계속 말을 이었다.

"하나 그대들이 말한 추방도 없을 것이다."

난 자리에서 일어났다.

"오늘부로 아리아 헤스던을 가디언 직에 임명한다. 아리아 헤스던 본인도 후에 다른 소리 나오지 않도록 잘 처신하도록 하라."

그 말을 끝으로 회의실을 나와 버렸다.

아마 저들은 남아서 한참 동안 회의를 하겠지만 내 결정을 뒤집지는 않을 것이다.

황제의 결정은 절대적인 법.

지금이야 장로들이 정치니 뭐니 좀 간섭하고 있지만 그건 엄연히 월권이고 티란 법도 제대로 돌아가고 있는 지금 시점에서 대신들은 나의 결정을 뒤집을 수 없다.

그리고 가디언에 대한 건 원래부터 내가 마음대로 할 수 있는 부분이니 장로들이 관습이니 뭐니 시끄럽게 하는 일도 없을 것이다.

뭐, 지금 회의해서 약간의 합의가 필요할 수준으로 타협점을 결정해 오겠지만 말이다.

이렇게 하고 나서 타협책으로 내가 다른 부분에서 조금만 양보하면 아리아의 문제는 더 이상 시끄럽게 굴지 않을 것이다.

"무슨 말씀이십니까?"

회의실을 나와서 내 서재에 도착하자 내 말에 가장 당황한 당사자인 아리아가 참았던 질문을 던졌다.

"뭐가?"

내가 영문을 모르겠다는 듯 행동하자 아리아는 침착하게 다시 물어왔다.

"왜 갑자기 절 가디언으로 임명하신 거지요? 그리고 회의 주제에 대해서는 별말씀도 없이 갑자기 그런 말을 하신 이유가 뭡니까?"

난 의자에 앉으면서 그저 슬쩍 웃을 뿐이었다.

"조금은 짐작이 갑니다만……."

한숨과 함께 그런 말을 한 건 디트레이였다.

"가디언 임명은 순전히 황제의 마음이니 대신들이나 장로들이 손댈 수 있는 부분이 아닌 데다가 가디언들의 경우는 거의 법에 제약을 받지 않고 그들의 규칙은 단 하나, '황제의 의지에 따른다'는 거니까 어떤 직업이라도 상관없죠."

아리아에게 부드럽게 설명하듯이 말해 주었다.

'제대로 알고 있군.'

난 피식 웃었다.

가디언, 혹은 쉐도우 나이트라고 부르는 이들은 이름 그대로 내 그림자처럼 날 지키는 자들이다. 황제 친위기사단과는 약간 다른 집단으로서 그들은 법이라는 것에 제약을 받지 않고 활동한다.

기사도고 뭐고 없이 그저 내 의지를 실행하기 위해 움직이는 사람들이라고 할까.

지금은 내가 그 가디언으로 제노시아만 데리고 있지만 경우에 따라서 얼마든지 수를 늘릴 수 있다. 역대 황제 중에는 그 가디언이 친위기사단의 수만큼 많았던 사람도 있었다.

"그렇지만 이건 좀……."

아리아가 뭔가 걸리는 게 있는지 불안한 기색을 지우지 않는다.

"걱정 마. 가디언이라는 건 꽤 자유로운 거니까 디트레이랑 데이트하는 데도 문제없을 거야."

"그런 말 하지 마요. 그런 이유가 아니란 말이에요."

일부러 가볍게 던진 말에 아리아가 발끈했다.

그 모습에 옆 자리에 앉은 제노시아가 작게 웃고 있었다.

“그런 소리 마? 그럼 뭐가 문젠데?”

난 다 알면서도 모르는 척했다.

“마수사가 궁에 있다는 거 자체가 사람들에게 어떤 식으로 받아들여질지…….”

아리아는 울 것 같은 표정이 되었다.

그래서 결국 다 말해 버렸다.

“괜찮아. 그런 문제에 대해서는 얼마 전에 레비스에게 따로 시켜놨어. 그리고 여러 가지 요건도 무척 좋은 시기거든.”

“네?”

한참 전쟁 중일 때 거의 다 지시해 놨었다.

레비스와의 연락을 통해 아카데미에서의 마수사 교육을 준비시키고 신전을 통해서 사람들에게 마수사에 대해 제대로 가르치라고 했었다.

그런데 레비스의 말에 따르면 마침 전쟁의 여신인 레일레나님의 신전에서 중앙 대륙에 있는 안식의 신전 마수사와 함께 무슨 일을 추진 중이었기에 그렇게 큰 혼란은 없는 모양이다.

그것도 우리 수도의 신전과 함께 하는 중이다.

그것이 마치 신전과 나라에서 함께 무슨 일을 하고 있다는 것 같은 인상을 주었다.

‘여전히 꺼리는 건 사실이긴 하지만…….’

현재로서는 신전에서 하는 일에 겹쳐 있으니 그저 안 좋은 일은 아니려니 하고 여기는 것뿐이지만 그 정도라도 좋은 일이니까.

아카데미에서도 곧 지금까지 아무 말 없던 마수사에 대해 제대로 교육할 테니 지금은 아니더라도 적당한 시간이 지나면 사람들의 인식도 괜찮아질 테니 걱정 안 하련다.

난 책이나 보며 시간을 보낼 생각으로 책을 한 권 들었다.

내가 태평하게 구는 게 영 못마땅한지 아리아가 책에 손을 턱 올려놓았다.

"너무 쾌평하시네요."

"뭐, 이유가 궁금하면 레일레나님 신전에 가봐."

"예?"

계속 같이 전쟁터에 있던 아리아는 아마 신전에서 하고 있는 일을 모를 테니까 불안한 거겠지.

그 말만 하고 다시 책을 펼쳤다.

"이번에 중앙 대륙의 미수사들과 뭔가를 하고 있는 모양이더군."

슬쩍 운을 띄웠다.

"대륙 순례를 하려고 한다더군. 그러면서 지금까지 사람들이 출입하지 않는 샨 사막, 그 죽음의 사막이라 부르는 곳으로 조사와 순례를 겸해 가려 한다던데."

제노시아가 설명해 주자 아리아는 알겠다는 듯 고개를 끄덕이며 잠시 생각하더니 다시 얼굴을 찌푸렸다.

"그래도 사람들은 제가 궁에 있으면 별로 좋지 않게 생각할 텐데요."

"뭐, 상황이 딱 좋다고 할까?"

난 걱정이 많은 아리아에게 자세히 설명해 주었다.

전쟁고 희망의 여신이신 레일레나님 신전에서 주최되는 일이라 별일 없을 거라고.

실제로는 전혀 상관 없는 일이지만 얼마 뒤면 세레나가 전쟁의 여신의 신관이 되기 위해 시험을 볼 예정이니 아마 이 시기에 궁에 미수사가 들어왔다는 게 마치 이번 순례와 관련이 있는 것처럼 보여질 것이다.

그러니 불만도 평소보다 크지 않을 것.

정말 좋은 상황이지.

처음에 세레나가 신관이 된다고 했을 때는 정말 반대하고 싶었지만 지금은 다행이란 말야.

뭐, 깊이 파고들어 가 진실을 본다면 내가 노턴에게 압력을 넣어서 이 '순례'를 수도의 신전이 주관해서 가게 만들었지만 거기까지 말해 줄 필요는 없겠지?

대충 상황을 이해한 아리아는 아직 할 말이 있는 듯했지만 더 이상 별말없이 나처럼 책 한 권을 가져가 읽기 시작했다.

그리고 잠시 뒤 들어온 레비스의 보고.

"폐하의 말씀대로 아리아는 가디언 직에 정식으로 올라가게 되었습니다. 추방에 관한 말은 더 이상 나오지 않겠지만 그래도 아리아에게 가디언으로서의 권력을 주는 일은 없게 해달라는 말을 했습니다. 그리고 미리 말씀하신 교육 문제는 아카데미의 학장들에게 전달했으니 시간이 해결하겠지요."

그 보고를 듣고 난 씩 웃었다.

그들이 고른 타협책은 너무 쉬운 것이었다.

"아리아야 무슨 권력이 필요있나."

그저 디트레이와 결혼만 하면 이제 끝인데.

내 말을 제대로 이해한 레비스는 그저 미소 지었고 디트레이는 얼굴이 붉어졌지만 의미를 이해하지 못한 아리아는 어리둥절해했다.

"권력이 필요없는 건 사실이지만 왜 그런 반응을 보이는 거야?"

라면서 디트레이에게 순진하게(?) 물었지만 그는 그제 다른 곳을 보며 대충 넘어가기 위해 진땀을 흘렸다.

'킥, 설명해 주면 청혼이나 다름없으니까 대답 못할걸?

이런 식으로 대충 청혼해도 괜찮다면 모르겠지만 말야. 아마 이런 식으로 청혼하게 되면 아리아에게 두고두고 원망 살 테니 그럴 리는 없을 거고.

난처하하며 누군가가 도와주기만을 기다리는 디트레이를 레비스와 나는 그저 따뜻하게—라기보다 재미있어서—지켜보았다.

이제 문제 많았던 올해도 끝이구나.

세레나의 시험만 끝나면 대충 정리되는 건가? 아니, 그러고 보니 전쟁 때문에 신관 시험이 좀 연기되었다던데 어떻게 됐나 모르겠군.

"그런데 세레나는 어떻게 지내고 있지?"

"신관 시험이 다가오니 매일 책을 읽거나 기도하며 마음을 다스리는 시간을 브내고 있으십니다."

레비스가 좀 의외의 말을 했다.

그 말괄량이가?

"정말?"

내가 못 믿는 기색을 보이자 레비스는 그저 웃었다.

"저도 의외입니다만 정말 폐하께서 출전하신 뒤로 계속 그렇게 지내고 계십니다."

"허어… 별일이로군."

어쩌면 신관이라는 게 세레나에게 잘 맞을지도 모르겠는걸?

턱을 슬슬 만지며 생각에 잠기자 한참 디트레이를 추궁하다 지친 아리아가 맞은편 의자에 주저앉더니 투덜거렸다.

"뭘 그렇게 고민하세요? 신관이 된다고 하셨으니 좋은 변화잖아요."

"그렇기는 하지만 갑자기 변하니까 이상해서 그러지."

고민하고 있는 건 아니었지만 생각을 접어두고 시녀들에게 차를 가져오게 했다.

이런저런 이야기가 더 나올 것 같으니 차라도 들며 이야기하는 게 좋겠지.

“그래도 아리아, 시녀에서 벗어나서 편한 거 아냐?”

아까의 화제로 돌아가서 한마디 하자 아리아는 잠시 멈칫하더니 미소 지었다.

“그렇기는 하죠. 잔심부름할 일도 없고 가디언이니 지금처럼 지낼 수도 있고.”

곧 시녀들이 차를 놓고 나가자 레비스가 내가 없는 동안 일어난 일들을 자세히 이야기해 주었다.

서류나 마법 통신을 이용해서 간단한 보고를 받고 있기는 했지만 자세히는 모르고, 또 그렇게 말할 수 없는 일도 많았기에 꽤 여러 가지 이야기가 오고 갔다.

내가 없는 사이에 황태후가 무슨 일을 꾸미다가 실행에 옮기기도 전에 발각당했다고 한다.

하지만 황태후에게 벌을 줄 수는 없으니 그 수족처럼 움직였던 자들만 벌을 받았다는 이야기를 자세히 들어보니 역시 전쟁 시작 직전에 날 습격한 이들은 황태후가 보낸 놈들이라는 게 확실해졌다.

그때 그 여세를 몰아 끝냈어야 했는데. 이미 4개월 정도 시간이 지났으니 지금 추궁해 봤자 이러니저러니 발뺌할 게 뻔하다. 또 그렇게 되면 날 좋지 않게 생각하는 장로들이 어머니에게 무슨 짓이냐고 펄펄 뛸 게 뻔하니 다음을 기약해야겠다.

아깝군.

단번에 끝낼 기회였는데.

어머니의 죽음 후에 어쩐지 오빠 보기가 서먹해졌다.

그때 하얀 아름다운 꽃들이 가득히 피어 있던 곳에서 한 오빠의 말에 그만 울컥해 버렸다.

물론 오빠가 날 위해서 그런 말을 했다는 건 알지만 어머니가 돌아가신 직후에 그런 말을 한 게 화가 났었다고나 할까?

어머니가 나에게 그다지 다정하셨던 것도 아니고 내가 어머니를 사랑했던 것도 아니었지만 처음 본 죽음 앞에서 감성적이 되어버렸나 보다.

어쨌든 그렇게 싸워 버렸다.

그리고 화해하기가 어색해서 지금까지 그냥 지내고 있다.

내 태도에 시녀들은 무슨 일인가 걱정했지만 일일이 사정을 설명하면서 싸웠다고 얘기하기가 싫어서 그냥 대충 넘겼다.

"세레나님."

"왜 그래?"

지금 호들갑스럽게 날 부르는 사람은 내 시녀인 린이다.

뛰어왔는지 숨이 차서 헉헉대는 언니를 보자 의아해졌다.

평소에는 얌전한 언닌데 왜 저러나 싶어 흥분한 린이 진정될 때까지 옆에서 멀뚱히 보고 있었다. 잠시 뒤에 숨을 고르더니 좀 섭섭하다는 느낌과 걱정스러워하고 있다는 걸 느낄 수 있는 목소리로 날 보더니 알 수 없는 말을 했다.

"너무하세요. 왜 폐하께서 출전하신다는 걸 말씀하지 않으셨어요? 그것 때문에 요즘 기분이 안 좋으셨던 거로군요?"

"뭐?"

출전이라니? 무슨 소리지?

내가 오히려 되묻자 린 언니는 괜찮다는 듯 고개를 끄덕였다.

"걱정하지 마세요. 폐하께서는 무사히 돌아오실 거예요."

점점 알 수 없는 말을 했다.

물론 전쟁이 일어났다는 소리는 어제 들었다. 그 전쟁이 아무 걱정 할 필요없을 정도로 사소한 일이라는 소리도 들었다.

그런데 지금 이 소리는 처음 듣는 말이다.

"린, 진정하고 자세히 좀 말해 볼래요? 오빠가 뭘?"

"네? 모르고… 계셨어요?"

린이 당황하는 모습에 난 계속 추궁했다.

"무슨 말이에요? 출전이라니? 오빠가?"

농담이겠지.

그게 내 솔직한 심정이었다.

오빠는 군사학에 관한 걸 공부한 적이 없다. 그리고 나와 달리 격투기 같은 걸 배우기는커녕 검술도 겨우 '검을 휘두른다' 는 정도의 수준이고 마법은 아리아가 옆에 있으니 상관없다는 이유로 배우는 흉내조차 낸 적

없는 사람이다.

그런데 그런 오빠가 어딜 간다고?

"이번에 세튼과의 전쟁에 나가신다고……."

"다시 말해 봐."

난 순간 린이 거짓말을 하고 있다고 생각했다.

정말 그럴 리는 없겠지만 지금 린이 한 말은 쇼크였다.

"이번에 세튼과의 전쟁에 폐하께서 직접 출전한다고 하셨어요. 사람들은 아마도……."

"됐어."

내가 듣고 싶은 건 다른 사람들의 생각이 아니다.

정말 오빠가 전쟁에 나가겠다고 했단 말야?

난 아직 믿어지지가 않았다.

"물어봐야겠어."

난 그렇게만 말하고 급하게 오빠가 지내는 궁으로 걸음을 옮겼다.

주변에서 나에게 인사를 하든 말든 신경 쓰지 않고 평소 이 시간에 오빠가 있을 집무실로 가자 아무도 없었다.

"오빠 어디 있는지 몰라?"

난 근처에 있던 기사 하나를 붙잡고 물었다.

그자는 당황했는지 제대로 말도 못했지만 어차피 대답은 기대도 하지 않았다.

"세레나님?"

그런 중에 누가 뒤에서 부르는 소리를 듣고 뒤돌아보자 디트레이가 서 있었다.

"디트케이?"

"예, 므슨 일이신지요?"

디트레이라면 오빠가 있는 곳을 알겠지.

아무리 명목뿐이라지만 오빠의 수호기사이니까.

"오빠 어디 있는지 몰라?"

"폐하께서는 지금 서재에서 치하트 사령관님과 이야기 중이십니다."

정중한 디트레이 오빠의 말에 오빠가 전쟁터에 간다는 말이 진짜라는 느낌이 들었다.

아니라면 사령관님과 이야기하고 있을 리 없으니까.

그러면서 갑자기 힘이 빠졌다.

"앗, 세레나님! 어디 안 좋으십니까?"

내가 휘청거리자 내 팔을 잡아주며 걱정해 주었지만 난 이제 아무 생각도 하기 싫었다.

"어째서?"

"네?"

"어째서 나한테 말 안 해준 거야?"

오빠가 무슨 일이든 일일이 말해 줄 거라고는 생각하지 않지만, 오빠는 황제니까 나에게 말하지 않는 일, 못하는 일이 있다는 건 알지만 이건 너무하잖아.

왜 내가?

오빠가 늘 말했듯이 난 오빠의 하나뿐인 혈육인데, 그런데 어째서 오빠의 출전 소식을 다른 사람에게 들어야 해?

나에겐 오빠뿐인데… 오빠는 날 싫어하는 거야?

고집만 부려서 이제 싫어진 거야?

눈물이 나왔지만 거기에 신경 쓸 정신도 없었다.

평소에는 혹시 오빠 귀에 들어갈까 봐 절대 울지 않았는데…….

"세, 세레나님?"

디트레이가 당황하고 있다는 걸 알고 있지만 신경 써줄 틈이 없다.

난 그대로 뛰어서 정원으로 나갔다.

시녀들이 뭐라고 했지만 무슨 소리인지 신경 쓰지도 않았다.

그리고 전에 어머니가 돌아가시고 오빠와 이야기를 나눴던 하얀 꽃이 가득 핀 정원 한편에 멈춰 서 크게 울어버렸다.

오빠는 이제 내가 싫은 걸까? 매일 고집만 부리니까 이제 싫은 걸까?

나 싫어하지 말아줘, 오빠. 나한테는 오빠뿐이란 말야.

정신없이 흘러내리는 눈물을 닦아냈다.

그러던 중 뒤에서 누가 날 불렀다.

“세레나님?”

난 움찔했다.

그리고 뒤를 돌아보자 아리아가 난처한 표정으로 웃고 있었다.

“아리아, 무슨 일이야?”

존칭도 날려 버리고 차갑게 물었다.

하지만 아리아는 전혀 당황하지 않고 그저 미소를 짓더니 날 안아주었다.

“아리아?”

아리아의 의도를 알 수가 없어서 품에서 빠져나가려고 발버둥 쳤지만 그녀는 그저 날 안아주었다.

그리고 작게 속삭였다.

“미안해요.”

“응?”

“앨리언님이, 황제 폐하께서 궁을 비우신다는 이야기를 미리 못해 드려서 죄송해요.”

순간 짜증이 났다.

아리아가 뭔데 나에게 이런 말을 하는 거지?

오빠가 직접 말해 준 게 아니라면 아무 소용 없는데.

"신경 꺼줬으면 하는데."

"……."

아리아는 여전히 별말이 없었다.

흥, 귀찮아. 다 귀찮아.

"너무 아파하지 마세요. 폐하께서도 생각이 있으셔서 결정하신 일이니까요."

"누가 그걸 몰라?"

짜증이 나서 부드러운 말로 대답할 수가 없었다.

오빠는 황제이시지. 그래, 훌륭하기 그지없는 군주이시고, 나같이 천한 꼬마가 감히 올려다볼 수도 없는 분이시지. 그리고 너무나 상냥하셔서 원래 유폐의 탑에 조용히 박혀 있어야 할 날 이곳으로 데리고 와주셨어.

그런 오빠가 아무 생각 없이 무슨 결정을 내릴 리는 없지.

"세레나님."

"아리아, 당신이 왜 여기 있는지 듣고 싶은데……."

난 정신을 가다듬고 차갑게 말했다.

아리아는 이런 내 태도에 놀랐는지 멈칫하더니 어울리지 않게 우물쭈물하며 내가 원하는 대답을 해주었다.

"디토가, 아니, 디트레이가 세레나님이 폐하의 출전 문제를 물어보시고는 이곳으로 가셨으니 가보라고 해서요."

오빠 말대로 질리는 커플이다.

기분 나빠.

그런 사소한 것까지 서로 이야기하면서 수군거리다니.

“그래서?”

“네?”

“네 애인이라는 사람이 ‘어린애가 울고 있으니까 달래줘’ 라고 해서 ‘네~♡’ 하고 뽀르르 달려온 거야?”

내가 퍼붓는 독설에 아리아는 그저 하얗게 질려서 대답도 못하고 입만 빠끔거리고 있다.

아마 아리아는 내가 이런 말을 하는 건 처음 들었겠지. 아리아를 만날 때는 늘 오빠가 근처에 있었고 난 오빠 앞에서야 늘 귀엽고 명랑한 여동생이었으니까.

하지만 오빠가 없을 때까지 그럴 필요는 없단 말야. 게다가 이렇게 신경이 날카로운 지금 걸려든 네 잘못이야.

난 울고 싶었다. 하지만 눈물 따위 보이지 않아.

쇼크로 하얗게 질려 굳어 있는 아리아를 무시하고 돌아서려는데 아리아가 날 잡았다.

“세, 세레나님.”

“왜 자꾸 잡고 그래, 애인한테 가서 열렬한 키스나 나눌 것이지?”

이번에는 짜증스럽다고 온몸으로 말하는 내 반응에도 아리아는 아주 진지한 얼굴로 날 보며 말했다.

“기분 상하셨다면 죄송합니다. 그런데 왜 그렇게 신경이 날카로워지신 건가요?”

“알 거 없어.”

“전 알고 싶은데요.”

아리아의 눈이 날카롭게 빛났다.

하긴 아리아도 성질이 있으니 나한테 그런 소리 듣고 그냥 넘어가고 싶지 않겠지. 오빠한테 들었다면 모를까 나한테 그런 소리를 들었는데 왜 그냥 넘어가겠어?

"글쎄, 왜 그럴까? 상상력이 바퀴벌레만큼이라도 있으면 생각 좀 해보지 그래?"

그렇게만 말하고 내 팔을 잡은 아리아의 손을 쳐냈다.

내가 어리긴 하지만 체술을 좀 배워서 순수하게 격투기로만 하면 아리아에게 절대 안 진다.

아리아의 손을 떨쳐 버리고 이번에는 날 잡을 틈도 없을 정도로 재빨리 자리를 벗어났다.

'하필이면 저 여자에게 우는 모습을 보일 게 뭐람. 오빠에게 말하면 안 되는데.'

속으로 걱정이 되었지만 한편으로는 절대 말하지 않을 거라는 생각도 들었다.

또 한편으로는 말해 줬으면 하는 생각도 있었지만.

오빠가 오늘 떠나 버렸다.

나한테 말도 없이 가버렸다.

"후……."

내가 한숨을 내쉬자 시녀들이 걱정스럽게 보는 걸 느꼈지만 일일이 신경 써줄 정도로 기분이 좋지 못했다.

난 창밖을 응시하고 있다가 그대로 무릎을 꿇고 두 손을 모았다.

신이시여, 희망을 말해 주시는 레일레나 여신이시여,

그리고 전쟁의 승리를 주시는 여신이시여,

부디 나의 오라버니께서 무사히 돌아오시기를.

승리하고 돌아오시기를.

오빠가 돌아왔다는 소리를 들었다.

아리아 문제로 회의에 참석하고 전쟁의 뒤처리에 대해 토론하고 나면 내일이나 날 찾아오겠지.

오랜만에 만난다는 생각에 가슴이 두근거렸다.

이번 주가 지나고 나면 신관 시험이 있다.

하지만 이런 부정한 생각만 하는 내가 통과할 수 있을지는 미지수.

그런 여러 가지 복잡한 마음을 안고 잠자리에 드니 잠이 오지 않는다.

"잠이 안 와……."

정말 잠이 안 온다. 누워 있을수록 정신이 또렷해지는데 별수가 없다.

난 침대에서 일어나 긴 가운을 하나 걸쳤다.

그리고 창가로 다가가 창틀을 짚고 멍하니 서 있었다.

창밖은 여기저기 불빛을 밝히고 있었고 한껏 들떠서 즐거워하는 사람들의 목소리가 아련하게 들리고 있었다.

오빠도 돌아왔겠다, 신년 축제도 얼마 안 남았겠다, 그리고 전쟁에서 멋지게 승리했으니 사람들은 흥에 겨워 떠들며 놀고 있나 보다.

난 눈을 감았다.

작게 느껴지는 바람과 사람들의 즐거운 목소리.

난 신관이 되어야 한다.

그래야 다툼이 적을 테고, 저 사람들이 즐기고 있는 평화가 오래갈 수 있고, 오빠도 걱정을 어느 정도 덜 수 있을 테니까.

그리고 신관이 된다 해도 오빠와 멀리 떨어지는 것도 아니니까.

신관이 안 되고 여기 남아 있으면 아마 정치적인 문제로 휘둘리게 될 가능성이 크다.

계속 있으면 '황족의 피를 유지하기 위해서' 라는 명목으로 오빠와 결혼할 수 있을지도 모르지만… 오빠가 허락할 리 없으니 다른 어떤 곳으로 정략결혼이라도 하게 되겠지. 그러긴 싫다.

그러니까 신관이 되어야 한다.

그래야 오래도록 오빠 곁에서 함께 지낼 수 있다.

다시 서서히 눈을 뜨니 하늘에서 하얀 눈송이가 떨어져 내리고 있었다.

여기저기에서 밝힌 불빛에 눈송이가 은은히 비춰 무척 아름다웠다.

잠도 안 오는 데다가 눈이 아름답게 내리는 걸 보자 어쩐지 이유도 없이 기분이 들떴다.

"산책이나 할까?"

난 작게 중얼거리고 간편한 옷으로 갈아입었다.

그리고 천천히 걸음을 옮겼다.

하늘하늘 내리는 눈은 마치 순결한 꽃처럼 아름다웠고 드문드문 밝혀진 불빛들에 비춰 마치 환상의 나라 같은 분위기를 자아내었다.

흥겨워져 오빠 몰래 성밖에 나갔다가 배운 노래를 흥얼거리면서 아무 곳으로나 걸음을 옮겼다.

모래가 흐른다.

심연 속에 서 있는 창제신의 아름다운 손에서 몽환의 모래가 흐른다.

창세로부터 종말까지 영원의 시간을 새기는 모래.

우리보다 아득한 시간을 누리는

자유와 세계를 꿈꾸는 꿈을 쫓는 자도,

불꽃 속 전사도, 사색하는 철학가도 모두

창세(創世) 속의 한 줌 모래에 지나지 않는다.

우리의 날개는 언젠가 아름다운 무의 세계로 돌아가리.

하늘의 빛은 모든 생명,
그 장엄한 슬픔과 아름다운 고독을 찬미하라.
하늘의 빛은 모두 별,
그 장엄한 고독을 노래하자.

정해진 시간 속에 당신이 살아온 흔적만이 영원이 될 터이니.

언젠가 분숫가에서 음유 시인에게 들었던 노래를 흥얼거리며 걸어다니는 사이 난 나도 모르게 꽤 멀리까지 와버렸다.

"여기가 어디지?"

난감한 일이 아닐 수 없다.

분명히 내가 사는 황성인데 어째서 여기가 어딘지 알 수가 없는 건지 모르겠다.

밤이어서 그런가?

그라, 그럴 수도 있겠다. 밤에는 낮과 분위기가 많이 다르니까 모를 수도 있겠지.

난 혼자서 고민하고 결론 내리는 쇼를 펼치면서 당황하고 있는데 이상한 인기척이 느껴졌다.

지금 상황에서는 이상한 인기척이든 제대로 된 인기척이든 사람이 있다는 게 무척 다행이라고 느끼며 그쪽으로 향했다.

물론 그냥 길을 물어볼 생각이었다.

그런데 그 상대를 보는 순간 그런 생각이 싹 날아갔다.

세상에.

내가 모르는 곳인 게 당연하지. 왜 그 많은 장소 중에 황태후궁에 오게 됐담?

난 놀란 가슴을 진정시키며 머리를 굴렸다.

'여기가 황태후가 있는 곳이라면 내가 쓰는 곳이 어느 방향이더라?'

대략적인 위치를 가늠해서 발걸음을 돌리려는데 재수없게도 황태후의 병사에게 들켜 버렸다.

"누구냐?"

으, 어쩌지? 사실대로 길 잃었다고 말하면 절대 안 믿을 텐데.

나서지도 못하고 도망치는 건 더 더욱 못하고 그 기사가 이쪽으로 오는 걸 보며 안절부절못하고 있는데 누가 내 어깨를 잡았다.

"힛?"

너무 놀라서 이상한 소리가 나와 버렸다.

언제 왔는지 오빠가 내 어깨를 짚고 나에게 아주 예쁘게 웃어주고 있었다.

"나다."

오빠는 내 어깨를 부드럽게 안은 채 앞으로 걸어나갔다.

"폐하."

"제국의 영광……."

기사들이 무릎을 꿇었다.

"됐어."

오빠를 보고는 깜짝 놀라서 정식 기사의 예를 갖추려는데 오빠가 중간에 막아버렸다.

오빠는 그 '제국의 영광, 빛인…' 이라는 인사를 무척 싫어한다. 너무 소녀 취향의 인사라서 창피하다나?

원래 저 인사를 만든 게 여성들이니까 당연한 일이니 어쩔 수 없기는 하지만 난 오빠에게 아주 잘 어울린다고 생각하는데.

"오랜만입니다, 황태후님."

오빠는 공식적인 자리가 아니면 황태후를 어머니라고 부르지 않는다. 어차피 생모도 아니니 상관없는 일이기도 하다.

그리고 당연한 일이겠지만 나도 그렇다.

"어쩐 일이오, 이 밤중에 시종도 없이? 게다가 미리 언질도 없이 찾아오다니 너무 무례하지 않소?"

황태후가 얼굴을 찌푸린다.

하지만 오빠는 어디까지나 느긋한 표정이다.

속은 어떨지 모르지만.

이런 자리에는 낄 필요가 없는 난 그저 얌전히 미소 지으며 다소곳하게 서 있을 뿐이다.

"무례라고 하셨습니까? 그 말도 오랜만에 듣는군요. 하지만 지금은 그런 말을 들을 이유가 없는 것 같습니다만?"

"건방진……."

"건방지기로 따지면 황태후 그대가 더하지 않을까? 감히 황제에게 인사도 하지 않으니."

오빠가 입가를 살짝 올리며 비웃음을 보냈다. 황태후는 더욱 얼굴을 찌푸리더니 엄지손톱을 잘근잘근 씹었다.

황태후는 요즘 전쟁터에 있던 오빠를 죽이려는 음모를 꾸몄다는 의혹에 휘말려서 근신 중이다.

본인은 절대 그러지 않았지만 모두 의심하니 잠시 스스로 근신하겠다고 말했을 뿐이지만 실행했던 황태후의 수하들이 다 잡힌 마당에 그런 말을 하는 것도 무척 우스웠다.

그런데 이 상황을 보면 더 우습다.

황태후가 스스로 그리하겠다고 한 그대로 지금 그녀는 근신 중이다.

스스로의 입으로 오빠가 근신을 풀어줄 때까지 근신한다고 했으니 방 안에 얌전히 있어야 할 황태후가 지금 방 안이 아닌 정원 한가운데서 달구경—정말 달 구경인지는 모르겠지만—중이었으니 혼낼 거리는 충분하다~♡

우리가 무척 유리한 입장이랄까?

그러니 황태후는 초조할 수밖에.

그렇지만 그런 모습을 보니 은근히 기분이 좋아지는 난 뭔지.

"황태후께서는 어쩐 일로 이렇게 정원에 나와 계시는지?"

오빠의 느긋한, 마치 별 신경 안 쓴다는 듯 지나가는 말에 황태후는 경직되어 버렸다.

'불쌍하여라. 우하하하하하하!'

"쿡."

난 속으로만 신나게 웃을 생각이었는데 그게 얼굴에 약간 드러나 버린 모양인지 오빠가 날 보더니 피식 웃었다.

나도 오빠를 향해 배시시 웃어주었다.

"흥!"

우리의 이런 반응에 한층 화가 치밀어 오르는지 미미하게 떨고 있는 황태후 덕분에 아침부터 가라앉아 있던 기분이 무척 좋아졌다.

신나게 비웃어주고 싶었지만 오빠 앞이라서 참고 있는데 오빠가 마지막 일침을 가했다.

"신년 축제 후부터는 근신을 풀어주겠소. 하지만 앞으로는 좀 조신하게 지내길 바라겠소."

이를 갈고 있는 황태후를 버려두고 오빠와 정원을 걸었다. 어릴 때처럼 오빠 손 잡고 별말없이 걸을 뿐이었지만 왠지 데이트하는 것 같아서 가슴이 두근거렸다.

"헤헤헤……."

"왜 그라?"

오빠가 이상하다는 듯 봤지만 그래도 상관없을 정도로 기분이 좋았다.

"근데 오빠, 거긴 어떻게 왔어?"

정말 운명이라고 믿고 싶을 정도로 타이밍이 좋았다.

"아, 그게… 아까… 네가 노래 불렀잖아? 그것 때문에……."

"누가 부르나 싶어서?"

"응, 흔히 아는 노래가 아니니까."

날 만난 이유가 그런 이유라도 좋았다.

지금 오빠와 같이 이렇게 걷고 있는 게 너무 기분이 좋았다.

신관 시험이라는 건 사람들에게 전혀 알려져 있지 않다.

시험 친다는 게 안 알려진 게 아니고 그 내용이 전혀 알려져 있지 않은 것이다.

매해 바뀐다는 속설이 있기는 하지만 그것도 믿을 만한 게 아니니 어떻게 해야 합격해서 신관이 되는지 알 수가 없다.

그런 알 수 없는 시험에 응시한 난 그저 한숨만 나왔다.

"에휴……."

"한숨 쉬는 건 안 좋은 버릇입니다."

옆에서 노턴이 한소리 한다.

하지만 한숨이 나오는 걸 어떻게 하라고.

게다가 이 이상한 시험은 뭐지?

신관 한 명―난 노턴과 같이 있다―과 서로 마주 보며 앉아 있으라니.

대체 뭘 테스트하는 걸까?

불안한 생각도 들었지만 항의할 수도 없는 일이라 그냥 입을 다물었다.

그런 이번 시험에 따라 노턴과 테이블뿐인 작은 방에 들어온 난 그 '신관'이 무슨 질문이라도 할 줄 알았다.

그런데 함께 들어온 신관인 노턴은 벌써 한 시간째 날 그냥 빤히 보며 싱글싱글 웃고 있고, 난 초조해하다가 지쳐서 아무 생각 없이 앉아 있다.

"하지만 너무……."

내가 항변했지만 노턴은 그저 차를 마시며 웃을 뿐이었다.

왠지 기운이 빠져서 의자에 주저앉아 있는데 날 보며 빙긋이 웃던 노턴이 밑도 끝도 없는 야릇한 질문을 했다.

"당신에게 신이란 무엇입니까?"

"예?"

솔직히 당황했다.

"무슨 말씀이신지……?"

"그저 거짓없이 당신에게 신이란 어떤 존재인지를 말씀해 주십시오."

정말 사람을 당혹스럽게 만드는 신전이다.

대체 무슨 말을 하라는 거야?

음, 일단 신학대전을 살펴보면 신이란 이 세계를 만드시고 모든 존재의 어머니이신 창조신의 아들딸들이며 그 '신'들은 우리에게 자비를 베풀고 따스함을 주시며 빛을 보여주신다… 이던가?

하지만 그런 의미로 묻는 게 아닌 것 같은데.

내가 끙끙대며 고민하는 걸 그저 보고 있는 노턴.

아마 내 생각을 방해하기 싫은 거겠지만 조금은 조언해 줘도 괜찮지 않을까 하며 투덜거리다가 이내 포기했다.

이건 시험이니까.

나의 시험…….

나의…….

신이란 나의 어떤 존재지?

난 어느 때 가장 먼저 신을 떠올렸더라?

"신은…….."

난 기도하게 될 때면 늘…….

"신은 나의 고민을 말없이 들어주시는 분……."

멍하니 중얼거렸는데 노턴은 귀가 무척 좋은 모양인지 잘 알아들으셨다.

"네, 알겠습니다, 세레나님."

노턴의 말에 정신을 차리고 똑바로 보자 그는 슬쩍 웃더니 악수를 청했다.

"저희 레일레나님을 모시는 신관이 되신 걸 환영합니다."

그날 난 여러 사람에게 물어보았다.

"오빠, 신이란 어떤 존재라고 생각해?"

"필요없는 존재."

정말 무심한 오빠의 대답이었다.

"제노시가는 신이란 어떤……."

"독선적인 자."

무뚝뚝한 대답이었다.

"아리아는?"

"글쎄… 그런데 신이 왜 있는 걸까요?"

황당한 대답을 들었다.

내 주위 사람들은 왜 이렇게 신에 대해 부정적이지?

그런데 내 대답이 어떤 의미를 가지기에 신관이 될 수 있다는 걸까?

후에 노턴에게 들은 말로는 신관이란 신에게 너무 절대적으로 의지해서도 안 되고 신이라는 존재를 무심히 생각해서도 안 된단다.

그런 의미에서 '신이란?' 에 관해 물었고, 신관이 되려는 자들 중에 신에게 절대적으로 의지하거나 무조건 신봉하는 자들은 돌려보낸다고 한다.

그런데 신관이란 신을 의지하고 믿는 자가 아닌가?

뭔가 이상한데…….

꼭 속고 있는 기분이다.

제1권 끝